MEITANTEI NO OKITE

ⓒ Keigo Higashino 1996

All rights reserved.

Original Japanese edition published by KODANSHA LTD.

Korean translation rights arranged with KODANSHA LTD.

through EntersKorea Co., Ltd.

명탐정의 규칙

초판 펴낸 날 2010년 4월 16일 18쇄 펴낸 날 2024년 1월 26일

지은이 히가시노 게이고 **옮긴이** 이혁재 **펴낸이** 박설림 **펴낸곳** 도서출판 재인 **디자인** 오필민
등록 2003. 7. 2 제300-2003-119 **주소** 서울시 강남구 도곡동 467-6 대림아크로텔 1812호
전화 02-571-6858 **팩스** 02-571-6857

ISBN 978-89-90982-37-7 03830 Copyright ⓒ 재인, 2010 Printed in Korea.

HIGASHINO KEIGO

명탐정의 규칙

재인

차례

내 이름은 오가와라 반조. 나이는 마흔둘이고 지방 경찰 본부 수사 1과 경감이다. 살인 사건이 나면 부하들을 이끌고 즉시 현장으로 달려간다.

경찰 조직 내에서는 근엄한 존재다. 그렇게 보이려고 콧수염도 기른다. 내가 "이봐, 뭐하는 거야!"라고 고함이라도 지르면 파출소의 신출내기 순경 따위는 그 자리에 얼어붙고 만다.

나는 어느 모로 보나 훌륭한 경감이다. 하지만 드러내 놓고 말하고 싶지 않은 결점도 있다. 그건, 수사 1과를 맡은 이후 단 한 번도 이렇다 할 실적을 올리지 못했다는 사실이다. 물론 서류상으로야 사건을 해결하기도 하고 범인을 체포한 적도 있다. 그렇지 않았다면 현재의 수사 지휘관이라는 자리를 유지하지 못했을 것이다. 그러나 실제로 사건을 해결하고 범인을 잡은 건 모두 내가 아니라 '어떤 인물'의 공이다.

어떤 인물이란 바로 그 유명한 명탐정 덴카이치 다이고로다. 낡아 빠진 양복에 더부룩한 머리, 연륜이 쌓인 지팡이가 그의 트레이드마크다. 범인일 듯한 사람들을 한자리에 모아놓고 "자, 여러분!"이라는 대사로 시작하여 자신의 논리를 전개하다가 마지막에 가서 "범인은 바로 당신!"이라며 지팡이로 가리킨다. 영화에서 그런 장면을 본 사람도 많을 것이다.

그를 모르더라도 현명한 독자라면 이미 눈치를 챘을 것이다. 즉 나는 이 덴카이치 탐정 시리즈의 조연에 불과하다는 사실이다. 명탐정 소설에는 터무니없는 논리를 펴는 형사가 반드시라고 해도 과언이 아닐 만큼 빈번히 등장한다. 그 멍청한 익살꾼을 연기하는 것이 내게 주어진 역할이다.

"뭐야, 그럼 편한 배역이잖아."

이런 비아냥거림이 들리는 듯하다. 진범이 누구인지 알아내지 않아도 되고, 사건 해결의 열쇠를 놓쳐도 아무 문제 없으며, 그저 사건에 연루된 사람들을 적당히 의심하기만 하면 되니 이보다 편한 역할이 어디 있냐고들 할 것이다.

하지만 절대 그렇지 않다. 알고 보면 이렇게 힘든 배역도 없다. 사실은 명탐정보다 훨씬 고생스럽다. 그건 조금만 생각해봐도 알 수 있는 일이다.

우선 범인을 알아내지 않아도 된다는 점에 대해 생각해 보자. 이것은 바꾸어 말하면 나는 절대로 범인을 잡아서는 안된다는 뜻이다. 그 이유는 독자들이 더 잘 알 것이다. 진범을 밝혀내는 것은 주인공인 덴카이치 탐정의 역할이므로, 그가 멋지게 피날레를 장식하기 전에 내가 사건을 해결해 버리면 주인공은 무의미한 존재가 되고 만다. 무엇보다, 탐정 소설 자체가 성립되지 않는다.

또한 사건 해결의 핵심이 되는 열쇠를 번번이 놓쳐야 한다. 용의자를 적당히 의심하는 것은 허용되지만 운 좋게, 혹은 우연히라도 '제대로 된' 의심을 하면 안 되는 것이다.

이제 독자 여러분도 이해했을 줄 안다. 이런 제약들은 상당히 가혹한 것이다. 잘못된 추리는 얼마든지 허용되지만 그 결과 우연히, 또 과정은 잘못됐더라도 결과적으로 진실에 접근해서는 안 되기 때문이다.

독자 여러분에게 묻겠다. 절대로 진실에 다가서지 않으려면 어떻게 해야 할까. 그렇다. 소설이 시작되는 즉시 진범과 진실을 알아내야 한다. 그럼으로써 진범과 진실을 교묘히 피해 가야 한다. 한마디로 나는 항상 주인공인 덴카이치 탐정보다 한발 앞서 진실을 밝혀내야 한다. 그러고 나서 사건 해결로 이어질지도 모를 추리와 행동을 자제하면서 수사를 진행해야 한다.

지난번에 발생했던 사건을 예로 들겠다. 그것은 깊은 산속 외딴 마을에서 일어난, 잔인하기 짝이 없는 연쇄 살인 사건이었다. 피해자 세 명은 모두 젊은 여성이었다. 범인은 세 명 중 한 명만 죽여도 됐지만, 그렇게 했다가는 살인 동기가 바로 드러나고 말기 때문에 아무 관련이 없는 다른 여성 두 명도 마저 죽였다. 이상하다고 할까, 비현실적이라고 할까, 하여간 그런 잔혹한 사건이었다.

범인은 그 마을에서 가장 유서 깊고 돈도 많은 류진 가문의 미망인이었다. 아름답고 침착하며 자선 사업에도 적극적인 여성이다. 살인 사건을 저지르리라곤 상상도 할 수 없는 인물이었다. 사실 나는 이미 사건 발생 직후부터 그 미망인을 의심했다. 하지만 내가 그녀를 의심한다는 사실을 독자들이 알아서는 안 되었다. 그래서 행동을 극도로 자제하며 은밀히 과학 수사를 전개했고, 그녀가 범인임을 뒷받침하는 증거를 착착 쌓아 갔다. 물론 이 부분은 독자들에게 보여 주지 않았다. 독자들 앞에서는 여전히 시골의 나이 많은 순경을 혼내고, 현실 세계에서는 존재할 수 없는 20년 전 행방불명된 살인마를 찾는 시늉까지 했다. 아울러 음침한 전설을 듣고 공포에 떠는 연기까지.

과학 수사를 통해 객관적 물증이 나오면 나의 부질없는, 하지만 과감한 행동이 시작된다. 너무나도 확실한 살인 동기를 가진, 음험함의 결정체 같은 남자를 체포하고 그 즉시 수사 종결을 선언한다. 하지만 독자들의 기대대로 그 남자는 사건과 무관하다는 증거가 나온다. 그래서 이번엔 바람둥이 젊은 남자를 체포한다. 하지만 그 역시 바로 석방할 수밖에 없다. 나는 팔짱을 끼며 "이거 도대체 어떻게 된 거야. 이번 사건은 내겐 너무 벅차군."이라는 판에 박은 듯한 대사를 읊어야 한다.

내가 그같이 탐정 소설에 필수적인 절차를 밟고 있는 동안 희대의 명탐정이자 이 소설의 주인공인 덴카이치 탐정은 착착 수사를 진척시킨다.

질투하는 것은 아니지만, 그는 정말로 쉬운 역할을 맡았다. 자신의 소신대로 행동하기만 하면 되는 것이다. 상식적으로 실마리를 찾고, 시행착오 끝에 진실을 밝혀내면 그만이다. 그의 행동은 그대로 소설의 스토리가 된다. 때로는 실마리를 찾지 못해 곤경에 빠지기도 하지만, 그럴 때면 내가 슬며시 정보를 흘린다.

물론 명탐정에게도 크진 않지만 제약은 있다. 소설의 중간쯤에서 범인이 누군지 알아챘더라도 '최후의 살인'이 발생할 때까지는 딴청을 부려야 하는 것이다. 독자들을 소설의 매력 속으로 끌어들이려면 인내가 필요하다.

요즘엔 독자의 수준이 매우 높아졌다. 그래서 생각지도 못한 인물이 범인으로 밝혀지더라도 눈 하나 깜짝하지 않는다. 아니, 정교한 논리와 추리 따위는 외면한 채 '가장 의외의 인물은 누구인가'라는 시각으로 등장인물 가운데 범인을 선발하려 한다. 그 결과 상당히 높은 확률로 범인을 적중시킨다.

이런 독자에게 가장 의심스러운 존재는 당연히 류진 가문의 미망인이다. 현실이 이럼에도 나와 덴카이치 탐정은 그녀가 범인이라고는 꿈에도 생각하지 못하는 것처럼 행동해야 한다. 정말 말도 안 되는 일이다. 독자들이 우리를 얼마나 비웃겠는가. 우리도 그런 자신이 부끄럽다. 그래도 덴카이치 탐정은 낫다. 소설의 마지막 부분에서 수수께끼를 풀어내기 때문이다. 그는 체면이라도 세운다. 그에 비해 나는 마지막의 마지막 순간까지 "아니, 그 아름다운 여인이 범인이었다니, 이거 꿈에도 생각하지 못했는데……."라며 한심한 대사를 읊어야 한다.

이처럼 내가 맡은 역할은 쓰디쓴 보조역이다. 하지만 그런 신세도 오늘로써 끝날 것 같다. 생각해 보면 너무도 오랜 세월을 보조역으로 살아왔다. 눈을 감으니 지금까지 마주쳤던 난제들이 어제 일처럼 뇌리를 스쳐 간다. 내 머리에 맨 처음 떠오른 것은, 역시 그 밀실 살인 사건이다.

1

밀실 선언 ― 트릭의 제왕

이렇게 구태의연한 방식으로 시작하게 되어 유감이지만, 전화 벨이 울렸을 때 나는 아직 이불 속에 있었다. 수화기를 귀에 대자, 당직 형사의 당황스러워하는 목소리가 귓속으로 날아들었다.

"경감님, 사건입니다. 나라쿠무라에서 살인 사건이 발생했습니다."

나라쿠무라는 산속에서도 또다시 안으로 안으로 한참을 들어가야 나타나는 마을이다. 나는 급히 부하를 데리고 지프차에 올라 마을로 향했다. 비포장도로인 데다 어젯밤 내린 눈이 녹지 않고 쌓여 있어 마을에 도착할 때까지 자동차 천장에 수도 없이 머리를 부딪쳤다.

우리를 맞이한 것은 비실비실한 시골 순경이었다. 손을 어색하게 올리고 있어 뭐하는 걸까 궁금했는데 다가가 보니 경례를 하는 것 같았다. 마을에서는 이 '할아버지'가 유일한 경찰이라고 한다.

'이런 무법천지가 있나.'

지금까지 이렇다 할 큰 사건이 일어나지 않은 것이 기적이었다. 순경 할아버지의 안내를 받아 현장으로 직행했다.

현장에는 마을 사람들이 떼 지어 모여 있었는데, 그들은 우리를 보자 뒷걸음쳤다.

"와, 경찰이 왔다."

"이제 안심이네."

"분명 저분이 제일 높은 사람일 거야. 콧수염을 기른 데다 전형적으로 근엄한 얼굴을 하고 있잖아."

나를 보며 속삭이는 마을 사람들의 목소리가 들려왔다. 기분이 좋았다.

"자, 자, 비켜요, 비켜."

수십 년 동안 사건다운 사건 하나 경험하지 못했던 순경 할아버지도 평생 한 번 올까 말까 하는 커다란 무대를 만나 열정이 넘쳐흘렀다.

구경꾼 사이를 뚫고 현장에 접근한 순간 나도 모르게 아, 하는 탄성이 새어 나왔다. 그야말로 본격 추리 소설의 전형적인 장면이 펼쳐져 있었기 때문이다.

광활한 밭은 눈에 덮여 있고, 그 위로 점점이 발자국이 찍혀 있었다. 잘 살펴보니 몇 명이 오간 듯했다. 그리고 그 발자국 끝에 낡은 단층집 두 채가 나란히 서 있었다.

내심 실망했다.

'또 그거야.'

짜증스런 예감이 들었다.

"죽은 사람은 왼쪽 집에 살고 있던 사쿠조라는 남자입니다."

순경 할아버지가 설명했다.

"발견한 사람은 오른쪽 집에 사는 데쓰키치고요."

"발자국은 누구 거예요?"

"그러니까, 우선은 데쓰키치지요. 시체를 발견한 뒤 신고하러 가기 위해 밭을 지나간 겁니다."

"그다음은?"

"저와 데쓰키치입니다."

순경 할아버지는 무슨 큰 공이라도 세운 듯 가슴을 활짝 펴며 말했다.

"데쓰키치의 신고를 받고 현장으로 가기 위해 눈 위를 걸어갔습니다. 분명 데쓰키치가 말한 대로였습니다. 그래서 다시 그와 함께 돌아 나왔어요."

"그렇다면 다섯 명의 발자국이 남아 있는 거로군."

순경 할아버지는 한참을 생각한 뒤 "그럴 겁니다."라고 말했다.

"데쓰키치라는 자는 지금 어디 있어요?"

"그러니까 그게…… 아, 이 사람입니다."

얼굴이 수염으로 덮인 곰 같은 남자가 느릿느릿 앞으로 나왔다.

"자."

나는 부하를 바라봤다.

"그럼 현장으로 가 보지. 데쓰키치, 따라오게."

"잠깐만요."

구경꾼들 속에서 누군가 제동을 걸었다. 낡아 빠진 양복에 더부룩한 머리의 요상한 차림을 한 남자가 지팡이를 들고 나타났다. 이 사람이 바로 이 탐정 시리즈의 주인공, 덴카이치 다이고로다. 나는 한숨이 나왔다.

"또 자넨가? 어쩐 일로 이런 곳까지 왔나?"

"오랜만입니다, 경감님. 제 친구가 이 마을에 살아서요. 어젯밤 열린 결혼식에 초대받았거든요."

"그래? 하지만 생초보 탐정이 나설 자리가 아니야. 물러나 있게."

나는 구태의연한 대사를 읊었다. 명탐정 소설 중에는 조연인 경찰관이 탐정에게 적극적으로 도움을 청하는, 그래서 과연 세상에 이런 경찰도 있을까 싶어지는 작품도 있다. 하지만 덴카이치 탐정 시리즈는 그렇지 않다.

"수사에는 방해되지 않도록 하겠습니다만, 한 가지 궁금한 게 있어서요. 데쓰키치 씨가 지나가기 전에는 눈 위에 발자국이 없었나요?"

나는 데쓰키치를 쳐다봤다. 그가 고개를 옆으로 흔들었다.

"없었어요."

"흠, 그렇다면……."

덴카이치가 천천히 팔짱을 꼈다.

"성급한 판단은 말게."

내가 그에게 속삭였다.

"이 시점에서 결론을 내리면 안 되지. 눈이 내리기 전에 범인이 도망갔다면 발자국이 남아 있지 않을 수도 있어."

덴카이치가 마음이 상한 듯 말했다.

"저는 아직 아무 말도 하지 않았어요."

나는 달래듯 그의 어깨를 토닥거렸다.

"자네 마음은 알아. 괜찮아. 이 덴카이치 시리즈에 트릭이 없을 리 없지. 내 느낌으로는 십중팔구 '그거'야. 곧 엄청난 수수께끼가 우리 앞에 던져지겠지. 그때 '맞아, 그거야!'라고 외치면 되는 거야. 자네가 그토록 좋아하는 '그거'라고 말이지."

"저는 '그거' 따윈 좋아하지 않아요."

덴카이치가 다시 샐쭉해졌다.

"그런 구시대의 유물을 좋아하는 탐정이 요즘 세상에 어디 있습니까?"

"아, 아, 괜찮아. 무리하지 말게."

"정말이라니까요."

덴카이치가 정색을 하고 나섰을 때 부하가 내게 다가왔다.

"저, 경감님, 슬슬 가셔야죠."

나는 서둘러 탐정에게서 떨어졌다.

"흠, 흠, 하여간 수사에 방해가 되면 곤란해."

"알고 있다니까요."

덴카이치도 억지웃음을 지으며 머리를 끄덕였다.

사쿠조의 집 현관문은 부서져 있었다. 문 안쪽에는 문이 열리지 않도록 걸어 두는 나무 막대기가 떨어져 있다. 그 나무를 곁눈질하며, 하지만 손은 대지 않은 채 집 안으로 들어갔다.

사쿠조는 머리가 깨어진 채 화로 옆에 쓰러져 있고, 그 옆에는 피 묻은 장작용 도끼가 떨어져 있었다. 아마도 화로에서 불을 쬐고 있다가 뒤에서 공격당한 것 같았다.

눈길을 끈 것은 벽에 칠해진 피의 흔적이다. 피가 벽으로 튄 것이 아니라, 사람이 일부러 칠한 느낌이었다.

"데쓰키치 씨."

최초의 발견자를 불렀다.

"발견 당시의 상황을 구체적으로 말해 보세요."

그러자 데쓰키치가 가라앉은 목소리로 천천히 이야기를 시작했다. 그는 새벽 여섯 시에 사쿠조의 집으로 갔다고 한다.

두 사람이 함께 숯을 만들러 가는 것이 겨울철 일과의 하나였기 때문이다. 그러나 사쿠조의 집 문은 열리지 않았다. 아무리 불러도 대답이 없어 집 옆쪽으로 돌아가 창문을 통해 안을 들여다보니 사쿠조가 머리에서 피를 흘린 채 엎어져 있었다는 것이다.

"잠깐."

나는 덴카이치 쪽을 힐끔 쳐다보며 말했다.

"왜 문이 열리지 않았지?"

"사쿠조는 잠자리에 들기 전에 막대기를 문에 걸어 놓습니다. 열리지 않도록 말이죠. 이 마을에 도둑 따위는 없는데도……."

나는 문 쪽으로 돌아가 마치 처음 본 듯한 표정으로 막대기를 집어 올렸다.

"그렇군. 이걸로 받쳐 놨단 말이지."

순경 할아버지가 거들었다.

"데쓰키치의 신고를 받고 제가 이곳에 왔을 때에도 문은 열리지 않았습니다. 그래서 둘이 몸으로 문을 부순 거지요."

자, 이제부터 사건의 본론으로 들어간다.

"이 집에 다른 출입구는 없어요?"

나는 너무도 뻔한 질문을 던졌다.

"없습니다."라고 순경 할아버지가 대답했다.

"이봐, 말이 안 되잖아. 막대기는 집 안에서만 걸 수 있어. 그렇다면 당신들이 들어갔을 때 범인은 아직 집 안에 있었다는 말이잖아."

내 말에 순경과 데쓰키치의 눈이 동시에 휘둥그레졌다.

"그런 일은 있을 수 없습니다. 저와 데쓰키치가 집 안을 샅샅이 살펴보았습니다. 이렇게 좁은 집에 숨을 곳이 있을 리 없습니다."

"하지만 이상하잖아요."

"어쨌든 사실이 그런걸요."

우리들 사이에 잠시 침묵이 흘렀다. 여기서 입을 여는 것이 누구의 역할인지 모두들 알고 있기 때문이다. 덴카이치를 쳐다봤다. 하지만 녀석은 불만스런 표정으로 입을 다물고 있었다.

나는 그의 귀에 대고 속삭였다.

"이봐, 왜 이래. 명탐정이 제일 좋아하는 상황 아니야. 그 선언을 할 거잖아. 하려면 빨리하라고."

"별로 하고 싶지 않아요."

"그럼 좋아. 뭐든 좋으니 빨리하게. 탐정 소설의 정해진 패턴대로 구태의연하고 뻔뻔스러운 선언을."

나는 또 한 번 덴카이치에게 눈짓했다. 녀석은 부루퉁한 얼굴로 한 걸음 앞으로 나왔다.

"경감님, 그리고 여러분."

모두의 시선이 탐정에게 집중됐다. 녀석은 금방이라도 울음을 터뜨릴 듯한 표정이었지만 눈물을 꾹 참은 채 자포자기한 말투로 입을 열었다.

"이건 완벽한 밀실 살인 사건입니다."

사람들이 함성을 질렀다.

"와!"

이렇게 해서 밀실 선언이 내려졌다.

내가 덴카이치 시리즈의 조연을 맡은 지 어느덧 수년째. 그동안 쓰라린 일이 수도 없이 많았지만, 요즘에는 골칫거리 중 하나가 밀실 트릭이다. 이런 패턴의 사건이 발생하면 솔직히 마음이 무거워진다.

"아, 또 밀실 트릭인가."

한마디로 지겹다. 요즘에도 과연 이런 패턴의 사건을 반기는 독자가 있을까 싶은데도 몇 건 중 하나꼴은 반드시 이런 트릭이 나온다.

폐쇄된 방에서 일어나는 정통파 살인 사건에서 무인도를 무대로 한 사건, 우주 공간에서의 사건(아직 그런 사건을 접한 일은 없지만) 등 다양한 패턴이 있을 수 있다. 이들은 모두 '밀실'이라는 공통점을 지녔다. 그런 종류의 사건이 발생할 때마다 명탐정은 '밀실 선언'을 하고, 우리 조연들은 놀라는 시늉을 한다. 실은 전혀 놀랍지 않은데도 말이다.

똑같은 마술을 몇 번이고, 몇 번이고, 몇 번이고 보는 기분이다. 굳이 다른 점을 찾자면 마술의 속임수를 공개하는 방식 정도랄까. 하지만 공개 방식이 아무리 달라도 감동은 받지 않는다. 미녀를 공중에 띄우는 마술은 비록 속이는 데 사용된 기술이 다를지라도 거듭되면 관중이 지루해한다.

그런데도 '밀실'은 반성도 없이 나오고 또 나온다. 도대체 왜 그럴까. 독자 여러분에게 물어보고 싶다.

"여러분, 정말로 밀실 살인 사건이 재미있습니까?"

비록 독자들의 목소리가 들리진 않지만 아마도 다들 "재미없다"고 대답할 것이다. 등장인물인 우리들조차 질리는데, 돈 내고 소설책을 사 보는 사람들이 만족할 리 없다. 이런 사실조차 알아차리지 못하는 사람은 도대체 어떤 인간이란 말인가. 정말로 이해할 수가 없다.

사건 발생 몇 시간 후, 나는 데쓰키치를 체포해 파출소에서 조사하고 있었다.

"자백해. 네가 죽였다는 거 다 알아."

"전 아무 짓도 안 했어요."

"이 자식이. 너하고 사쿠조가 요즘 계속 싸움질을 했다는 건 마을 사람들이 다 아는 사실이야. 밭의 경계 문제를 놓고 싸웠잖아. 싸우다가 열 받아서 죽인 거잖아."

"아니에요. 제가 한 짓이 아닙니다."

그때 순경 할아버지가 나타났다.

"경감님, 마을 사람들이 신의 저주라며 동요하고 있습니다. 뭐라고 설명해야 할까요?"

"저주?"

"네. 그래서 가베카미 저택에 몰려간다고 합니다. 경감님이 마을 사람들을 좀 설득해 주실 수 있을까요?"

"가베카미라면 어젯밤 결혼식이 있었던 집인데……."

그 집은 마을에서 가장 역사가 깊은 대부호의 집이다. 그 집의 외아들 다쓰야가 이웃 마을의 초등학교 여교사 하나오카 기미코를 아내로 맞아들였다. 덴카이치 탐정의 친구가 바로 가베카미 다쓰야인 듯했다.

"왜 마을 사람들이 가베카미의 집에 몰려가는 건데요?"

"이 마을에는 명문가의 자식이 다른 마을의 여인과 결혼하면 벽에서 귀신이 나와 사람들에게 저주를 내린다는 기이한 전설이 있다고 합니다."

"벽에서?"

'그래서 가베카미(壁神, 벽의 신)인가'라는 엉뚱한 상상을 잠시 해 봤지만, 말도 안 되는 이 추리를 입 밖으로 내지는 않았다.

"사쿠조는 신부의 먼 친척인데, 그가 중매를 했다고 합니다. 주민들은 벽의 신이 이번 결혼에 노했고, 그래서 사쿠조에게 저주를 내려 죽게 만들었다고 생각하는 거지요. 신의 노여움을 풀지 않으면 자신들에게도 저주가 내릴 것이라며 결혼을 취소하라고 요구한답니다."

"정말로 말도 안 되는 미신이네."

나는 실소했다. 하지만 데쓰키치까지 "저주야. 틀림없어." 라고 중얼거렸다.

"경감님도 보셨죠? 사쿠조의 집 벽에 피가 칠해져 있었잖아요. 그게 바로 가베카미의 저주예요."

"멍청한 소리 하지 마. 자네, 살인 혐의를 모면해 보려고 그 따위 소리를 하는 거지?"

"절대 그렇지 않아요."

"웃기지 마. 저주 따위는 없어."

"하지만 경감님."

순경 할아버지가 끼어들었다.

"만약 데쓰키치가 범인이라면 옷에 피가 튀지 않았겠습니까. 그런데 데쓰키치의 옷에는 핏자국이 없었어요."

나이 먹은 순경의 주제넘은 이의 제기에 나는 조금 당황스러웠다.

"그거야…… 옷을 갈아입으면 되지. 그러니까 말이야, 지금부터 데쓰키치의 집을 수색하겠어. 분명 피 묻은 옷이 나오 겠지."

"그런 게 나올 리 없어. 난 범인이 아니야."

데쓰키치가 외쳐 댔다. 그때였다.

"고생이 많으십니다."

덴카이치 탐정이 홀연히 등장했다. 더부룩한 머리를 긁적 이며 히죽거리고 있었다.

"흥."

나는 콧방귀를 뀌었다.

"생초보 탐정은 필요 없는데."

이 역시 판에 박힌 대사다.

"데쓰키치 씨를 변호하러 왔어요. 경감님이 데쓰키치를 체 포한 데에는 충분한 이유가 있을 거라는 것, 잘 압니다. 하지 만 데쓰키치를 범인으로 몰다가는 진범에게 좋은 일을 할 뿐 입니다."

"내가 왜 데쓰키치를 체포했는지 알아?"

"물론입니다. 그러니까 그 첫 번째……, 첫 번째 밀실에서 빠져나올 수 있는 자는 데쓰키치밖에 없다고 생각한 것 아닙 니까?"

밀실이란 단어를 입에 담으며 탐정은 조금 쑥스러운 표정 을 지었다.

"첫 번째 밀실?"

내가 되물었다. 나뿐 아니라 순경 할아버지와 데쓰키치도 순간 의아한 표정이 되었다.

"눈 말입니다."

덴카이치가 답답한 듯 말했다.

"순경 어르신이 현장에 달려갔을 때 눈 위에는 데쓰키치의 발자국밖에 없었어요. 다른 범인이 있었다면 어떻게 발자국을 남기지 않고 현장에서 벗어날 수 있었겠습니까. 그러니 눈이 바로 밀실인 셈이지요."

"아, 그거?"

나는 그제야 그가 말한 첫 번째 밀실의 의미를 알아차렸다.

"하지만 그건 큰 문제가 아니야. 사망 추정 시간을 알아보니 사쿠조가 살해된 것은 눈이 내리기 전이야. 그렇다면 범인의 발자국은 당연히 남지 않게 되지. 그리고 내가 데쓰키치를 체포한 것은 그에게 살해 동기가 있기 때문이야."

"눈이 내리기 전이라……, 그렇군요."

덴카이치는 김빠진 표정을 지었다. 그러나 곧 마음을 다잡겠다는 듯 헛기침을 하고 나서 말했다.

"하지만 다른 쪽, 즉 두 번째 밀실은 여전히 의혹이 남아 있지 않나요. 사쿠조의 집은 문 안쪽에 막대기가 걸려 있었어요. 막대기가 걸려 있는데 범인이 어떻게 집 밖으로 탈출할 수 있겠습니까. 이것이야말로, 그러니까……."

"밀실?"

"그렇습니다."

덴카이치가 끄덕였다.

"그러고 보니 그런 문제도 있었지."

"그런 문제라니요. 이것이 이번 이야기의 핵심이에요. 경감님, 제발 정신 차리세요."

"하지만,"

나는 쓴웃음을 지으며 말했다.

"이 나이에 밀실, 밀실 하며 떠들어 대는 것도 민망해. 자네에게 맡기지. 어차피 마지막엔 자네가 해결할 것 아닌가."

"어떻게 그렇게 무책임한 말을."

덴카이치는 한심하다는 표정을 지었다.

"별수 없지요. 결국은 제가 해결해야 할 일이니까요. 하지만 그때까지는 분위기를 띄워 주셔야 하는 것 아닙니까? 경감님이 이렇게 나오면 저도 힘들어져요."

"그 마음이야 알지. 하지만 요즘 세상에 밀실로 소설의 분위기를 띄우라는 건 한심한 요구야."

"불평도 많으시네. 고생은 제가 제일 많이 하잖아요."

"그렇게 힘들어?"

"당연하지요. 밀실의 수수께끼를 푼다는 건, 정말이지 내키지않는 일이에요. 또 미스터리 마니아와 평론가들에게 바보 취급 당하겠네."

덴카이치가 훌쩍거리며 울기 시작했다.

"이봐, 울지 마. 알았어, 알았다니깐. 에이, 자네 말대로 하지."

나는 자세를 바로잡고 말투를 바꿨다.

"음, 물론 밀실에 대해서는 이제부터 생각해 볼 작정이야. 하여간, 뭐랄까. 밀실은 엄청난 수수께끼 덩어리지."

너무나 쑥스러워서 온몸에 식은땀이 줄줄 흘렀다.

"그렇습니다. 엄청난 수수께끼입니다."

덴카이치도 얼른 자세를 바로잡았다.

"밀실 수수께끼를 푸는 것이 진상을 밝히는 지름길인 것입니다."

"그럼 자네는 뭔가 실마리라도 잡았나?"

덴카이치가 지팡이로 마루를 콩콩 두드리며 대답했다.

"어느 정도는."

"그럼 말해 보게."

"아니, 아직은요."

탐정이 손을 내저었다.

"아직은 말할 단계가 아닙니다."

이 시점에서 진실을 탁 털어놓아버리면 사건은 단번에 해결된다. 하지만 그럴 경우, 탐정 소설도 여기서 끝나 버린다. 그래서 이런 식으로 뜸을 들이며 사기를 치는 것이다. 나 역시 집요하게 추궁하지 않는 것으로 설정돼 있다.

"그래? 뭐, 그렇다면 하는 수 없지."

"그보다 경감님, 가베카미의 집에 가 보지 않으시렵니까? 알아볼 게 좀 있습니다."

"그래, 알겠네."

나는 데쓰키치를 남긴 채 파출소를 나왔다. 생초보 탐정이라고 놀리다가도 이렇게 갑자기 협조적으로 나오는 것이 덴카이치 시리즈의 특징 중 하나다. 편의주의라고 비판하면 안 된다. 이렇게 하지 않으면 이야기가 앞으로 나아가지 않기 때문에 불가피하게 협조하는 것이다.

가베카미 저택에는 마을 사람들이 몰려와 있었다. 그들을 밀치며 집 안으로 들어갔다.

가베카미 가문의 주인은 미망인 사에코다. 젊고 미인이며, 겉보기에는 결혼 적령기의 자식이 있으리라고 생각되지 않는다. 그도 그럴 것이, 그녀는 후처였다.

"축복받아야 할 결혼식에 이런 불상사가 발생하고 말았군요. 하지만 걱정하지 마십시오. 우리들이, 아니 제가 조속히 범인을 체포하겠습니다."

"부디 그렇게 해 주세요."

미망인이 내 말에 공손히 머리를 숙였다.

"마을 사람들이 뭐라 하건 저는 상관없지만, 사랑해서 결혼에까지 이르게 된 두 젊은이가 너무 가여워서……"

"그 심정, 저도 잘 압니다."

나는 몇 번이고 고개를 끄덕였다.

이 시점에서 독자 여러분은 '이 여인이 의심스러운데'라며 미망인에게 주목할지도 모르겠다. 추리 소설을 읽을 때 고전적인 '범인 찾기 노하우'는 여성이 등장하면 바로 그녀가 범인이 아닐까 의심하는 것이다. 이 경우가 바로 거기에 해당된다. 그런 패턴쯤은 나도 잘 안다. 하지만 내가 소설에서 맡은 역할 때문에 지금은 그녀를 의심할 수가 없다.

미망인 사에코에 이어 어제부로 신부가 된 기미코를 만났다. 그녀 역시 상당한 미인이다. 살해된 사쿠조와는 먼 친척이지만 얼굴에 슬퍼하는 빛은 별로 없었다.

"사쿠조 씨의 집에는 현관문 외에 빠져나갈 구멍이나 비밀 통로가 없나요?"

덴카이치가 느닷없는 질문을 던졌다.

"비밀 통로라고요? 없어요."

그녀는 고개를 저었다.

"왜 그런 질문을 하시죠?"

"사실 사쿠조 씨는……"

덴카이치는 숨을 크게 들이마신 뒤 말했다.

"밀실 상태에서 살해당하셨습니다."

연극배우 같은 진부한 말투였다.

"밀실……."

기미코가 당황스런 표정으로 읊조렸다.

"밀실이라니, 그게 뭔가요?"

"밀실을 모른단 말입니까?"

"죄송합니다, 모르는 게 많아서."

덴카이치는 궁시렁거리며 밀실에 대해 늘어놓았다.

"아, 그 밀실을 말하는 거군요."

설명이 끝나자 기미코는 코웃음을 쳤다.

"별로 중요한 얘기 같진 않네요."

그러자 덴카이치의 관자놀이 혈관이 금세 부풀어 올랐다.

"밀실의 비밀을 풀지 못하면 진실을 밝혀낼 수 없단 말입니다."

"아, 그래요?"

기미코는 의외라는 표정을 지었다.

"그런 건 나중에 알아봐도 되지 않나요. 범인을 잡은 뒤에 어떻게 밀실을 만들어 냈는지 알아내면 되는 것 아니냐고요. 솔직히 저는 별로 알고 싶지도 않네요."

옆에서 듣고 있던 나는 그녀가 한심하다는 생각이 들었다.

이래서 요즘 젊은 여자는 안 되는 거야.

그러나 기미코는 아랑곳하지 않고 계속 얘기했다.

"트릭 따위로 독자의 관심을 끌겠다는 생각 자체가 시대착오적이에요. 밀실의 비밀? 흥, 너무 진부해서 웃음도 안 나오네."

덴카이치의 뺨이 경련을 일으켰다.

이야기는 이제 종착역으로 향한다. 그사이에도 마을에서는 살인 사건이 이어져 희생자는 네 명으로 늘어났다. 수사가 뒷북을 치는 것은 여느 때와 마찬가지다.

나는 지금까지 데쓰키치를 포함해 세 명을 체포했다. 그러나 모두 범인과는 동떨어진 인물이거나 독자를 착각하게 만들기 위한 등장인물일 뿐이다. 나는 막다른 골목에서 늘 그렇듯 전형적이고 진부한 대사만 날리고 있었다.

"이건 정말이지, 내 능력을 벗어난 사건이야."

그러다 마침내……, 명탐정 덴카이치가 '수수께끼'의 해답을 발표할 시간이 찾아왔다.

가베카미 저택의 거실에 이 소설에서 주요 배역을 맡았던 인물들이 모두 모였다. 물론 나도 참석했다. 그런데 여기서 조금 난감한 일이 일어나고 말았다. 덴카이치가 불평을 터뜨린 것이다.

"수수께끼 따위 풀고 싶지 않아요."

"이제 와서 이러면 어쩌자는 거야. 모두들 기다리는데."

"그럼 범인이 누군지만 말할게요. 그러면 되지요?"

"말도 안 되는 소리. 이번 소설의 핵심은 밀실 살인 사건이라고 이미 정해져 있어. 밀실의 비밀을 풀어 줘야지. 안 그러면 독자들이 용서하지 않을 거야."

"거짓말 마세요."

그는 주머니에 손을 쑤셔 넣은 채 바닥을 걷어찼다.

"독자들 역시 밀실 따윈 신경도 쓰지 않을 거예요."

"그렇지 않아. 자, 어서 안으로 들어가지. 주요 등장인물들이 초조해하고 있어."

"저 사람들, 너무한 것 아닌가요. 제가 밀실이란 단어를 입에 올릴 때마다 피식피식 웃어 대더군요. 제가 '밀실은 트릭의 왕'이라고 말했을 때는 순경 할아버지가 노골적으로 폭소를 터뜨리기까지 했어요."

"그랬던가?"

"분명히 그랬어요."

'웃을 수밖에 없지.'라고 말하고 싶었지만 꾹 참았다.

"하여간 화를 좀 가라앉히고 수수께끼를 풀어 주게. 참석자들에겐 자네를 존중하도록 부탁해 둘 테니."

"독자들이 책을 내팽개쳐도 저는 몰라요."

"알았어, 알았다고. 그럼 안에서 기다리지."

나는 방에 들어가서는 태도를 180도 바꿨다. 가슴을 펴고, 거만한 자세로 자리에 앉았다. 그리고 주위를 둘러보며 말했다.

"흥, 생초보 탐정이 어떻게 나올지 궁금하군."

그 순간 덴카이치가 방으로 들어왔고, 모두의 시선이 그에게 쏠렸다.

"자, 여러분."

매번 하는 진부한 대사로 설명이 시작됐다.

"그럼 이번 사건에 대한 저의 추리를 말씀드리겠습니다."

덴카이치는 사쿠조에 이어 살해된 세 명에 대한 얘기부터 시작했다. 설명은 길었지만 짧게 말하자면 세 명은 범인과 아는 사람들이었고, 범인을 협박하려다 살해됐다는 것이다.

"그렇다면 사쿠조 씨는 왜 살해됐을까요? 그것은 그가 범인의 비밀을 알고 있었기 때문입니다. 그 비밀이란, 범인이 과거 홍등가에서 손님을 상대했었다는 사실입니다. 이를 감추기 위해 범인은 사쿠조 씨를 죽여야 했고, 살인 사건을 가베카미의 저주로 위장하려 했습니다. 벽에 칠해진 피는 바로 범인의 행위이며, 출입이 불가능한 상황에서……."

거기까지 말했을 때 방구석에 있던 미망인 사에코가 입에 뭔가를 털어 넣었다. 말리기에는 이미 늦었고, 그녀는 쓰러지며 피를 토했다.

"어머니!"

아들 데쓰야가 달려와 그녀를 안았다.

"어머니, 이게 무슨 짓이에요."

"데쓰야, 미안…… 하다."

그리고 사에코는 숨을 거뒀다.

"어머니, 어머니가 범인이었나요?"

"이게 대체 무슨 일이람."

"아, 정말 슬픈 일이야."

"설마 저 사람이 범인일 줄은……."

마을 사람들의 탄식이 이어지며 눈물을 흘리는 사람도 있었다. 방 안은 몹시 소란스러워졌다.

나는 퍼뜩 옆을 쳐다봤다. 덴카이치가 넋을 놓고 서 있었다. 수수께끼 풀기를 한창 진행하는 도중에 범인이 자살해 버렸으니 그럴 만도 했다.

"경감님."

그가 멍하게 말했다.

"저는 이제 돌아가도 되죠?"

"안 돼."

나는 그의 바짓가랑이를 붙들었다.

"밀실의 비밀을 밝힌 다음에."

덴카이치의 눈에서 금방이라도 눈물이 쏟아질 것 같았다.

"이런 상황에서 저보고 계속하란 말입니까."

"별수 없잖아. 빨랑 끝마치게."

그는 처량한 표정으로 주위를 둘러봤다. 마을 사람들은 여전히 질서 없이 이런저런 말들을 해 대고 있었다.

"여러분, 그럼 이제 밀실의 비밀을 설명해 드리겠습니다."

겨우 마음을 진정시킨 그가 말을 이어 갔다. 하지만 듣는 사람은 없었다. 할머니 한 분이 덴카이치 탐정을 쳐다보다가 코를 팽, 풀고는 돌아서 버린다.

"그날 밤 눈이 엄청 왔지요. 그 눈에 비밀이 숨어 있었던 겁니다. 범인은 폭설이 내릴 것을 예상하고 그날 밤을 범행일로 택했습니다."

"여러분, 잠깐만요. 저 사람이 뭐라고 하는데요."

"탐정 역할을 맡은 녀석이야. 밀실에 대해 이러쿵저러쿵 말하는데."

"그래? 그럼 안 들어도 돼."

"맞아. 시체부터 나르자고."

청년들이 사에코의 시체를 옮기기 시작했다. 다른 사람들도 슬금슬금 돌아가기 시작한다.

"사쿠조 씨의 집은 상당히 낡았습니다. 지붕에 눈이 쌓이면 눈의 무게로 집 전체가 휘어져 버립니다."

덴카이치가 큰 소리로 외쳤다. 하지만 듣는 사람은 나와 순경 할아버지뿐. 사실은 순경 할아버지도 돌아가려 했지만, 내가 그의 팔을 붙잡고 있었다.

"그렇습니다. 밀실을 만들어 낸 것은 바로 눈이었던 것입니다. 눈의 무게로 집이 휘어지고, 그 결과 현관문이 열리지 않게 됐습니다. 범인은 그 점을 계산해 뒀던 것입니다. 그리고 마치 막대기가 문에 걸려 있는 것처럼 보이게 하기 위해 막대기를 문 안쪽에 놓아두었습니다. 이것이, 이것이 이번 밀실 사건의 진상입니다."

덴카이치의 설명이 끝났을 때는 나와 순경 외에 아무도 남아 있지 않았다.

"음, 그랬군."

나는 다소 과장되게 고개를 끄덕였다.

"그건 정말 생각지도 못했네. 이번에도 자네에게 깨끗이 졌어."

나는 순경 할아버지를 팔꿈치로 건드렸다. 당신도 말을 좀 하라는 신호였다. 할아버지는 천천히 고개를 들어 덴카이치를 쳐다봤다.

"저……, 쉽게 말해 집이 뒤틀려 문이 열리지 않았다는 말이지요?"

"그렇다고 보면 됩니다."

"아!"

불길한 예감이 들었다.

'이 할아버지, 혹시 이상한 말을 하려는 것 아니야?'

아니나 다를까, 할아버지는 해서는 안 될, 금기의 한마디를 내뱉고 말았다.

"그래서, 그게 어쨌단 말인가요?"

"어쨌다니요. 그, 그러니까……."

너무도 어색한 침묵이 흐른 뒤 덴카이치는 통곡하기 시작했다. 하지만 그를 위해 내가 할 수 있는 일은 아무것도 없었다.

곰팡내 나는 수수께끼를 읽어야 하는 독자도 안됐지만, 그런 수수께끼를 풀어야만 하는 탐정 역시, 보통 괴로운 것이 아니다.

2

Who done it — 의외의 범인

아침 일찍, 우시가미 저택에서 살인 사건이 발생했다는 보고가 들어왔다.

　당연히 지방 경찰 본부 수사 1과 경감인 나, 오가와라 반조가 등장할 순서다. 하지만 내가 사건을 해결하지는 못할 거라는 사실, 독자 여러분은 이미 알고 있을 것이다. 지금부터 만나 볼 사건 관계자들 역시 그런 기대는 하지 않는다.

　우시가미 저택은 산속 깊은 곳에 세워진 북유럽풍 단독 주택이었다. 살해된 우시가미 사다하루는 유명한 유화 화가라지만 나는 모르는 이름이다.

　현장에 도착했을 때 저택의 서양식 거실에는 다섯 명의 남녀가 모여 있었다.

　"저 친구들은 뭐야."

　비싸 보이는 가죽 소파에 앉아 있는 다섯 사람을 곁눈질하며 지역 서에서 나온 순경에게 물었다.

　"어제 사건 발생 당시에 이 집에 있었던 사람들입니다. 한 사람은 가정부, 두 사람은 우시가미의 친척, 나머지 두 사람은 제자입니다. 그리고 또 한 사람은……."

거기까지 말한 젊은 순경이 주위를 살폈다.

"어, 한 사람이 없네."

"이 다섯 명 말고 또 있단 말인가."

"네. 그게 좀 묘한 남자인데……."

"됐네. 그건 나중에 알아보기로 하고, 우선 현장을 살펴보지."

우시가미 사다하루는 작업실에서 살해됐다고 한다. 작업실은 본채에서 떨어져 있고 복도가 본채와 작업실을 연결해 주고 있었다.

순경의 안내로 작업실에 들어가니 방 한가운데에 시체가 누워 있었다. 하지만 시체보다 더 내 눈길을 잡아끈 것은 현장의 상황이었다. 창문이란 창문은 모조리 깨져 있고 유리 파편이 바닥에 흩뿌려져 있었다. 창문뿐 아니라 찬장의 유리도 모두 박살 났고, 이젤에 얹힌 캔버스는 갈기갈기 찢겨 있었다. 무슨 그림이 그려져 있었는지 알 수 없는 상태였다.

"도대체 어떻게 된 거야. 마치 태풍이 이 방만 휩쓸고 간 것 같잖아."

그때였다. 방 한쪽 구석에서 무슨 소리가 들린 듯해 돌아다보니 캔버스가 여러 장 놓여 있는 곳 옆에서 낡아 빠진 양복을 입은 남자가 부스럭대며 움직이고 있었다.

"이봐, 자네."

남자의 등을 향해 말을 건넸다.

"여기서 뭐하는 거야. 관계자 외에는 출입 금지야."

그러자 남자가 몸을 빙그르르 돌려 이쪽을 향했다.

"아니, 이거 오가와라 경감님 아니십니까. 고생이 많으십니다."

"아니, 자네, 자네는."

나는 일부러 놀란 척하며 소리를 질렀다. 남자의 이름은 덴카이치 다이고로. 이 시리즈에 반드시 등장하는 탐정이다.

"자네가 어째서 여기 있지?"

"실은 제가 피해자로부터 조사를 하나 의뢰받았습니다. 그래서 어젯밤부터 이곳에 있었어요."

아무래도 순경이 말한 묘한 남자는 이 녀석인가 보다.

"살해된 우시가미 사다하루가 자네에게 의뢰를 했단 말이지. 그래 무슨 조사를 부탁받았나."

"의뢰 내용은 밝히지 않는 것이 원칙이지만 이런 상황에선 어쩔 수 없군요. 우시가미 화백은 누군가가 자신을 죽이려 한다고 했습니다."

"뭐, 그게 정말이야?"

"제가 거짓말할 이유가 뭐가 있겠어요."

그러면서 덴카이치는 손에 들고 있던 지팡이를 빙빙 돌렸다.

"그래, 어떤 식으로 당한 건가?"

"첫 번째 살해 기도는 대낮에 있었답니다. 낮잠을 자고 있는데 목을 졸랐대요. 괴로워서 눈을 떠 보니 범인은 이미 사라진 뒤였다고 합니다. 두 번째는 독약이었습니다. 커피에 설탕을 넣으려다가 커피 속에 농약이 섞여 있는 걸 알아차렸다고 합니다. 커피에 반사되는 빛이 평상시와 달라서 눈치를 챘다고 하더군요. 농약은 원예용으로 창고에 보관돼 있던 겁니다."

"그런 일이 있었는데 왜 경찰에 신고하지 않았지? 생초보 탐정 따위에게 부탁했기 때문에 목숨을 잃은 거야."

나는 사체를 내려다보며 소리쳤다.

"우시가미 화백은 경찰에도 알렸다고 하던데요. 하지만 경찰은 실제로 어떤 사건이 벌어지지 않는 한 적극적으로 나서지 않기 때문에 하는 수 없이 저에게 부탁하게 됐다고 했어요."

"음……."

덴카이치의 말에 나는 난감한 표정을 지으며 옆에 서 있던 부하들에게 말했다.

"이봐들, 뭘 꾸물대나. 빨리 시체를 조사해 봐."

우시가미 사다하루는 물감이 여기저기 묻은 작업복 차림을 한 채 천장을 향해 쓰러져 있었다. 가슴에는 나이프가 꽂혀 있고 그 밖에 다른 외상은 없다.

"경감님, 이걸 좀⋯⋯."

부하가 바닥에서 집어 든 것은 네모난 탁상시계였다. 그것 역시 유리가 깨진 채 시곗바늘이 여섯 시 삼십오 분에 멈춰 있었다.

"그렇다면 범행 시간이⋯⋯ 아니지, 범인의 위장술일 수도 있어. 누가 시체를 발견했지?"

"처음 발견한 사람은 가정부인 요네 씨입니다."

옆에 있던 덴카이치가 대답했다.

"하지만 집에 있던 모든 사람이 발견자라고 할 수 있어요."

"그건 왜지?"

"여섯 시 삼십 분쯤, 그러니까 그 시계가 부서졌을 무렵, 집 안에 엄청난 비명이 울렸어요. 우시가미 화백의 목소리 같았죠. 이어서 유리 깨지는 소리가 났습니다. 이불 속에 있던 저도 벌떡 일어나 뛰어나갔습니다. 다른 사람들도 속속 방에서 나왔고요. 그런데 이번에는 작업실 쪽에서 요네 씨 비명이 들려왔어요. 우리는 일제히 작업실로 달려갔고, 거기서 시체를 발견한 겁니다."

"음, 그렇게 된 거군."

나는 콧수염을 만지작거리며 잠시 생각에 잠겼다. 그러고는 부하들에게 명령했다.

"자, 그럼 관계자들 얘기를 들어 보지. 한 사람씩 여기로 데려와."

"넷."

부하들이 나간 뒤 덴카이치 쪽을 돌아보며 빙긋이 미소를 지었다.

"아무래도 이번 사건에서는 '범인 찾기'에만 초점을 맞추려는 것 같군. 현장도 밀실이 아니고 말이야."

"그 점은 저도 안심입니다."

덴카이치도 벙글거리며 말했다.

"또다시 밀실을 주제로 삼으면 어떡하나 걱정했어요. 작업실 문이 잠겨 있지 않았다는 말을 듣고 가슴을 쓸어내렸습니다."

"용의자는 다섯 명이군. 원칙대로 하자면 자네도 의심을 해야겠지만, 어떻게 시리즈의 탐정을 의심하겠나."

그런 짓을 했다가는 독자들이 화를 낼 것이라는 생각이 들었다.

"경감님은 범인이 외부인일 가능성도 고려하고 있는 거지요?"

덴카이치의 눈에 비웃는 듯한 표정이 스쳐 갔다.

"그럴 수밖에. 이런 사건이 발생했을 때 범인이 외부인일 가능성을 배제할 경찰은 없어."

이런 유형의 탐정 소설에서 범인이 외부 인물일 가능성은 거의 없다. 하지만 엉뚱한 수사를 해야만 하는 것이 덴카이치 탐정 시리즈에서 내가 맡은 역할이니 어쩔 도리가 없다.

"우우, 아무리 그래도 그렇지, 용의자가 겨우 다섯 명뿐이라니……."

덴카이치는 더부룩한 머리를 쥐어뜯으며 탄식했다.

"이렇게 용의자를 한정시켜 놓고 독자의 의표를 찌르는 스토리를 만들어 낸다는 건 결코 쉬운 일이 아닙니다. 작가는 도대체 무슨 생각을 하고 있는 거야."

"설마 자살 상황을 설정해 놓은 건 아니겠지."

나도 불안해서 한마디 거들었다.

"설마."

그러더니 덴카이치가 갑자기 미간을 찌푸렸다.

"왜?"

"아니, 왠지 우리 대화를 듣고 작가의 눈이 반짝 빛난 것 같아서요."

"이봐, 그따위 농담은 하지도 말라고."

낭패감에 젖어 있으려니 부하 형사가 관련자 한 사람을 데리고 들어왔다. 나와 덴카이치는 곧바로 소설의 세계로 돌아왔다.

형사가 데려온 사람은 살해된 우시가미 사다하루의 외사촌인 우마모토 마사야라는 중년 남성이었다. 그는 외제 물건을 수입하는 브로커라고 자신을 소개했지만 제대로 일이나 하는지 의심쩍었다.

"무슨 일이 일어났는지 저는 전혀 모릅니다. 어제까지 그렇게 건강하던 사다하루가 하루아침에 이렇게 되다니…… . 네, 짐작 가는 거요? 전혀 없어요. 누가 이렇게 좋은 사람을 죽이겠어요. 범인은 아마도 돈을 노리고 침입한 강도일 겁니다. 네, 틀림없어요. 형사님, 제발 범인을 잡아 주세요. 부탁드립니다."

그러고는 엉엉 울기 시작했다. 아니, 울었다는 것은 그리 적절한 표현이 아니다. 그는 눈에 손수건을 대고 있었지만 손수건은 하나도 젖지 않은 것 같았다.

이어 나머지 관련자들을 조사했다. 조사 내용을 너무 장황하게 소개하면 독자들이 혼란스러울 테니 탐정 소설이 곧잘 애용하는 '주요 등장인물'이라는 형식을 활용하기로 하자.

[주요 등장인물]

- 우시가미 사다하루(60): 유화 화가. 우시가미 저택의 주인. 독신이며 엄청난 재산을 갖고 있다.
- 우마모토 마사야(42): 자칭 외제 잡화 브로커. 사다하루의 외사촌으로, 우시가미 저택에 빌붙어 살고 있다.
- 우마모토 도시에(38): 우마모토 마사야의 부인.

- 도라다 쇼조(28): 사다하루의 제자. 우시가미 저택에 기거하고 있다.
- 다쓰미 후유코(23): 사다하루의 제자. 우시가미 저택 부근 원룸에서 생활.
- 이누즈카 요네(45): 사다하루의 가정부.
- 오가와라 반조(42): 지방 경찰 본부 수사 1과 경감.
- 스즈키(30), 야마모토(29): 형사와 순경.
- 덴카이치 다이고로(연령 미상): 명탐정.

"와하하하하하."

주요 등장인물 목록을 보고 나서 나도 모르게 폭소가 터졌다. 단역인 형사와 순경까지 목록에 넣은 것도 웃기지만, 무엇보다 걸작인 것은 덴카이치에 관한 소개다.

'명탐정!'

"푸하하하하, 우히히히히."

인물 소개란에 명탐정이라고 쓰다니. 그냥 탐정이라고 해도 되잖아. 제발 이렇게 쓰지 말라고. 창피하다니까. 도대체 이 작가의 뇌 구조는 어떻게 생겨먹은 걸까.

우시가미의 저택 응접실에서 눈물까지 흘리면서 웃고 있는데 형사 스즈키가 다가왔다.

"경감님, 이누즈카 요네 씨를 데려왔습니다."

나는 순식간에 진지한 얼굴로 돌아왔다.

"안으로 데려오게."

스즈키의 안내를 받으며 요네가 들어왔다. 창백한 얼굴을 살짝 숙이고 있다.

"당신, 물론 이건 본 기억이 있겠지?"

나는 설탕 그릇을 들이댔다. 안에는 결정이 가장 작은 설탕인 그래뉴당이 들어 있다. 요네가 조용히 고개를 끄덕였다.

"여기에 독이 들어 있다는 사실을 알고 있었나? 농약 말이야."

요네는 눈을 휘둥그렇게 뜨며 놀란 표정을 지었다.

"예? 전혀 몰랐어요."

"그럴까, 정말로 몰랐을까. 이건 평상시 어디에 놓아두지, 부엌 아닌가? 그렇다면 가장 쉽게 독을 넣을 수 있는 사람은 부엌에서 일하는 당신이라는 얘기가 되는데."

"그럴 리가요. 저는 몰라요. 제가 우시가미 선생님을 살해하다니. 그럴 리가. 그런 엄청난 일을……."

요네는 얼굴을 흔들고 몸까지 떨어 댔다.

"그러면 하나 더 물어보지. 오늘 아침 우시가미 화백의 비명 소리가 들렸을 때 당신은 어디 있었지?"

"방에요. 제 방에 있었어요."

"그래, 증명할 수 있나?"

"증명이라니요. 증명은 할 수 없어요."

"그것 봐. 당신을 제외한 나머지 사람들은 비명이 들린 후에야 자기 방에서 나왔고 서로를 목격했어. 즉 알리바이가 있다는 얘기지."

"저도 비명 소리를 듣고 방에서 나왔어요. 그리고 작업실로 가서 선생님의 처참한 모습을 보고 비명을 지른 거예요."

"과연 그럴까. 화백을 살해한 뒤 비명을 지른 것 아니야?"

"아니에요. 그렇지 않습니다. 전 아니에요."

요네가 울음을 터뜨렸다.

나는 한숨을 내쉬며 '울어 봤자 속아 넘어가지 않겠다'는 듯한 표정을 지었다. 물론 마음속으로는 이 여자가 범인일 리 없다고 확신하고 있었다. 그렇기 때문에 더더욱 몰아세워야만 하는 것이다.

이런 탐정 소설에서 우리 조연들이 가장 신경 써야 하는 부분은 절대로 명탐정보다 먼저 범인을 알아내서는 안 된다는 것이다. 덴카이치 탐정이 진실에 접근할 때까지 본질에서 벗어난 수사만 하면서 시간을 벌어 줘야 한다.

요네가 범인이 아니라고 확신하는 근거는 여러 가지였다. 우선 그녀는 미인이 아니다. 범인이 여자일 경우 미인으로 설정하려는 것이 작가의 본능이다. 또한 요네는 과거가 분명하다. 그런 경우에는 소설의 결론 부분에서 '숨겨진 동기'를 만들어 내기가 어려워진다. 이름도 그렇다. '요네'는 아무리 생각해도 범인의 이름으로는 어울리지 않는다.

요네가 자꾸 울어 대는 바람에 난감해하고 있는데 문을 두드리는 소리가 났다. 덴카이치였다.

"요네 씨는 범인이 아닙니다."

탐정이 다짜고짜 그렇게 말했다.

"자네, 뭐야. 생초보 탐정이 끼어들 상황이 아니라고. 그냥 잠자코 있어."

이런 경우에 늘 날리는 진부한 대사를 이번에도 어김없이 되풀이했다.

"그러지 말고 제 말 좀 들어 보세요. 아까 제가 우시가미 화백이 낮잠을 자던 중 목을 졸렸다고 얘기했잖아요. 제가 여기 있던 사람들의 알리바이를 모두 조사해 봤는데, 그때 요네 씨는 장을 보러 외출한 상태였어요."

"뭐야? 그게 정말인가?"

"그렇습니다."

"음……."

나는 나직이 신음했다. 쉽게 범인을 지목했다가 잘못이 드러나면 곧바로 좌절하는 것도 우리 조연들의 임무다.

"그렇다면 이 여자는 범인이 아니군."

"형사한테 들은 얘긴데, 나이프에 우시가미 화백 본인의 지문이 묻어 있었다면서요?"

덴카이치가 물었다.

"그래. 하지만 자살로 꾸미기 위해 범인이 조작한 거라고. 더구나 왼손 지문이었어. 우시가미 씨가 오른손잡이라는 것은 모두들 알고 있잖나."

"아, 그랬나요. 그렇다면 범인 역시 우시가미가 오른손잡이라는 사실을 알고 있지 않았겠습니까. 그런데 왜 왼손 지문을 묻혔을까요."

"그거야 당황해서겠지."

그렇게 경솔한 결론을 내리는데 형사 한 명이 또 들어왔다.

"경감님, 우시가미 사다하루의 그림을 거래하던 화상에게 이런 편지가 배달돼 있었습니다."

"편지?"

부하가 내민 봉투를 열었다. 거기에는 다음과 같은 내용이 적혀 있었다.

'우시가미 사다하루의 그림은 사다하루 자신이 그린 것이 아니다. 내가 그린 것을 자신의 작품이라고 속여 발표하고 있다. 우시가미는 죗값을 치러야 한다.'

"뭐라고, 우시가미가 다른 사람의 작품을 도용하고 있었단 말이야?"

"절대 그럴 리 없어요."

그때까지 울고 있던 요네가 얼굴을 들고 말했다.

"선생님은 그림을 직접 그렸어요."

"도대체 누가 이따위 편지를 쓴 거지?"

나는 다시 편지를 찬찬히 살펴보며 고개를 갸우뚱거렸다.

"잠깐, 실례."

덴카이치가 편지를 낚아채 갔다.

"악필이군요."

"필적을 속이기 위해서겠지. 당연한 일 아닌가."

그러면서 나는 '그러니까 생초보 탐정은 문제야'라는 표정을 지었다.

"음, 혹시……."

덴카이치는 추리를 시작할 때면 늘 하는 습관처럼 더부룩한 머리를 쥐어뜯기 시작했다. 비듬이 날아 흩어졌다.

앞에서도 말했듯이 이번 소설은 범인을 찾아내는 것이 목표다. 그러므로 독자가 아무리 메모를 해 가며 꼼꼼히 읽는다 한들 범인이 누구인지 알 수는 없다. 소설에 나오는 힌트만으로는 결코 진실을 밝힐 수 없는 것이 이번 소설의 구조다.

하지만 문제는 없다. 소설에 등장하는 탐정처럼 논리적으로 범인을 찾아내려는 독자란 없기 때문이다. 독자들은 대부분 직감과 경험으로 범인을 간파해 낸다.

때로는 "나, 소설을 중간쯤 읽다가 범인이 누군지 알아 버렸어."라고 말하는 독자가 있다. 하지만 추리를 통해서 알아낸 것은 아닐 것이다. '이 녀석이야!'라고 적당히 꿰맞췄는데 결과적으로 들어맞은 경우가 대부분이다. 그와 같은 '꿰맞추기' 식의 경우 예측이 한 인물로 모아지지 않는다. 독자의 범인 꿰맞추기는 경마의 우승마 예상과 비슷하기 때문이다. 예를 들어 이번 사건의 경우 독자의 예상은 다음과 같을 것이다.

[우승 후보] 다쓰미 후유코. 젊고 미인이기 때문. 이 사람이 범인이라면 좋은 그림이 된다. 피해자의 죽음을 유난히 슬퍼하는 것이 왠지 의심스럽다.

[대항마] 도라다 쇼조. 괜찮은 청년으로 묘사되고 있다. 의심받을 일이 가장 적기 때문에 오히려 가장 의심스럽다.

[다크호스] 우마모토 부부 중 한 명. 재산을 노린다는 동기가 있기 때문. 하지만 작가가 독자에게 혼란을 주기 위해 곧잘 등장시키는 캐릭터이기도 하다.

[대박] 이누즈카 요네. 평범하고 눈에 띄지 않지만, 막판에 악마적인 정체가 드러날 경우 대반전이 가능한 인물이다.

[초대박] 경찰 중 하나. 종종 그런 방식의 탐정 소설도 있기 때문에 염두에 둬야 한다.

[번외] 자살이거나 조작. 혹은 전원이 범인.

독자들은 이런 식으로 예측을 세워 두고 범인이 밝혀지는 순간을 기다린다. 그래서 누가 범인으로 드러나건 "그렇지! 이미 예상하고 있었어."라고 말하는 것이다.

　"어이, 괜찮겠어?"

　나는 나설 차례를 준비하고 있는 덴카이치에게 물었다. 이제 그가 수수께끼를 풀어야 할 순서가 됐기 때문이다.

　"독자들의 허를 찌를 만한 그럴듯한 내용이 있는 거겠지?"

　"걱정 마세요."

　덴카이치는 자신감에 차 있었다.

　"하지만 말이야, 주요 등장인물 중 그 누가 범인이라고 해도 독자들은 감동받지 않을 거야."

　"그럴 테지요."

　"자네, 아주 여유만만이구먼. 이봐, 이 소설이 아무리 형편없기로서니 작가, 혹은 독자가 범인이었습니다, 따위의 결론이 나오는 건 아니겠지."

　"말도 안 돼요. 하지만 요즘 독자들은 그런 결론까지 예상하고 있을걸요."

　실제로 요즘 세상은 그렇다. 나는 낮게 신음했다.

　그때 거실 문이 열리고 형사가 얼굴을 들이밀었다.

　"다 모였습니다."

　"그래. 자, 가지."

덴카이치를 데리고 거실로 들어갔다. 거실에는 사건 관련자 전원이 기다리고 있었다. 나는 헛기침을 했다.

"여러분, 이번 사건에 대해 덴카이치 탐정이 할 말이 있다고 합니다. 생초보의 추리 따위 들어 봤자 시간 낭비겠지만, 본인이 굳이 하겠다고 하니 한번 들어나 봅시다."

역시 항상 나오는 구태의연한 대사다.

내가 자리에 앉자 덴카이치가 한발 앞으로 나섰다.

"여러분."

역시 이런 소설의 결론 부분에 변함없이 되풀이되는 구태의연한 첫 번째 대사다.

"이번 사건은 실로 기묘했습니다. 저도 한때는 혼란스러웠습니다. 하지만 마침내 범인을 찾아냈습니다."

"누굽니까?"

"누구죠?"

사람들이 앞 다퉈 물었다.

"그건……."

덴카이치는 사람들을 둘러본 뒤 말했다.

"남자입니다."

"헉!"

동요가 일었다.

"당신, 당신이야?"

"아니야, 나는 상관없어."

"저도 아닙니다."

당황해하는 사람들을 덴카이치가 다독거렸다.

"자, 자, 제 말을 들어 보세요. 범인인 그는 오랜 기간 우시가미 사다하루의 그림자적 존재로 살아왔습니다. 자신이 그린 그림을 우시가미에게 빼앗겼고, 그것은 우시가미의 이름으로 발표됐습니다. 그럼에도 우시가미는 그에게 아무런 보답도 하지 않았습니다. 그는 마침내 폭발했습니다. 쌓였던 원한이 터져 마침내 살인에 이른 것입니다."

"누구지, 그 사람은?"

"누구예요?"

"누굽니까. 빨리 말해 주세요."

"그 사람은,"

덴카이치는 무게를 잡고 심호흡한 뒤 말을 이었다.

"그 사람은 우시가미 사다하루 씨 안에 잠재해 있던, 또 하나의 인격입니다."

"……"

모두들 말을 잃은 채 탐정을 바라봤다.

"우시가미 씨는 어린 시절, 뇌수술을 받았습니다. 그 결과 ……(전문적인 내용이므로 생략)…… 오른쪽 뇌에 별개의 인격이 생겨났고, 그 인격이 그림을 그리기 시작한 것입니다. 조사 결과 우시가미 씨는 오른손잡이임에도 그림과 붓에는 왼손의 지문이 묻어 있었습니다. 왼손의 움직임은 오른쪽 뇌가 관장하기 때문에 그런 것입니다. 고발 편지의 글씨가 엉망이었던 것은 왼손으로 썼기 때문입니다. 앞에서도 말씀 드렸듯이, 그 별개의 인격은 우시가미 씨의 주(主) 인격을 증오하기 시작했습니다. 그는 주 인격이 잠들었을 때 목을 조르기도 하고, 설탕에 독을 넣기도 했습니다. 하지만 모두 실패했지요. 그리고 마지막으로 나이프로 가슴을 찌른 것입니다."

"작업실의 유리가 모두 깨진 것은 어찌 된 일이지?"

나는 거실의 분위기가 매우 좋지 않음을 느끼면서 질문을 던졌다.

"그 유리에 우시가미 씨의 모습이 비쳤기 때문이었습니다. 착란을 일으킨 별개의 인격은, 우시가미 씨의 모습이 보이기만 하면 철저히 파괴했습니다. 거울도, 시계 유리도 박살 내버렸고, 캔버스도 갈기갈기 찢었습니다. 캔버스에는 우시가미 씨의 자화상이 그려져 있었습니다."

"음."

나는 신음을 내뱉으며 중얼거렸다.

"그렇다면 자살하고는 다른 것인가."

"다르지요. 자살과는 근본적으로 다릅니다. 이건 살인입니다."

덴카이치는 침을 튀기며 강조했다.

관련자들은 여우에 홀린 듯한 표정이다.

"그랬군. 그랬었군."

나는 자리에서 일어섰다.

"별개의 인격이 범인이었군. 그건 생각도 못했어. 대단해. 역시 명탐정 덴카이치야. 이번에는 정말로 자네에게 완패했네."

나는 필사적으로 덴카이치를 치켜세웠다.

"아닙니다. 모두 경감님 조언 덕분에……."

탐정이 그렇게 말하는 순간 어디선가 무언가가 날아왔다. 빈 맥주 캔이었다.

이런, 하고 생각하는 찰나, 이번에는 바나나 껍질이 날아왔다.

"으앗, 이게 뭐야."

덴카이치가 손으로 자기 머리를 감쌌다. 그때서야 나는 깨달았다.

"독자다. 성난 독자가 던지고 있는 거야."

음식물 쓰레기와 말똥까지 날아왔다.

"살려 주세요오."

덴카이치가 도망치기 시작했다.

"이봐, 같이 가."

나도 허둥지둥 꼬리를 내리고 도망쳤다.

3

폐쇄된 산장의 비밀 — 무대를 고립시키는 이유

산길 양쪽에는 더러워진 목화솜 같은 눈이 수북이 쌓여 있었다. 오늘은 날씨가 맑고 바람 한 점 없다. 기분 나쁠 정도로 조용한 가운데 지프차의 엔진 소리와 타이어 체인 구르는 소리만 들린다.

"아직 멀었나요?"

운전사에게 물었다. 그는 나를 역까지 마중 나와 주었다.

"5분 정도만 더 가면 됩니다."

옷깃에 털이 달린 점퍼를 입은 운전사는 가벼운 말투로 대답했다.

지프는 좁은 산길을 오르기 시작했다. 오른쪽에는 가파른 급경사가 있고 왼편은 굴러 떨어지면 지옥까지 닿을 듯 까마득한 절벽이다. 눈사태라도 일어나면 길이 끊길 거라는 생각이 얼핏 들었다. 동시에 이번 작품의 줄거리가 어렴풋이 머리에 떠올랐다.

지프가 멈춰 선 곳은 경사면을 등지고 있는 서양식 저택 앞이었다.

"어이구, 잘 오셨습니다. 피곤하시지요, 오가와라 경감님."

나를 맞이한 사람은 이 집 주인, 야카타 덴조. 웬만큼 살이 붙어 있고 연륜도 엿보이는 신사다. 이 지역에서는 손꼽히는 자산가라고 한다. 세금도 듬뿍 내기 때문에 우리 공무원들에게는 좋은 스폰서인 셈이다.

"훌륭한 저택입니다."

진심 반 아첨 반으로 인사를 건넸다.

"아닙니다. 편히 쉬십시오."

야카타는 나를 영접한 뒤 다른 손님에게 다가갔다.

오늘 이곳에서는 이 저택의 완공을 축하하는 파티가 열린다. 야카타는 시내에도 훌륭한 집이 있지만, 주말에는 자연 속에서 지내고 싶어 별장을 지었다고 한다. 부자들은 우리들과 사는 방식이 다르다.

사실 오늘 초대받은 경찰 측 인사는 서장이었다. 그런데 행사 직전에 서장의 지병인 요통이 재발해 준 덕분에 비번인 내가 대타로 참석하게 된 것이다.

드넓은 파티 홀에서는 스탠딩 파티가 열리고 있었다. 참가자는 어림짐작으로도 수십 명에 달했다. 대부분 지방 신문에 한번쯤 얼굴을 비쳤던 인물들이다. 이번 기회에 평소에는 엄두도 내지 못했던 진수성찬을 마음껏 먹어 주리라 마음먹고 재빨리 음식을 접시에 쌓아 가기 시작했다. 그때 뒤에서 누가 아는 체를 했다.

"안녕하십니까, 오가와라 경감님."

움찔하며 돌아보니, 예상대로 낡아 빠진 양복에 더부룩한 머리의 남자가 동그란 안경 너머로 나를 보고 있다. 이 소설의 주인공, 덴카이치 다이고로다.

"어, 자네……."

내 눈과 입이 동그래졌다.

"자네도 초대받았나?"

"네, 저도 웬만큼 이름이 알려져 있거든요."

덴카이치가 코를 벌름거렸다. 실내인데도 골동품 지팡이를 빙글빙글 돌리고 있다.

"잘난 체하기는. 운 좋게 사건 두세 개 해결한 거 가지고. 생초보의 행운에는 당해 낼 재간이 없다니까."

나는 관례대로 사립 탐정을 무시하는 대사를 읊었다. 조연 경감이라는 역할 때문에 이런 태도를 취할 수밖에 없다.

"그건 그렇고,"

덴카이치는 갑자기 목소리를 낮추며 속삭였다.

"여기까지 오는 길을 보고 뭐 느낀 거 없었어요?"

소설 속 역할에는 어울리지 않는 말투다.

"좁던데."

나 역시 소설의 세계를 벗어나 히죽거리며 말했다.

"당장이라도 눈에 파묻힐 것 같아."

"동감입니다."

덴카이치도 끄덕거렸다.

"아마 곧 눈이 내릴 겁니다. 게다가 폭설이겠지요."

"그래서 길이 막힌다는…….."

"전화도 불통이 될걸요."

"그러면 이 저택은 바깥세상과 단절되지. 외부와 연락이 불가능해져."

"아무래도 이번 사건은 그 패턴이 될 것 같네요."

"그럴 거야. 이 작가는 그 패턴을 꽤나 좋아하지. 하지만 말이야…….."

나는 홀을 한 바퀴 둘러본 뒤 말을 이었다.

"등장인물이 너무 많지 않나?"

"그건 문제없을 겁니다. 모두가 이곳에 묵는 건 아닐 테니까요. 아마 대부분 돌아가고 일고여덟 명 정도 남겠지요."

"그렇다면 괜찮지만."

"틀림없어요. 이 작가의 능력을 감안할 때 등장인물이 그 이상 되면 인물 설정을 제대로 못해 내거든요."

"맞아, 맞아."

설득력 있는 설명이었다.

야카타의 인사말이 시작되었다. 그와 친분 있는 인물들의 이름이 불리었다. 그리고 게임과 여흥으로 파티 분위기가 무르익었다. 시간은 빠르게 흘러갔다.

밤이 깊어 가면서 덴카이치가 예언했던 대로, 아니 이 소설의 패턴에 따라 눈이 내리기 시작했다. 역시 예언대로 손님 대부분이 귀가하기 시작했다. 남은 사람은 고용인 두 명을 제외하면 집주인인 야카타와 그의 부인 아야코, 그리고 나와 덴카이치를 포함해 다섯 명의 손님뿐이었다.

우리들은 파티 홀을 나와 복도로 연결된 별채로 안내되었다. 그곳에도 넓고 안락한 거실이 있었고, 거기서 2차 술자리가 시작됐다. 이번 기회를 놓치면 평생 맛보기 힘들 것 같은 고급스러운 술이 끊임없이 나왔다. 나는 사양하지 않고 마시기로 했다. 다른 손님들도 야카타가 가져오는 진기하고 유명한 술을 목구멍 속으로 퍼부었다. 원래 사람이 여러 명 모이면 그중 한 명 정도는 반드시 술을 못 마시는 사람이 있기 마련이다. 하지만 오늘 밤엔 어떻게 된 일인지 애주가들만 모인 것 같았다. 덴카이치 역시 맨정신으로 앉아 있는 듯하지만 술 마시는 속도가 점점 빨라졌다.

브랜디와 스카치가 몇 병이나 비었을 때 전화벨이 울렸다. 야카타가 수화기를 들었다. 두세 마디 대화를 나누던 야카타는 수화기를 내려놓더니 심란한 표정으로 우리들을 둘러봤다.

"저……, 좀 난처한 일이 일어났습니다."

"무슨 일이죠?"

내가 물었다.

"그게, 폭파 사고 같은 것이 일어나서 벼랑이 무너진 것 같습니다. 당분간 그 길을 이용하기 어려울 거라는군요."

"아이고."

나도 모르게 덴카이치를 쳐다봤다. 그는 억지로 웃음을 참고 있었다. 나는 헛기침을 한 뒤 야카타에게 눈길을 되돌렸다.

"폭파 사고라니, 왠지 이상한데요."

"네. 원인을 조사해 봐야겠지만 이렇게 폭설이 내리고 있어서……. 원인 조사보다는 길을 복구하는 것이 시급할 것 같습니다."

"복구되는 데 얼마나 걸릴까?"

손님 중 한 명인 오고시 가즈오가 물었다. 오고시는 야카타의 오랜 친구라고 한다. 돈은 잘 버는 것 같은데 무슨 일을 하는지는 분명치 않다.

"눈이 그치면 곧바로 작업에 들어간답니다. 하지만 내일 하루는 꼬박 작업에 매달려야 할 겁니다."

그리고 야카타는 다정하게 덧붙였다.

"걱정하실 필요 없습니다. 여러분이 일주일 정도 머무는 데 필요한 준비는 다 되어 있습니다. 자, 이번 기회에 푹 쉬었다 가시지요."

손님들은 고맙다는 듯 고개를 숙였다.

그 뒤로도 우리들은 거실에서 계속 술을 마셔 댔다. 체면을 세워 주려는 것인지, 야카타는 나에게 여태까지 해결한 사건에 대해 얘기해 달라고 했다. 그리 기분 나쁜 부탁도 아니고 해서 '가베카미 가문의 살인 사건'이나 '나마쿠비무라 살인 사건', 또 '무인도 사체 연쇄 실종 사건' 등에 대해 간략히 설명해 줬다. 실제로 이 모든 사건은 덴카이치 탐정이 해결한 것이지만, 그런 사실 따위는 잊어버렸다. 옆에 있는 덴카이치도 모른 체했다.

내 얘기가 끝났을 때 오고시가 일어났다.

"저……"

두리번두리번하는 모양새가, 소변이 마려운데 화장실이 어디 있는지 모르는 것 같았다.

"화장실은 이쪽이야. 내가 안내하지."

야카타가 벌떡 일어나 오고시와 함께 거실을 나갔다. 다른 손님이 화장실에 가려 했을 때는 가정부가 안내했는데, 오고시에 대해서는 상당히 신경을 쓰고 있다는 느낌이었다.

"좀 추워졌네요."

아야코 부인이 말했다.

"밖에는 눈이 퍼붓고 있겠지요."

손님 중 한 명인 둥근 코의 하나오카가 말했다.

"창문이 없어서 잘은 모르겠지만."

몇 분 뒤 야카타가 돌아왔고, 가정부에게 지시했다.

"술이 다 떨어졌잖아. 빨리 가져오라고."

"아닙니다. 저는 이제 됐습니다."

청년 실업가인 아시모토가 손을 내저었다.

"좀 취했습니다."

"무슨 말씀을, 젊은 분이."

야카타는 아시모토의 컵에 브랜디를 부었다. 그러자 술이 싫지 않은지, "더 마시면 안 되는데."라면서도 아시모토는 기쁜 표정으로 술잔을 입에 갖다 댔다.

그로부터 다시 한 시간, 우리들은 여전히 술을 마시고 있었다. 일어서서 화장실에 가려던 하나오카가 우리를 돌아보더니 "아 참, 오고시 씨는 어떻게 됐나요?"라고 물었다.

"참, 그러고 보니,"

가정부가 걱정스러운 얼굴로 우리를 쳐다봤다.

"아까 화장실에 간 뒤로 아직 돌아오시지 않았습니다."

"아마 방에서 쉬고 있을 겁니다. 걱정하지 마세요."

일단 우리를 안심시킨 야카타는 벽시계를 흘끗 보더니 가정부에게 지시했다.

"하지만 일단 살펴보고 오는 것이 좋을 것 같네. 오고시 씨 방에 한번 가 보지."

"분명 술에 취해 쓰러져 있겠지요. 무리하게 벌컥벌컥 마셔 대더니."

쓰러지기 직전의 아시모토가 혀 꼬부라진 소리로 말했다.

그때 오고시의 방에 갔던 가정부가 다급히 거실로 뛰어 들어왔다.

"오고시 선생님이 방에 안 계십니다."

"뭐라고?"

야카타는 화들짝 놀라며 펄쩍 뛰어올랐다.

"그러면 집 안팎을 찾아봐."

"저도 같이 가겠습니다."

나도 자리에서 일어섰다.

"저도요."라며 덴카이치도 나섰다.

전원이 찾아 나섰으나 오고시의 모습은 어디에도 보이지 않았다. 별관 현관을 통해 밖으로 나가 보니 눈이 그친 정원은 그야말로 순백색으로 발자국 하나 없었다. 잠시 후 덴카이치가 다가오더니 내 옆에 웅크리고 앉아 눈을 만지작거렸다.

"자네, 뭐하나."

"아니, 그냥……."

다시 일어선 덴카이치는 주위에 아무도 없다는 걸 확인한 뒤 내게 속삭였다.

"사건이 일어난 것 같은데요."

"그렇지?"

내가 끄덕였다.

"타이밍상 사건이 일어날 줄 알았어. 술 마시는 장면이 너무 오래 계속되다 보니 독자들도 슬슬 지루해지던 참이었어."

"이번엔 어떤 트릭일까요. 범인 찾기일까요, 아니면 불가능 범죄일까요."

"밀실 아닐까."

내가 짓궂게 말했다.

예상대로 덴카이치는 금방이라도 울음을 터뜨릴 듯한 표정을 지었다.

"제발 그것만은……."

그때 야카타의 목소리가 들렸다.

"경감님, 오가와라 경감님, 어디 계십니까?"

"네, 지금 그리로 갑니다."

나는 본연의 엄숙한 표정으로 돌아와 집 안으로 들어갔다.

야카타는 나를 보고 손짓했다.

"이리 좀 와 보세요."

그에게 이끌려 간 곳은 창고 같은 방으로, 불이 켜진 내부는 놀랄 정도로 넓었다. 그러나 그 이상으로 나를 놀라게 한 것은 거기 있는 어떤 물건이었다. 그 방에는 케이블카 한 대가 놓여 있었다.

"아니, 이건 케이블카 아닙니까."

"예, 그렇습니다. 별장을 지으면서 산 위에도 전망대를 겸한 작은 오두막을 하나 세웠거든요. 케이블카를 타면 그곳까지 올라갈 수 있습니다. 여름이면 맥주라도 마시면서 경치를 구경하려고요."

"역시 생각하는 차원이 다르시군요."

그러자 덴카이치가 나서며 물었다.

"그런데 이 케이블카에 무슨 문제라도 있나요?"

"그게……, 누군가 사용한 흔적이 있습니다. 어쩌면 오고시가 탔는지도 모르겠네요."

"음."

또다시 나도 모르게 나지막한 신음 소리가 새어 나왔다.

"그럼 산 위로 한번 올라가 볼까요."

아야코 부인과 가정부만 남기고 나와 덴카이치와 야카타, 그리고 손님 두 명이 케이블카에 올라탔다.

"엄청난 급경사군요."

아시모토가 창밖을 내다보며 감탄했다.

"도저히 걸어서는 오를 수 없겠어요."

"아무리 취해도 그렇지, 이런 폭설 속에서 전망대에 올라갔다면 오고시 씨는 정말 엉뚱한 사람이군요."

하나오카가 태평하게 말했다.

"만일 그렇다면 오고시 씨가 혼자 타지는 않았을 겁니다."

덴카이치가 말했다.

"그랬다면 케이블카가 정상에서 되돌아오지 않았겠죠."

모두들 일리가 있다는 듯 고개를 끄덕였다.

케이블카가 위쪽 오두막에 도착하는 데는 15분쯤 걸렸다. 우리들은 오두막을 나와 주위를 살폈다. 아래쪽과 달리 산 위에는 가느다란 가루눈이 하염없이 내리고 있었다.

수색을 시작한지 10분 만에 오고시의 시체가 발견되었다. 그는 오두막 바로 옆에 쓰러져 있었는데, 눈에 덮여 쉽게 발견되지 않았던 것이다. 머리 뒷부분에 타박상을 입은 채였다.

미스터리 세계에서 외딴섬이나 폐쇄된 산장에서의 살인 사건은 그리 드문 패턴이 아니다. 덴카이치 시리즈의 몇몇 작품에도 그런 패턴이 있다. 시리즈의 고정 등장인물인 내가 말하는 것이니 틀림없는 사실이다. 그것은 이런 패턴을 환영하는 독자들이 있기 때문이다. 그래서 폐쇄된 산장의 살인 사건이라는 패턴이 이어지는 것이다.

물론 여기에는 '일본에서는'이라는 단서가 필요할지도 모른다. 평론가에 따르면 유럽과 미국에서는 이런 패턴의 작품이 거의 없으며 유독 일본 독자들만이 이런 패턴의 미스터리를 읽고 좋아한다고 한다. 하지만 유럽과 미국 독자들이 관심도 주지 않는 패턴에 일본 독자들이 열광한다고 해서 일본 독자들이 유치하다거나 열등하다고는 생각하지 않는다. 우리에게는 우리 나름의 문화가 있는 법이다. 쓰고 싶은 작가는 쓰면 되고, 읽고 싶은 독자는 읽으면 된다. 하지만…….

등장인물의 입장에서는 한마디 하고 싶은 말이 있다.

"좀 더 연구하고 더 고민해서 쓰면 안 될까?"

산장은 언제나 폭설로 고립되고, 외딴섬의 별장도 폭풍우로 늘 고립된다. 이런 식이라면 독자들도 곧 질려 버릴 것이 뻔하다. 등장인물 역시 진절머리 나기는 마찬가지다.

도대체 무대를 고립시키는 이유는 어디에 있는 것일까. 고립시키지 않으면 어떤 문제가 생기는 걸까.

"고립시키면 용의자를 소수로 한정할 수 있다는 장점이 있죠."

내 독백을 옆에서 들었는지 덴카이치가 끼어들었다.

"외부인의 범행 가능성을 배제함으로써 성립 불가능한 범죄라는 점을 독자들에게 선명히 어필할 수 있지요. 이번 경우가 거기에 해당됩니다. 모두가 거실에 모여 있었는데도 오고시 씨가 산 정상에서 살해됐습니다. 그렇다고 범인이 외부 인물일 가능성은 전혀 없습니다. 그 결과 소설의 신비함이 깊어지게 됩니다. 한마디로 말해서 고립이라는 패턴은 작가 편의에 의해 자주 채택되는 거지요."

"장점은 그것뿐인가?"

"또 있지요. 예를 들어 제 입장에서 보면……."

덴카이치가 코 밑을 긁적거렸다.

"탐정이 고군분투할 수 있다는 점이 매력적입니다. 경찰이 끼어들면 과학 수사나 인해 전술 따위를 동원하기 때문에 지식 게임이 파괴됩니다. 하지만 이번 경우처럼 외부로부터 고립될 경우 순수하게 범인 대 명탐정의 싸움이 됩니다."

자기 자신을 명탐정이라 부르는 인간은 흔치 않은데 싶어서 덴카이치의 얼굴을 빤히 쳐다봤지만 그는 그걸 존경의 눈빛으로 오해했는지 연신 고개를 끄덕이며 "그래, 그렇지."라고 혼잣말을 했다.

"범인의 입장에서도 장점이 있지요. 무대가 고립되면 경찰이 개입할 수 없고, 등장인물들도 도망갈 수 없습니다. 그래서 손쉽게 살인을 할 수 있어요. 마음만 먹으면 모두를 살해하고 범인 자신도 자살할 수 있지요. 물론 그런 패턴은 명작에나 해당되는 것이지만요."

"그렇다면 단 한 사람만 죽일 작정일 때는 군이 고립까지 시킬 필요가 없지 않나?"

"꼭 그렇지도 않아요. 고립시키지 않으면 작가가 트릭을 쓰는 데 제약이 많이 따르거든요."

"장점은 그렇다 치고, 단점도 있지 않은가. 범인 입장에서 용의자가 많은 편이 좋지 않겠어? 관련자가 한정된 상황에서 범죄를 저지르려면 부자연스러운 점이 많겠지."

"음,"

덴카이치가 팔짱을 꼈다.

"그렇게 말씀하신다면 할 말은 없지만."

"그렇지? 그래서 이런 식의 스토리를 싫어하는 거야. 모든 것이 부자연스럽지. 너무 인위적이야."

"하지만 이번 경우는 괜찮을 겁니다."

덴카이치는 자신만만하게 말했다.

"이번 사건에서는 경감님의 불만이 해소될 겁니다."

"그래? 그렇다면야 별문제 없지만."

"괜찮을 겁니다, 반드시. 지켜봐 주세요."

덴카이치는 자신만만하게 웃으며 사라졌다.

소설 세계로 돌아간 나는 등장인물들에 대한 수사를 진행했다. 그 결과 다음과 같은 사실이 밝혀졌다.

— 아시모토는 오고시에게 부채가 있고, 빚 독촉을 받고 있었다.

— 하나오카는 오고시의 부인을 사랑하고 있다.

— 야카타 부부는 좋은 사람들이다.

— 고용인들은 오고시와 초면이다.

이상의 사실에서 나는 아시모토와 하나오카를 의심하기로 했다. 물론 내심으로는 두 사람이 절대 범인이 아닐 것이라고 생각한다. 하지만 여기서 두 사람을 의심하며 날뛰는 것이 덴 카이치 탐정 시리즈에서 나의 역할이니 별수 없는 노릇이다.

"음, 이거 난감한데."

사건 다음 날 아침, 나는 거실 소파에 앉아 머리를 쥐어뜯었다.

"이번 사건만은 내 능력의 범위를 넘어서는군."

늘 하는 대사다.

그때 야카타가 거실로 들어섰다.

"고명하신 경감님도 해결 불가능한 사건이란 말인가요?"

"면목 없습니다."

나는 얼굴을 찡그렸다.

"용의자의 범위는 어느 정도 좁혀졌는데 살인 수법을 밝혀내지 못했습니다. 산 정상까지 올라가려면 케이블카를 이용하더라도 편도만 15분이 걸립니다. 하지만 사건 당시 자리를 그 이상 오래 비운 사람은 없었습니다."

"자살 가능성은 없습니까?"

"무리지요. 자신의 머리 뒷부분을 때리는 자살 방식은 들어 본 적이 없습니다."

"혹시 사고일 가능성은?"

"사고라……."

나는 잠시 신음 소리를 내다가 말했다.

"음, 그럴지도 모릅니다. 술에 취한 오고시 씨가 장난삼아 케이블카를 탔고, 정상 오두막에서 내리다가 머리를 부딪쳤을 수도 있지요. 그리고 우연히 케이블카의 스위치가 켜져 아무도 타지 않은 채 돌아올 수도……."

우연히라는 단어는 나 같은 조연 형사가 사용하기에 참 편리한 단어다.

"그래, 바로 그거야."

나는 기쁜 듯이 박수를 쳤다.

"야카타 씨, 그건 사고예요. 그 외의 가능성은 생각할 수 없어요."

그때 덴카이치가 거실 입구에 모습을 드러냈다.

"여러분, 다들 모여 주십시오."

그의 말에 따라 실내에 있던 사람들이 움직이기 시작했다.

"뭐지요?"

"무슨 일입니까?"

모두가 사전에 합의라도 한 듯 덴카이치를 둘러싸고 부채

꼴로 앉았다.

"뭐야, 뭐야."

나는 입을 삐죽 내밀며 소리쳤다.

"자네, 뭘 하려고 그래."

덴카이치는 나를 보고는 빙긋 웃었다.

"물론 수수께끼 풀기입니다. 오고시 씨를 살해한 범인이 누군지 알아냈습니다."

"살해라고? 흥."

나는 코웃음 쳤다.

"이건 사고라고. 방금 그렇게 결론이 났어."

"아닙니다, 경감님, 살인이에요."

그는 일동을 둘러봤다.

"그리고 물론 범인은 여러분 가운데 있습니다."

"헛!"

동요가 일었다.

"누군가요?"라는 하나오카.

"누구지요?"라는 아시모토.

모든 사람이 한마디씩 한 뒤 야카타도 물었다.

"도대체 누가 오고시를 살해했다는 겁니까?"

그러자 덴카이치는 숨을 크게 들이쉰 뒤 서서히 얼굴을 야카타 쪽으로 돌렸다. 안경 속에서 두 눈이 번쩍 빛났다.

"범인은 바로 당신입니다, 야카타 씨."

야카타를 제외한 전원이 "뭐!" 하고 외쳤다. 그러고는 야카타를 주시했다.

집주인은 잠시 미동도 하지 않았다. 그러더니 가슴을 위아래로 크게 올렸다 내리며 탐정을 쳐다봤다.

"무슨 말씀이지요? 그때 제가 거실에 있었다는 사실은 여기 계신 분들이 잘 알고 있는데요."

"맞아, 덴카이치."

나도 야카타 편을 들었다.

"오고시 씨를 죽일 시간은 없었어."

"과연 그럴까요."

덴카이치 탐정은 여유가 넘쳤다.

"경감님도 기억하고 계시지요. 마지막으로 오고시 씨와 접촉한 사람은 야카타 씨입니다. 분명 화장실로 안내했지요."

"말도 안 돼. 같이 있던 시간은 불과 이삼 분이라고요."

야카타가 쓴웃음을 지으며 말했다.

"이삼 분이면……,"

덴카이치가 말했다.

"머리 뒷부분을 때릴 정도의 시간으론 충분합니다."

"물론 죽일 수는 있지만 산 정상까지 운반하는 것은 어렵지."

내가 말했다.

하지만 덴카이치는 싱긋 웃었다.

"그것이, 가능합니다."

"설마."

"정말입니다. 믿지 못하겠으면 저를 따라와 보세요."

덴카이치는 빙그르르 뒤로 돌아 걷기 시작했다. 나도 다른 사람들도 그의 뒤를 좇았다.

복도로 나선 덴카이치는 화장실로 향하는 듯했지만 화장실을 지나쳐 복도 끝까지 걸어갔다. 거기에도 문이 하나 있었다.

"자, 한번 보시지요."

덴카이치가 문을 열었다.

"와."

경악이 터져 나왔다. 무리도 아니었다. 문밖은 눈 덮인 경사면이었다. 횡횡, 눈 섞인 차가운 바람이 불어 닥쳤다.

"여기는…… 산, 산 정상이 아닌가."

하나오카가 더듬거리며 말했다.

"그렇습니다."

덴카이치가 말했다.

"이 별채는 우리들이 알아차리지 못하는 사이에 산 정상까지 와 있는 겁니다. 이 집은 그런 구조로 만들어져 있습니다."

"무슨 말이야. 찬찬히 설명 좀 해 보게."

내가 덴카이치에게 말했다.

"구조는 간단합니다. 즉 이 별채 전체가 거대한 케이블카인 것입니다. 하지만 속도는 매우 느리지요. 산꼭대기까지 편도만 한 시간 이상 걸릴 겁니다. 그래서 집 안에 있는 사람들은 별채가 움직이는 걸 알아채지 못한 거지요."

"어제도 이런 식으로 산 정상까지 온 건가요?"

하나오카가 물었다.

"그렇습니다. 산 정상에 왔을 때 야카타 씨가 오고시 씨를 때려죽이고 비상구에서 밀어 떨어뜨린 것입니다. 그러고는 집을 원위치로 돌려보냈습니다. 범행이 이뤄지는 동안 야카타 씨는 거실에서 계속 술을 권했습니다. 야카타 씨는 집이 이동 중일 때 우리 중 누군가가 자기 방으로 돌아가서 창밖을 내다볼까 봐 노심초사했습니다. 화장실에 간 오고시 씨가 돌아오지 않아 소동이 벌어졌을 때에도 야카타 씨는 걱정 말라고 했습니다. 별채가 아직 원위치로 돌아오지 않았을 거라고 생각했기 때문입니다. 하지만 시계를 보니 이미 시간이 충분히 지나 있었기 때문에 갑자기 오고시 씨를 찾으러 가자며 소동을 부리기 시작한 겁니다. 야카타 씨, 혹시 제 추리에 잘못된 점이라도 있습니까."

야카타는 아무 말도 하지 못했다. 그저 얼어붙은 듯 서 있을 뿐이었다.

"자네는 어떻게 그런 사실을 알아냈나?"

내가 덴카이치에게 물었다.

그는 빙긋 웃었다.

"오고시 씨를 찾으러 경감님과 함께 정원에 나갔었잖아요. 그때 이상하다고 생각했어요. 이 건물 벽에 붙어 있는 눈과 정원에 쌓인 눈의 질이 전혀 달랐기 때문입니다. 마치 건물만 높은 곳까지 갔다 온 것 같았습니다."

"그리고 실제로 건물만 이동했다는 거군. 대단해. 이번만은 내가 자네에게 한판으로 졌네."

나는 여느 때처럼 뻔한 대사를 읊으며 탐정 역할을 맡은 인물을 칭찬했다.

돌연 야카타가 바닥에 엎어졌다.

"말씀하신 그대로입니다. 저는 과거에 강도 짓을 한 적이 있습니다. 그때 훔친 돈을 자본금 삼아 지금의 부를 일궈 냈습니다. 그런데 같이 강도 짓을 했던 오고시는 그런 제 약점을 잡아 계속 돈을 요구했습니다. 이미 수천만 엔을 줬기에 더는 돈을 뜯길 수 없어서 그를 죽이기로 한 것입니다. 이 집을 지은 것도 그를 죽이기 위해서였습니다. 저는 이 트릭에 자신이 있었습니다. 의심을 사지 않기 위해 명탐정인 덴카이치 씨도 초대했던 겁니다."

"하지만 허술했어요."

"아무래도 그랬던 것 같습니다."

야카타가 고개를 숙이며 말했다.

덴카이치는 연민이 담긴 표정으로 야카타를 내려다보다가 돌연 굳은 얼굴을 펴며 나를 쳐다봤다.

"어땠어요, 오가와라 경감님. 이번 사건에선 부자연스러운 점이 없었지요? 범인이 굳이 피해자를 이 집으로 부른 것은 이곳이라면 트릭이 가능했기 때문입니다. 길을 폭파해서 집을 고립시킨 이유도 당연히 아시겠지요. 건물이 경사면을 따라 올라가는 것을 밖에서 누군가 목격하게 되면 소설은 그 자리에서 끝나 버리기 때문입니다."

"그랬군."

나는 고개를 끄덕였다.

"이번 소설은 집 자체에 조작이 있었다는 패턴이었군. 하지만……"

"뭡니까?"

덴카이치가 따지듯 물었다.

"아니, 그게……"

이렇게 살인 한 건 하려고 거금을 처발라 가며 케이블카로 움직이는 저택을 만드는 것보다는 살인 청부업자를 고용하는 편이 경제적으로 효율적이지 않을까? 그런 생각이 머리에 가득했지만, 그건 이런 본격 추리 소설에서는 결코 해서는 안 될 말이라고 생각하며 입을 다물었다.

4

최후의 한마디 ─ 다잉(Dying) 메시지

그것은 정말이지 처참한 시체였다. 현장을 본 순간, 시체를 수없이 보아 온 나조차도 구토를 하고 말았다.

피해자는 오타쿠 겐이치로. 70세에 가까운 노인이다. 오타쿠 물산의 사장인 그는 명실 공히 이 회사를 이끌어 온 장본인이다.

사건 현장인 자택 2층의 서재로 들어서니 오타쿠는 열린 창틀에 걸리듯 쓰러진 채 죽어 있었다. 이마에서 정수리까지 쫙 쪼개진 시체는 얼굴이 피로 낭자했다. 발견한 사람은 오랫동안 그를 모셔 온 가정부. 그녀는 사장의 시체를 발견하고는 너무 놀라 방 입구에 주저앉아 계속 울었다고 한다. 그럴 수밖에 없었으리라.

흉기는 현장에서 발견되었다. 크리스털로 만든 문진이었다. 하지만 지문은 나오지 않았다. 범인이 지워 버렸을 것이다.

그날 오타쿠 겐이치로는 서재에서 붓글씨를 쓰고 있었던 것으로 추정된다. 넓은 책상 위에 먹을 갈아 놓은 벼루가 놓여 있고 붓글씨용 깔개가 펼쳐져 있었다.

"오가와라 경감님, 잠깐만요."

현장을 조사하던 부하가 나를 불렀다.

"무슨 일인가?"

"이거 좀 보세요."

부하는 책상과 의자 사이를 가리켰다. 짙은 녹색 깔개의 끝쪽에 먹으로 쓴 글씨 같은 흔적이 있었다. 아니, '글씨 같은'은 적절한 표현이 아니다. 그것은 글씨가 틀림없었다.

"밑에 저런 게 떨어져 있는데요."

부하가 가리킨 것은 먹이 묻은 붓이었다.

"음."

나는 신음 소리를 내며 다시 한 번 깔개에 쓰인 글씨를 살폈다. 아무래도 알파벳 같았다.

"W ······ E ······ X 인가?"

"그런 것 같군요."

옆에서 목소리가 들려왔다. 부하의 목소리는 아니었다. 고개를 들어 보니 낡아 빠진 양복에 더부룩한 머리, 안경을 쓴 남자가 바닥을 들여다보고 있었다.

"엇."

놀라서 몸을 뒤로 젖혔다.

"뭐야, 뭐야. 자네, 뭐야."

"예, 접니다, 오가와라 경감님."

남자는 지팡이를 빙빙 돌렸다.

"두뇌 명석, 박학다식, 다재다능, 뛰어난 행동력의 명탐정 덴카이치 다이고로입니다."

"자기소개가 무척이나 설명적이군."

"이 소설의 작가가 원체 표현력이 부족해서 저 스스로라도 이렇게 해야 합니다."

"그래, 작가가 장황하게 설명하는 것보다는 낫군. 그건 그렇다 치고 도대체 자네 여기서 뭘 하는 건가. 관계자 외에는 출입 금지야."

"저는 피해자인 오타쿠 사장에게 고용됐습니다. 어떤 사람에 대해 조사해 달라는 의뢰를 받았지요."

"어떤 사람인데?"

"이런 건 밝히지 않는 것이 원칙이지만, 사건이 터졌으니 어쩔 수 없군요. 그 사람은 오타쿠 사장의 부인입니다. 2년 전에 그와 결혼한 후처예요. 30대 전반으로 젊고 미인입니다. 오타쿠 사장은 그녀가 바람을 피우는 것 같다며 걱정이 이만저만 아니었습니다. 실제로 그런 낌새가 있기도 했죠. 그래서 저에게 조사를 부탁한 겁니다."

"그럴 수 있지. 그래 조사는 해 봤나?"

"아직 진행 중입니다. 부인에게 애인이 있는 것 같기는 한

데, 상대를 아직 알아내지 못했어요. 중간보고라도 하려고 찾아왔는데 의뢰인이 이렇게 돼 버려서⋯⋯. 거참, 조사비를 청구할 수도 없고, 손해가 이만저만이 아니네요."

덴카이치는 더부룩한 머리를 긁적거렸다.

"쯧쯧, 안됐네. 그런 사정이 있었군. 자네한테도 얘기를 자세히 들어 봐야겠어. 그럼 별실에서 기다리고 있게."

나는 파리를 쫓듯 손사래를 쳤다. 하지만 덴카이치는 그런 나를 무시한 채 다시 책상 아래를 살폈다.

"경감님, 이건 꽤 흥미로운 사건입니다."

"잘난 체하기는. 생초보 탐정이 나설 만한 사건이 아니야. 물러서라니까."

매번 해야 하는 나의 대사다.

"흠. W, E, X로군."

덴카이치는 곤혹스런 표정이었다. 하지만 잠시 주위를 둘러보더니 나를 향해 윙크를 했다.

"경감님, 이번에는 그거 같네요."

그는 소설 속 주인공이 아니라 소설을 평가하는 독자의 표정으로 변해 있었다.

"그래, 그거야."

나 역시 주위를 의식하며 목소리를 낮췄다.

"흔히 말하는 '다잉(Dying) 메시지'라고."

"골치 아프지요, 그 패턴은."

"그렇지, 뭐."

나도 얼굴을 찌푸린 채 동의했다.

"작가 입장에서는 손쉽게 신비한 분위기를 만들어 낼 수 있고, 서스펜스를 높여 주는 효과도 있으니 편리하겠지. 하지만 대개의 경우는 스토리 전개가 부자연스러워져."

"당연히 부자연스럽죠. 도대체 죽음을 눈앞에 둔 사람이 메시지 따위를 남길 여유가 있겠어요?"

"자, 자, 우린 그저 참고 또 참으며 인내로 대처하는 수밖에 없어. 현실 세계에서도 죽기 직전에 범인이 누구인지 알리려는 피해자가 한두 명 정도는 있을 수 있잖아."

"그런 것까지는 봐줄 수 있어요. 하지만 왜 죽기 직전에 남기는 메시지가 암호여야 하지요? 범인의 이름을 정확히 써 놓으면 안 되나요?"

"그 부분에 대해선 엘러리 퀸이 작품 속 인물을 통해 이렇게 말했지. '죽음 직전, 그 유례 없는 신비스런 순간, 인간 머리의 비약에는 한계가 없어진다.' 한마디로 죽음을 맞이했을 때 인간이 무엇을 생각하는지는 알 수 없다는 거지."

"설명이 꽤나 구차하네요."

덴카이치가 비웃었다.

"사실을 말하자면,"

나는 입을 손으로 가리면서 속삭였다.

"범인의 이름을 남겼다간, 미스터리가 성립되지 않지."

"안이한 미스터리 구축은 자신의 목을 조르는 결과가 될 뿐이지만 말이죠."

"불평해도 소용없네. 이번 수수께끼를 풀어내는 것이 우리의 임무니까."

나는 소설 속 인물로 돌아가 팔짱을 끼고 생각에 잠겼다.

"음, W, E, X라. 이게 도대체 뭘 의미하는 걸까. 그 의미를 알아낸다면 범인 체포는 시간문제인데."

하지만 덴카이치는 소설 세계로 돌아오지 않은 채 의욕 없는 표정으로 말했다.

"이 글씨를 W, E, X라고 단정하는 것도 좀 웃겨요. 그렇게 읽을 수 있다는 것 외에는 아무런 의미도 없어요. 좀 더 정확히 설명해 주지 않는다면 독자들에겐 불공정한 게임이 되고 맙니다."

"그럼 어떤 식으로 봐야 하나?"

"예를 들어 오가와라 경감님이 방금 W라고 읽은 글자는 실제로는 정확한 W 모양이 아닙니다. 소문자 v와 대문자 V를 붙여 놓은 것처럼 보여요. 더구나 소문자 v의 아래쪽이 조금 벌어져 있는 것 같고, 대문자 V는 꽤 평평합니다. X 역시 끝부분이 조금 휘어져 있는 점이 신경 쓰이네요."

"그건 그래. 하지만 너무 구체적으로 설명하면 독자들이 알아차리지 않겠어. 신비함을 유지해야지."

"그래서 불공정한 겁니다. 요즘 독자들은 이런 단순한 미스터리에는 걸려들지 않아요. 정말이라니까요."

"그 정도는 작가도 알고 있어. 그러니 불평만 하지 말고 소설 세계로 돌아가자고."

나는 덴카이치를 붙잡아 허구의 세계로 밀어 넣었다.

현장 검증을 마친 나는 사건 관계자들을 조사하기 시작했다. 이날 집에 있었던 사람은 오타쿠 사장의 부인 유미에와 딸 요코, 사위 겐스케, 가정부 다쓰코 등 네 명이다. 단, 이 집에는 평소 사람들의 출입이 빈번해 제3자가 오타쿠 겐이치로의 서재에 드나드는 경우도 많다고 한다.

"휴일도 아닌데 오타쿠 씨는 왜 출근하지 않고 집에 계셨나요?"

"남편이 사장이긴 하지만 실무는 모두 부사장인 요이치에게 맡겼습니다. 그래서 요즘엔 집에서 지내는 날이 많았습니다."

젊은 부인 유미에가 대답했다. 아닌 게 아니라 바람피울까 봐 걱정될 만큼 눈에 띄는 미인이다.

요이치는 오타쿠의 아들인 듯했다. 요이치는 물론 오타쿠 일가의 남자들은 모두 오타쿠 겐이치로의 회사에서 일하고 있었다. 나는 사위 겐스케에게 물었다.

"선생도 오타쿠 물산에서 근무하신다고 들었습니다만, 오늘은 왜 출근하지 않았나요?"

"오늘은 휴가를 받았습니다."

겐스케는 긴장된 목소리로 대답했다.

"왜 휴가를 받았죠?"

"특별한 이유는 없습니다. 지난번 휴일에 근무했기 때문에 대체 휴일을 쓴 거지요."

"아."

그다음에는 사건 발생 시간으로 추정되는 오후 세 시 무렵 각자 어디 있었는지를 물었다. 조사 결과 유미에는 정원에서 꽃을 가꾸고 있었고, 다쓰코는 부엌에서 저녁 준비 중이었다. 겐스케와 요코는 정원의 테니스장에서 테니스를 쳤다고 한다. 테니스장에서는 2층 서재의 창문이 바라다보이는데, 둘 다 경기에 몰두하느라 사건을 알아차리지 못했다고 한다. 다음은 개별 조사 순서였다. 거기서 몇 가지 참고가 될 만한 얘기가 나왔다. 예를 들어 오타쿠 겐이치로에게 원한을 가질 만한 사람이 있는지 묻자 겐스케는 다음과 같이 진술했다.

"고인에 대해 이런 말을 하고 싶지는 않지만, 솔직히 원한을 가질 만한 사람이 많습니다. 특히 부하 직원들이 그렇습니다. 장인은 매사에 독단적이고, 누구에게 정을 주는 법이 없었어요. 오랫동안 회사를 위해 몸 바친 사람을 가차없이 해고했습니다. 대를 위해 소를 희생해야 한다는 것이 장인이 입버릇처럼 한 말이었습니다."

오타쿠 겐이치로는 붓글씨를 쓰던 도중에 살해된 것으로 보이는데, 이 점에 대해 부인 유미에는 이렇게 설명했다.

"악필인 주제에 취미가 서예였습니다. 마음에 드는 글귀를 색지에 써서 선물하곤 했지요. 받는 사람에게 폐가 될 뿐이지만."

무엇보다 소득이 있었던 것은 딸 요코의 증언이었다. 그녀는 유미에 부인의 불륜 상대에 대해 짐작 가는 바가 있다고 했다.

"보석 브로커 일을 하는 남자일 거예요. 집에도 종종 찾아왔어요. 우연히 그 남자와 엄마가 밖에서 만나는 걸 본 적이 있습니다."

"그 남자의 이름은?"

"에지마 와타루예요."

"에지마, 와타루."

나는 무릎을 쳤다.

"W, E."

서둘러 에지마를 불러 참고인 조사를 했다.

"자, 자백하지."

나는 다짜고짜 취조용 책상을 내리쳤다. 책상 건너편에 앉아 있는 에지마의 얼굴이 파랗게 질렸다.

"당신과 유미에 부인은 불륜에 빠졌지. 이를 알아챈 오타쿠 겐이치로는 유미에 부인과 이혼하려 했어. 이혼당하면 부인은 무일푼이 되고 말지. 그래서 두 사람이 공모해 오타쿠를 죽인 거지?"

"아닙니다, 아니에요."

'연약남' 에지마는 금방이라도 울음을 터뜨릴 듯한 얼굴로 범행을 부인했다.

"이봐, 부인해도 소용없어. 살해된 오타쿠가 네가 범인이라고 글을 남겼어. W, E, X라고. 네 이니셜이 W, E잖아."

"그럼 X는 뭔가요."

"그거야…… 범인이란 의미지. 괴도 X라고들 하잖아."

"그건 억집니다."

마침내 에지마가 울음을 터뜨렸다.

그런데 곧 생각지도 못한 일이 일어났다. 에지마에게 완벽한 알리바이가 있었던 것이다. 아무리 요리조리 따져 봐도 그가 오타쿠를 죽일 수는 없었다.

"음, 이게 도대체 무슨 의미지."

나는 세 개의 알파벳을 노려보며 생각에 잠겼다.

"완벽하게 의문을 풀었다고 생각했는데."

그러나 사실은 그다지 낙담한 것도 아니다. 아니, 에지마가 범인이라고는 꿈에도 생각하지 않았다. 다잉 메시지가 'W, E, X'인데 범인의 이니셜이 'W, E'라는 것은 독자들을 너무도 무시하는 처사다. 에지마 와타루라는 이름의 인물을 등장시킨 것도 작가의 수준 낮은 속임수에 불과했다.

현명한 독자라면 이미 눈치 챘겠지만, 이 문자를 곧이곧대로 알파벳으로 본다면 함정에 빠지게 된다. 90도 돌려서 보거나, 종이를 뒤집어 보거나 해야 한다. 그러나 이 덴카이치 시리즈에서 나의 역할은 멍청한 추리와 엉뚱한 수사를 해 대는 것이다. 따라서 당분간은 다잉 메시지를 끈질기게 알파벳으로 읽을 수밖에 없다.

"이봐, 자네."

나는 젊은 형사를 불렀다.

"WEX라는 단어가 있나?"

"글쎄요, 없을걸요."

젊은 형사는 명쾌하게 말했다.

"그럼 비슷한 단어는 있나?"

"WAX. 왁스 말입니다. WET도 있고요. 젖었다든가, 습기라는 뜻입니다."

"관계없는 것 같군."

이런 식으로 의미도 없는 추리를 계속해야 하는 것이다.

그때 덴카이치가 나타났다.

"곤경에 빠지신 것 같네요."

"자네, 뭐야. 여긴 경찰서 회의실이야. 멋대로 들어오지 말란 말이야."

"그러지 마시고 제 얘기 좀 들어 보세요. 오타쿠 겐이치로가 창문에 걸린 채 죽은 것이 마음에 걸려요. 머리를 얻어맞은 것은 책상 앞이었죠? 다잉 메시지를 쓴 것도. 그런데 왜 창틀에 걸려 죽어 있었을까요."

"즉사한 것이 아니니까, 본인이 움직였겠지."

"뭐하려요?"

"글쎄, 죽기 직전이니 뭘 생각했을지는 알 수 없지."

"제 생각에는 아마도 목적이 있었을 겁니다. 오타쿠 씨가 창문을 열어 두는 일은 거의 없었으니, 혹시 창문에서 밖으로 뭔가를 던진 게 아닐까요."

"그래? 흠……."

나는 잠시 생각한 뒤 부하에게 명령했다.

"이봐, 창 아래쪽을 샅샅이 조사해 보게. 뭔가 떨어져 있을 수도 있어."

그러고 나서 덴카이치를 돌아보았다.

"이건 자네가 말해서 하는 게 아니야. 그러니까 말이야, 나도 그럴 가능성이 있다고 생각하던 참이었어."

"물론 그러시겠죠."

덴카이치가 실실 웃었다.

잠시 후 부하가 다급한 표정으로 돌아왔다.

"경감님, 풀 속에 이런 게 떨어져 있었습니다."

그가 내민 것은 커다란 색지였다. 점점이 흩뿌려져 있는 갈색 얼룩은 핏자국일 것이다. 즉 그 색지는 사건이 발생했을 무렵 오타쿠 겐이치로가 글씨를 쓰고 있던 종이라고 볼 수 있다.

"뭐야, 이건?"

거기에 적힌 글자를 보고 나는 머리를 감싸 쥐었다.

색지 왼쪽 위에 '휴(休)'라는 글자가 적혀 있었다. 그 오른쪽 옆에는 '왕(王)', 그리고 그 아래에 '택(沢)'.

"이건 분명 한자 같네요."

덴카이치가 색지를 보며 말했다.

"휴, 왕, 택……, 알았다!"

나는 부하에게 지시했다.

"오타쿠 겐스케를 데려오게."

부하가 나간 뒤 덴카이치가 물었다.

"왜 겐스케가 범인이라고 생각하는 건가요?"

"모르겠나?"

이번엔 내가 빙긋 웃으며 콧수염을 만졌다.

"겐이치로는 색지에 범인 이름을 남긴 거야. 오타쿠(王沢)

라고."

"친척들 모두 성이 오타쿠인데요."

"휴라는 글자가 들어가 있지 않나. 이것이 결정적 증거야."

"왜 그렇죠?"

"사건이 발생한 날 오타쿠 겐스케는 휴가를 받았다. 겐이치로는 바로 이 점을 말하고 싶었던 거야. 범인은 휴가를 받아 회사에 나가지 않은 오타쿠. 즉 休, 王, 沢이야."

"그럼 W, E, X는 어떻게 되는 건가요."

"아, 그거."

나는 코털을 뽑으며 말했다.

"그건 말이지……, 사건하곤 관계가 없을 거야."

"흠."

덴카이치는 팔짱을 낀 채 고개를 갸우뚱거렸다.

"말도 안 돼."

"괜찮아."

한쪽 눈을 찡긋했다.

"말도 안 되는 추리를 전개하는 것이 이 소설에서 나의 역할이지."

그리고 나는 끌려온 오타쿠 겐스케를 몰아세웠다. 하지만 그는 역시 범행을 부인했다. 부하들에게 겐스케의 최근 행적과 인간관계 등을 철저히 조사시켰지만 의외라고 할까, 예상대로라고 할까, 아무리 조사해도 살인 동기는 나오지 않았다. 더구나 사건이 일어났을 때 겐스케가 요코와 테니스를 치고 있었다는 것도 확실한 듯했다. 겐스케를 용의선상에서 제외할 수밖에 없었다.

"음, 도대체 어떻게 된 거야. 이번 사건은 천하의 오가와라 경감의 능력 밖의 일인 것 같아."

언제나 그렇듯 판에 박은 듯한 대사를 읊고는 맥 풀린 얼굴로 머리를 쥐어짰다. 이제 이 소설에서 내 역할은 끝났다고 할 수 있다.

그 뒤로도 새로운 증언이 나오고, 수상한 인물이 등장한다. 또는 심증이 가는 인물이 나타나거나 큰 흐름과 아무 관계도 없는 에피소드가 삽입되면서 스토리는 결론을 향해 치닫는다. 덴카이치는 오타쿠의 서고에서 고사 성어 책을 찾아내 뭔가를 조사하고 있다. 그 목적을 말해 주지 않는 것이 이런 탐정 소설의 패턴이다. 나 역시 "어차피 왕초보 탐정이 초보적 방식으로 생각하며 멍청하게 말도 안 되는 것을 조사하고 있겠지."라고 말하는 것이 관례다.

이제 의문이 풀릴 때가 왔다. 덴카이치 탐정이 관련자 전원을 응접실로 불러 모았다.

"자, 여러분."

탐정이 사람들을 둘러본 뒤 매번 되풀이하는 첫 대사를 읊었다.

"이번 사건은 실로 흥미 깊은 것이었습니다. 이토록 특이한 사건은 제 기억에 없습니다. 이건 매우 치밀하게 계산된 범죄입니다. 이토록 복잡한 범죄를 생각해 낸 범인의 두뇌에 찬사를 보냅니다."

한마디로, 아무리 치밀한 계획범죄라도 자기 손에 걸리면 국물도 없다는 자화자찬이다.

"첫 번째 의문은 왜 오타쿠 겐이치로 씨가 자택에서 살해됐느냐는 것입니다. 범인은 왜 위험을 무릅쓰고 집 안으로 침입했을까. 바로 여기에 의문을 푸는 열쇠가 숨겨져 있습니다."

탐정의 혀는 현란하게 움직였다. 거창한 표현을 사용하고는 있지만, 사실 별 내용이 없는 경우가 많다. 지금 지껄이고 있는 것도 한마디로 줄이자면 '범인은 가족 중 한 명'이라는 것이다. 혹은 범인이 그렇게 보이도록 일을 꾸몄다는 말일 뿐이다. 그토록 쉬운 내용을 빙빙 돌려 장황하게 설명하고 있다. 거드름을 피우며 이런저런 얘기를 하던 덴카이치의 추리가 마침내 종착역으로 들어섰다.

"자, 여기까지 설명을 들으면서 범인이 누군지 이미 눈치챈 분도 계실 것입니다. 그렇습니다. 범인은 이 사람일 수밖에 없습니다. 바로 당신."

덴카이치가 가리킨 사람은 야마다 가즈오라는 인물이었다.

야마다는 얘기 초반부에 살짝 비친 인물이다. 작가는 그가 독자들의 뇌리에 남지 않도록 일부러 평범하게 묘사했다. 상식적으로 생각한다면 절대로 의심스럽지 않은 사람 중 하나다.

"야마다 씨는 오랜 기간 회사를 위해 몸 바쳐 일해 왔습니다. 하지만 오타쿠 씨에게 배신당한 뒤 원한을 품고 범행을 저지른 것입니다. 그렇지요, 야마다 씨?"

덴카이치의 지적에 야마다는 부인하지 않고 고개를 떨어뜨렸다.

"우리 회사는 오랜 기간 정치인들에게 뇌물을 바쳐 왔습니다. 그 일을 담당한 사람이 접니다. 그런데 뇌물을 제공한 사실이 들통 나자 사장은 저에게 모든 책임을 뒤집어씌우려 했습니다. 대를 위해 소를 희생하는 것이 당연하다면서……."

그는 소리 내어 울기 시작했다.

형사가 야마다의 손에 수갑을 채웠다. 나는 그가 끌려가는 것을 말없이 지켜봤다.

"저 착한 야마다가 어떻게……."

"마음고생이 심했던 게지요."

모두 놀란 듯 한마디씩 했다. 그때 퍼뜩 떠오르는 게 있었다.

"덴카이치, 잠깐만. 범인이 누군지는 알았는데, 다잉 메시지는 어떻게 된 건가. 그 의문이 아직 풀리지 않았어."

"맞아. 그게 신경 쓰였어."

"설명 좀 해 주세요."

"직무 유기예요."

다른 등장인물들도 불만을 털어놓기 시작했다.

"예, 예."

덴카이치가 두 손을 들어 사람들을 제지했다.

"알고 있어요, 알고 있다니까요. 지금부터 설명해 드리지요."

그는 헛기침을 했다.

"여러분도 아시다시피 오타쿠 겐이치로 씨는 붓글씨를 쓰다가 살해됐습니다. 하지만 즉사한 것은 아닙니다. 그는 쓰러진 채 책상 위에 있던 붓을 집어 메시지를 쓰려 했습니다. 테니스장에 요코가 있다는 것을 알았기 때문에 종이에 글자를 써서 창문 밖으로 던져 알리려 했던 것 같습니다."

"불쌍한 아버지."

요코가 뻔한 연기를 했다.

"그런데 여기에 문제가 하나 있었습니다."

"뭔가?"

내가 물었다.

"그건 얼굴을 뒤덮은 피였습니다. 오타쿠 씨는 눈을 뜰 수 없었고, 아무것도 볼 수 없는 상태에서 메시지를 적어야 했던 것입니다. 그 결과 글씨가 종이를 벗어났고, 그것이 책상에 남아 있던 W, E, X로 보이는 문자입니다. 하지만 노인인 겐이치로가 알파벳을 남겼다는 것은 아무리 생각해도 부자연스럽습니다. 그래서 이것저것 검토해 봤고 그 결과 글씨는 바로 가타카나였다는 사실이 판명됐습니다."

덴카이치는 깔개에 적혀 있던 다잉 메시지를 종이에 적은 뒤 종이를 거꾸로 뒤집었다.

"이렇게 보면 아시겠지요. W는 '베(ヘ)', E는 '요(ヨ)', X는 '야(ヤ)'였던 것입니다."

"아, 그러네!"

너무도 단순한 해답이었지만, 스토리에 맞게 우리들은 감탄하는 시늉을 했다.

"하지만 그것만으로는 의미를 알 수 없지."

"그래서 색지가 떠올랐습니다. 색지에는 휴(休) 왕(王) 택(沢)이 적혀 있었습니다. 이것으로도 의미는 분명치 않습니다. 저는 이 색지에 처음부터 뭔가가 적혀 있었고, 거기에 다잉 메시지가 겹쳐졌기 때문에 의미를 알 수 없는 글자가 된 것이 아닐까 생각했습니다. 그러면 도대체 무슨 글자가 적혀 있었을까요."

덴카이치는 고사 성어 사전을 꺼내 펼쳤다.

"야마다 씨가 말했듯이, 대를 위해 소를 희생한다는 것이 오타쿠 씨의 철학이었습니다. 이를 나타내는 표현이 여기에 실려 있습니다. '척(尺)을 구부려 심(尋)을 곧게 한다'라는 맹자의 말입니다. 심이란 8척을 말하며, 8척을 곧게 하기 위해 1척을 구부린다는 의미가 됩니다. 이를 한자로 쓰면 이렇게 됩니다."

덴카이치가 종이에 쓴 것은 왕척직심(枉尺直尋)이란 네 글자였다.

"오타쿠 씨는 여기서 왕척까지 썼을 때 공격을 받았습니다. 즉 휴(休), 왕(王)이라고 쓴 것이 아니라, 왕(枉)의 왼쪽 옆에 가타카나의 이(イ)를, 택(沢)이라고 쓴 것이 아니라 척(尺)의 왼쪽 옆에 가타카나의 시(シ)를 써 버린 것입니다."

"그렇다면 오타쿠 씨가 남긴 메시지는……."

"색지에 적힌 글자와 깔개의 글자를 연결하면 이렇게 됩니다. 이것이 죽음을 눈앞에 둔 겐이치로의 마지막 메시지였던 것입니다."

덴카이치는 종이를 앞으로 내보였다. 거기에는 이렇게 적혀 있었다.

'イシャヨベ(의사 불러).'

"음."

순간 다들 머리끝까지 화가 치민 듯했지만, 잠시 후 모두들 납득했다는 표정을 지었다.

5

알리바이 선언 ― 시간표의 트릭

가루이자와의 한 호텔에서 젊은 여자가 살해되는 사건이 발
생했다. 그래서 이 오가와라 반조 경감님이 등장하게 된 것이
다. 당신이 언제부터 나가노 현 가루이자와 소속 경찰이 됐느
냐는 질타가 들리는 듯하지만, 너무 그렇게 빡빡하게 나오지
않으셨으면 한다.

　피해자의 신원은 즉시 밝혀졌다. 도쿄에 있는 AB전기의 사
원으로, 이름은 후루이 가부코. 자재부 소속으로 입사 10년의
고참이다.

　가부코는 더블베드에서 목이 졸려 죽어 있었다. 호텔 직원
이 발견했는데 머리부터 발끝까지 이불을 뒤집어쓰고 있어서
처음에는 자는 줄 알았다고 한다. 그런데 아무리 흔들어도 일
어나지 않아 이불을 젖혀 보니 전라의 가부코가 초점 없는 눈
으로 허공을 보고 있었다는 것이다.

　해부 결과 살해된 시간은 어제인 토요일 오후 다섯 시부터
밤 아홉 시 사이로 판명됐다. 호텔을 예약한 사람은 가부코

본인이었던 것 같고, 체크인 역시 오후 다섯 시에 그녀가 직접 했다. 프런트 직원의 기억에 따르면 동행자는 없었다고 한다.

방에서 체모가 몇 개 발견됐지만 모두 가부코의 것이었다. 그녀의 몸을 검사한 결과 성행위를 한 흔적은 없었다. 단지 화장실 변기의 시트가 올라가 있다는 점이 주목을 끌었다.

"여자 혼자 묵는데 더블베드를 예약했을 리 없어. 아무래도 같이 묵었던 남성이 가부코를 살해했다고 보는 편이 맞을 거야."

수사 회의에서 형사들은 내 의견에 고개를 끄덕였다.

"아니, 꼭 그렇지 않을 수도 있지요."

그때 형사 하나가 이의를 제기했다.

"레즈비언일 수도 있습니다. 변기 시트를 올려놓은 것은 위장하기 위해서였을 거고요."

"하지만 말이야, 상식적으로 생각해도……."

반박을 하려던 나는 그만 입을 쩍 벌리고 말았다. 이의를 제기한 형사가 낡아 빠진 양복에 더부룩한 머리, 둥그런 안경과 낡은 지팡이가 트레이드마크인 덴카이치 다이고로였기 때문이다. 아시다시피(실제로는 모르는 사람이 더 많지만) 이 덴카이치 탐정 시리즈의 주인공이다.

"이봐."

나는 그의 지저분한 머리를 손으로 가리켰다.

"자네, 뭐야. 여긴 어떻게 들어왔어? 여긴 자네 같은 왕초보 탐정이 올 장소가 아니란 말이야. 당장 나가게."

"아니, 그게 말이죠."

덴카이치는 머리를 벅벅 긁었다.

"이번 시리즈에선 형사 역할을 맡게 됐습니다."

"뭐, 형사? 그게 무슨 얘기야."

"그러니까 말이죠. 이번 사건에는 저 같은 정통파 명탐정이 어울리지 않는단 말이죠. 폐쇄된 집에서 발생한 의문의 대부호 살해 사건이나 기인과 괴짜만 사는 거리에서의 연쇄 살인 사건이라면 몰라도."

"이번 사건 현장은 피서지 호텔이고 피해자는 연륜 있는 직장 여성……. 하긴 그렇군, 자네가 등장할 분위기가 아니야."

"그렇죠?"

"그런데 이번 얘기는 느낌이 왜 이래? 덴카이치 시리즈가 자랑스럽게 내세우는 색깔은 음침한 분위기인데 이번 건은 영……."

"그건 이 사건의 트릭 때문이라는군요. 이번 트릭에는 이런 모던한 분위기가 딱이라고 합니다."

"흠, 그런가. 그럼 별수 없지. 이번만은 형사 역할을 맡도록 하게. 하지만 자네의 그 차림새는 용납이 안 돼. 빨리 갈아입

114

고 오게나."

"그렇죠, 역시 안 되겠지요?"

덴카이치는 머리를 긁적이며 나갔다.

수사팀은 피해자의 인간관계, 특히 남자관계를 조사했다. 이번 얘기는 명탐정이 홀로 대활약하는 스타일이 아니기 때문에 수사의 진척 속도가 매우 빠르다. 속속 새로운 사실이 드러났다.

제일 먼저 용의선상에 떠오른 사람은 후루이 가부코의 옛 애인으로 같은 회사에 다니는 다다노 이치로라는 남자다. 애증 관계가 충동 살인으로 연결되는 것은 충분히 있을 수 있는 일이다. 우선 그에 대한 수사에 착수했다.

다다노는 체중과 신장 모두 보통일 뿐 아니라 여러 번 봐도 기억하기 힘든 평범한 얼굴의 소유자였다. 그는 가부코와의 관계는 인정했지만 이미 끝난 사이라고 주장했다.

"하지만 소문에 따르면 후루이 가부코 씨는 예전 관계로 돌아가고 싶어 했다는데."

나는 그의 회사를 찾아가 로비에서 다다노에게 이런 질문을 던지고 있었다. 경감이 이렇게 직접 탐문 수사에 나서는 경우는 거의 없지만, 수사본부에만 앉아 있으면 스토리가 영 재미없기 때문에 관행 따위는 무시하기로 했다.

"말도 안 됩니다."

다다노가 눈알을 부라렸다.

"저는 얼마 전에 결혼했어요. 그런데 제가 왜 그녀와 사귀어야 한단 말입니까. 더구나 그녀와는 사람들이 생각하는 것처럼 깊은 관계가 아니었어요. 그녀가 일을 도와줬기 때문에 두 번 정도 식사 대접을 했을 뿐입니다. 그런데 무슨 착각을 했는지 그녀가 떠벌리고 다니는 바람에 고생 좀 했습니다."

"그럼 같이 호텔에 간 적은?"

"없습니다. 있을 리 없잖아요."

그의 평범한 얼굴에 전형적인 분노의 표정이 떠올랐다.

"알았어요. 그러면 말이죠, 사건 당일 밤 어디 있었는지 말해 봐요. 아, 아, 이건 형식적인 거니까 너무 민감하게 생각할 필요는 없어요."

소위 알리바이라는 거다. 이 시점에서 눈치가 빠른 독자는 물론 그렇지 않은 독자라도 이번 얘기의 트릭이 어떤 것인지 짐작했으리라.

내 질문에 다다노는 기분 나쁜 표정으로 대답했다.

"그러니까, 토요일 밤 말이죠? 아내와 집에서 TV를 보고 있었습니다."

"집에 있었다는 걸 증명할 수 있습니까. 전화가 걸려 왔다든지, 누가 찾아왔다든지……."

"없습니다, 유감스럽게도……."

다다노는 난감한 표정을 지었다.

"아내에게 물어보면 알 수 있을 텐데."

"그렇군요. 알겠습니다."

말은 그렇게 했지만, 부인의 증언은 증거 능력이 없다는 것쯤은 일반 독자들도 알고 있을 것이다. 나는 '알리바이 없음'이라고 수첩에 적었다.

"다다노는 범인이 아닙니다."

다다노가 사라진 직후, 곁에서 웬 목소리가 들렸다. 덴카이치가 팔짱을 낀 채 서 있었다.

"핫."

나는 2센티미터 정도 뛰어올랐다.

"언제 나타난 거야?"

"아까부터 여기 있었습니다. 이번 시리즈에서 제 역할은 경감님의 파트너 형사입니다."

"큭큭, 왓슨 역할이구먼."

"글쎄요."

덴카이치는 빙글거렸다.

"아무래도 좋아. 그보다, 자네 묘한 말을 하는군. 다다노는 범인이 아니라고. 왜지?"

"그에겐 그럴듯한 알리바이가 없지 않습니까."

"그게 무슨 말이야? 알리바이가 없으니 수상한 것 아닌가."

그러자 덴카이치는 기분 나쁘게 실실 웃으며 말했다.

"아니, 아직도……. 그렇게 눈에 뻔히 보이는 걸 가지고. 아시잖아요, 그러니까 이번 트릭은……."

그가 거기까지 말했을 때 나는 손을 내저으며 "그만"이라고 외쳤다.

"이봐, 벌써 그걸 공개하면 어쩌자는 건가."

"독자들도 벌써 눈치 챈 것 아닐까요. 아까 경감님도 그렇게 얘기하셨잖아요."

"설사 그렇다고 해도 그렇지, '그 선언'을 듣기 전에는 모른 척하는 것이 에티켓이란 말일세."

"하하, 맞아요. '그 선언' 말이죠. 그렇죠, 그 선언이 나올 때가 이런 패턴의 소설이 처음으로 뜨거워지는 장면이니까요. 알았어요. 입 다물고 있죠."

덴카이치가 고개를 끄덕이며 말했다.

'그 선언'이란 과연 무엇일까. 좀 있으면 알게 된다.

다다노 이외의 관련자들도 연이어 조사를 받았다. 질문 내용은 각각 다르지만 그중에 공통된 질문이 하나 있다. 바로 "사건이 일어나던 날 밤, 당신은 어디 있었습니까?"라는 질문이다. 그리고 현재까지 알리바이가 확인된 사람은 아무도 없다.

그 남자가 용의선상에 오른 것은 사건 발생일로부터 4일째 되던 날이었다. 그의 이름은 아리바 고사쿠. 후루이 가부코가 다니던 회사의 생산 설비부 과장이다. 최근 그가 한 업자와 유착되어 있다는 소문이 돌고 있었다. 뒷돈을 받고 라이벌 회사에 입찰가를 흘렸다는 것이다. 후루이 가부코 역시 그 비리에 가담한 것으로 알려져 있었다. 하지만 아직 증거가 나오지 않아 극비리에 조사가 시작된 상태였다. 배임 행위가 드러나는 것이 두려워 동료인 후루이 가부코를 죽였다, 충분히 가능한 일이었다.

아리바는 선이 가늘고 병적인 느낌을 주는 남자였다. 배임 죄를 추궁하자 그는 얼굴을 붉히며 말했다.

"그런 일은 결코 하지 않았습니다. 제가 뒷돈을 받다니, 어떻게 그런 무서운 짓을 할 수 있겠습니까. 이건 중상모략입니다. 날조라고요. 제가 엘리트 코스를 밟는 걸 질투하는 인간들이 저를 함정에 빠뜨리려고 헛소문을 낸 게 분명합니다."

조사한 바에 따르면 자신의 말과 달리 그는 결코 엘리트 코스를 밟고 있는 인물이 아니었다.

"하지만 후루이 가부코와 친했던 건 사실이지요?"

"그것도 사실이 아닙니다. 업무상 대화를 나눈 적은 있어요. 하지만 그 이상은 아니고, 관계를 의심받을 만한 일도 없었습니다."

그는 온몸으로 억울함을 표현했다.

"알았습니다."

나는 수첩을 덮었다.

"바쁘신데 실례했습니다. 하지만 다시 찾아뵐지도 모르겠습니다."

억울하다며 몸부림치던 남자가 내 말에 눈을 둥그렇게 뜨며 말했다.

"네? 이걸로 끝이란 말인가요?"

"그렇습니다. 수고하셨습니다."

"저, 그러니까……."

아리바는 구원을 갈구하는 눈으로 옆에 있던 덴카이치를 바라봤다.

"질문을 하나 빠뜨린 것 같은데요."

덴카이치가 팔꿈치로 내 옆구리를 찌르며 말했다.

"윽."

"경감님, 그 질문요."

"뭐야, 무슨 질문?"

"그거 있잖아요, 그거."

"응?"

아, 그렇군. 깜빡했다. 나는 헛기침을 하고 아리바 쪽으로 몸을 돌렸다.

"그럼 마지막 질문을 하겠습니다. 후루이 가부코 씨가 살해되던 날 밤, 선생님은 어디 계셨습니까?"

그러자 아리바는 갑자기 너무도 행복한 얼굴이 됐다. 하지만 이내 자신이 어떤 입장에 처해 있는지 기억난 듯 미간을 좁혔다.

"알리바이 조사라는 거군요."

"죄송합니다. 누구에게나 이 질문을 빠뜨리지 않습니다."

"하는 수 없군요."

아리바는 거드름을 피우며 옆에 놓여 있던 시스템 다이어리를 펼쳤다. 속지를 뒤적이던 그의 손이 멈췄다.

"그러니까, 이날 밤을 말씀하시는 거지요?"

"네, 그날 밤 어디 계셨나요?"

다음 순간 아리바의 콧구멍이 커졌다. 그는 가슴을 떡하니 펴고 눈을 빛내며 "후우" 하고 심호흡을 했다. 그리고는 일사천리로 말을 쏟아 놓았다.

"그날 밤 저는 업무 때문에 오사카에 있었습니다. 신오사카역 부근 호텔에 묵었습니다. 체크인은 밤 열 시가 넘어서였죠. 한번 알아보시든가요. 또 짐을 방까지 가져간 것은 밤 열한 시가 지나서였습니다. 호텔 직원에게 제 사진을 보여 주면 확인할 수 있을 겁니다. 호텔 직원이 제 얼굴을 잊을 리 없어요. 잊지 않도록 제 얼굴을 똑똑히 보여 줬거든요. 하지만 두 분은 제가 범행을 저지른 뒤 서둘러 오사카의 호텔까지 갔을 것이라고 생각하겠지요. 가루이자와에서 신에쓰선 열차를 타면 나가노까지 약 한 시간, 나가노에서 나고야까지 시노노이선과 주오선으로 약 세 시간, 나고야에서 오사카까지 신칸센으로 약 한 시간. 기다리는 시간까지 고려한다면 다섯 시에 가루이자와 호텔을 나오면 시간에 맞출 수는 있겠지요. 하지만 사실은 그게 불가능해요. 그건 말이죠, 히히히. 왜냐하면 말이죠, 저는 오후 네 시까지 회사에 있었기 때문이에요. 토요일이었지만 휴일근무를 하고 있었거든요. 경비원이 증언해 줄 겁니다. 퇴근하면서 인사를 했거든요. 물론 그에게도 제 얼굴을 똑똑히 보여 뒀기 때문에 경비원도 기억하고 있을 거예요. 자, 네 시에 회사에서 나오면, 우에노 역에 도착하는 것은 빨라야 네 시 삼십 분. 거기서 타이밍이 잘 맞아 조에쓰 신칸센을 타더라도 가루이자와 역 호텔에 도착하는 것은 여섯 시 사십 분 무렵이 되겠지요. 가부코를 살해하고 다시 가루이자와 역으로 돌아오면 일곱 시 반 가까이 될 수밖에 없습니다. 그럴 경우 나가노를 경유해 오사카로 가기에는 너무 늦습니다. 그렇다면 도쿄로 돌아갔다가 신오사카로 가는 것은 어떨까요. 서둘러 신칸센을 타더라도 도쿄에 도착하는 것은 빨라야 아홉 시 반. 이렇게 되면 신오사카로 가는 신칸센은 없습니다. 에헤헤. 막차가 떠나 버린 거지요. 신칸센의 '노조미' 선이 남아 있긴 하죠. 하지만 두 시간 반은 걸리니까 도착하는 것은 열두 시가 넘어서지요. 그러니까, 그러니까 말입니다. 저에겐 완벽한 알리바이가 있는 겁니다. 에헤헤헤."

지금이 인생에서 가장 행복한 순간이라도 되는 듯, 아리바고사쿠는 말할 수 없이 행복한 얼굴이었다. 침까지 흘리고 있었다.

이것이 바로 '알리바이 선언'이라는 것이다.

짜증 나게 하는 아리바 고사쿠와 헤어진 뒤 덴카이치는 넌덜머리가 난다는 표정으로 말했다.

"'알리바이 허점 찾기 식 탐정 소설'의 범인은 바로 저 녀석이에요. 결론은 언제나 똑같군."

"그래, 그런 녀석들은 알리바이를 밝히는 순간이 가장 황홀할 거야."

"아무리 그래도 저 녀석, 말이 너무 많은 거 아닌가요. 연예인도 아닌 주제에 저렇게 정확하게 시간을 파악하며 행동하는 인간이 과연 현실 세계에 존재하기나 할까요."

"치밀하게 연구한 알리바이를 선언하게 됐으니 어깨에 힘이 들어가는 것도 무리는 아니지."

"그건 그렇지만, 솔직히 말해 저는 알리바이 허점 찾기에는 서툴러요."

"그건 말이야, 그런 수수께끼를 풀어내는 것은 탐정의 몫이 아니기 때문이지. 대개는 형사나 작가가 풀어내기 마련이야."

"왜일까요?"

덴카이치가 고개를 갸우뚱거리며 말했다.

"글쎄, 왜 그럴까."

"제 생각엔 말이죠, 알리바이 허점 찾기에는 범인을 찾아낸 다거나 동기를 추론하는 따위의 즐거움이 아무래도 적잖아요, 아마 그래서일 겁니다. 취향에 맞지 않는다고나 할까. 작가가 추리 소설의 패턴을 다양화하기 위해 노력한다는 점은 인정할 만하지만 말이죠."

"별수 없는 거 아닌가. 동기를 밝혀내지 못하면 용의자를 지목하기가 힘들지. 용의자를 추려 내지 못하면 알리바이 허점 찾기도 불가능해."

"하지만 냉정히 생각하면 범인이 알리바이 공작을 한다는 것은 멍청한 짓이에요. 그런 쓸데없는 짓을 하기 때문에 알리바이의 허점이 들통 났을 때 아무런 변명도 하지 못하는 겁니다. 아무리 의혹이 짙어도 증거가 없으면 체포할 수 없기 때문에 알리바이 따윈 없는 편이 안전하다고 생각해요. 범인들은 정말로 멍청한 짓을 하고 있다는 생각이 들어요."

"그렇다면 범인이 트릭을 쓰는 범죄는 모두 멍청하다는 말

아닌가. 시체를 불태운다든가, 밀실 따위도 마찬가지야."

"밀실 얘기는 빼 주세요."

덴카이치의 얼굴이 어두워졌다.

"금지된 용어를 꺼내시다니."

"아, 미안."

덴카이치가 밀실 알레르기 환자임이 떠올라 나는 바로 사과했다.

"자네가 하고 싶은 말이 뭔지는 알겠네만, '알리바이 허점 찾기' 패턴에는 고정 팬이 있어. 작가나 우리 같은 등장인물들은 독자의 욕구를 충족시켜야 할 의무가 있지."

"그 정도로 인기가 있나요?"

"그럼."

나는 자신 있게 말했다.

"특히 관광지를 적절히 집어넣을 경우 더욱 그렇지. 아마 여행하는 기분으로 읽을 수 있어서일 거야. 그리고 좀 전에 자네가 알리바이 허점 찾기는 범인을 찾아낸다든가 동기를 추론할 수 없어 불만이라고 했는데, 알리바이 허점 찾기 미스터리의 팬은 오히려 그런 것들에는 관심이 없어. 그런 것에 머리 쓰기를 싫어하거든. 작가는 그러잖아도 온갖 일에 지쳐 있는 독자들에게 쓸데없이 스트레스 주는 일을 하지 않으려는 거야."

"하지만 알리바이 트릭 역시 독자 입장에서는 상당히 피곤

해요. 몇 시 몇 분발 급행열차를 타고 무슨 무슨 역에서 내려 몇 시 몇 분발 보통 열차로 어디 어디에 간다. 이건 말이죠, 머릿속이 말할 수 없이 복잡해져요. 시간표를 만들어 도입부에서 소개하는 소설들도 있잖아요. 솔직히 고백하자면 저는 미스터리 소설을 읽으면서 그런 시간표를 한 번도 제대로 본 적이 없어요. 본다고 한들 어차피 이해도 못할 거고요."

"자네는 독자들의 심리를 전혀 파악하지 못하는구먼."

나는 한숨을 쉬었다.

"알리바이 허점 찾기 식 탐정 소설을 좋아하는 독자들 역시 시간표 따윈 안 읽어."

"정말요? 그러면 어떻게 추리하는 건가요?"

"추리 따윈 하지 않아. 주인공이 추리해 가는 것을 바라볼 뿐이지. 그래서 지치지 않는 거야. 마지막 단계에서 사건이 해결되는 것을 보면서 이해하고 만족하는 거야."

"그래요?"

덴카이치가 눈을 둥그렇게 뜨며 놀란 듯 반문했다.

"그런데……."

잠시 생각에 빠지는 듯하던 덴카이치는 곧 말을 이었다.

"하긴, 본격 추리 소설을 선호하는 팬들도 마찬가지일지 몰라요."

"맞아. 자, 이제 쓸데없는 얘기는 그만 하고, 소설의 세계로 돌아가지."

나는 덴카이치의 등을 툭 때렸다.

아리바를 포함해 관련자 몇 명에 대한 수사가 계속됐고, 동시에 한 사람 두 사람 혐의가 풀려 갔다. 남은 사람은 역시 아리바뿐이었다.

하지만 아리바에겐 본인이 주장했듯 철벽의 알리바이가 있다. 수사는 난관에 봉착했다. 흔해 빠진 표현을 쓰자면 암초에 걸린 것이다.

"즉,"

덴카이치가 말했다.

"아리바도 범인이 아니란 말이겠지요."

"아니야. 그럴 리 없어."

나는 고개를 저었다.

"아직 단정하긴 일러."

"하지만 알리바이가 있잖아요."

"맞아. 하지만 그게 오히려 수상쩍어."

"알리바이가 있기 때문에 수상하다면, 혹시 다른 용의자 중에도 알리바이가 있는 사람이 있나요?"

덴카이치는 해맑은 표정을 짓고 있었다. 내 입장을 잘 알면서 일부러 능청을 떨고 있는 것이다.

"아니, 난 아리바가 수상해."

나 역시 능청을 부렸다.

"동기도 있어."

"그럼 혹시,"

덴카이치가 말했다.

"아리바가 다른 사람을 시켜 가부코를 살해한 것인지도 모르겠군요. 자기는 완벽한 알리바이를 준비해 놓고."

"맞아. 그럴지도 몰라."

나는 속으로 혀를 찼다. 영양가 없는 소리만 하는 녀석.

"아니야, 역시 이번 사건은 단독 범행이야. 아리바가 혼자 저지른 일이라고 생각해. 우선, 살인을 도와줄 만한 사람이 그의 주변엔 없어."

"우리가 아직 못 찾은 건지도 모르지요."

"그것도 맞는 말이야."

나는 헛기침을 했다.

"하지만 이건 분명 아리바의 단독 범행이야. 그 녀석이 뭔가 트릭을 써서 알리바이 공작을 한 거라고. 틀림없어."

"그럴까요? 근거가 있나요?"

"근거라……, 형사의 직감이야."

그 순간 덴카이치는 풋, 웃음을 터뜨렸다. 나는 녀석을 째려봤다.

알리바이 허점 찾기 패턴의 천적은 '공범의 존재'다. 가장 의심스러운 인물에게 완벽한 알리바이가 있을 경우, 우선 공범 여부를 의심하는 것이 정통 수사 기법이다. 하지만 공범이 없다는 것을 증명하는 건 그리 쉬운 일이 아니다. 수사 결과 공범을 찾지 못했다고 공범의 존재 자체를 부인하는 경찰은 세상에 존재하지 않을 것이다. 하지만 이런 유형의 소설에서 공범에 집착할 경우 얘기가 진척되지 않는다. 독자 역시 안절부절못하게 된다. 그럴 때에는 '형사의 직감'이라는 정체 모를 것이 튀어나온다. 가장 손쉬운 해결 방법이다.

"하여간 아리바의 알리바이를 다시 한번 점검해 보지. 네 시에 도쿄를 떠난 사람이 가루이자와 역에 간 뒤 열한 시쯤 오사카까지 갈 수 있는지 철저히 조사하자고."

나는 알리바이 허점 찾기 방향으로 얘기를 무리하게 몰고 갈 수밖에 없었다.

예상된 결과였지만, 수사는 난항을 겪었다. 시간표를 조사하고 이곳저곳에서 탐문 수사를 벌여서 풀릴 트릭이라면 전통적인 '알리바이 허점 찾기 식' 탐정 소설의 재미를 보장하지 못한다. 다른 교통수단을 사용하는 방법이나 기상천외한 루트를 이용했는지도 알아보았지만 그럴 가능성은 속속 제외되었다. 이 역시 이런 종류의 미스터리의 묘미다.

"도대체 어떻게 된 거야."

수사가 진척을 보지 못하는 상황에서 열린 수사 회의 역시 소득 없는 보고로만 끝난 뒤 나는 의자에서 끙끙거렸다.

"이 알리바이는 정말 허점을 찾기가 어렵구먼."

"큰일이네요."

덴카이치가 남의 일인 양 말했다.

"하지만 난 급할 것 없네. 똑바로 알아 두게. 이 시리즈의 주인공은 자네야."

"하지만 제가 맡은 역할이 지금까지와는 다르잖아요."

덴카이치는 손거울로 7대3 가르마를 살피며 묘한 포즈를 취하고 있었다.

"아무리 그래도 자네가 해결하지 않으면 이번 얘기는 끝나지 않아. 제발 어떻게 좀 해 봐."

"흠, 별수 없군요."

덴카이치가 손거울을 놓으며 말했다.

"아리바 고사쿠에게 연락해 주세요. 제가 자백을 받아 내겠습니다."

기다리고 또 기다리던 말이다. 나도 모르게 손뼉을 쳤다.

그를 호텔 커피숍에서 만났다. 아리바는 아직도 뭐가 남았느냐는 듯이 불쾌한 표정을 지었다.

"그러니까 말이죠,"

덴카이치가 입을 열었다.

"알리바이 말인데요."

"의심스러운 점이 있나요?"

아리바의 눈이 빛났다.

"그날 저는 회사에서 네 시에 나왔고, 가루이자와 역까지는 왕복하는 데 최소한 다섯 시간 반이 걸린다고요. 그 시간은 신칸센도 없는 시간이고 설사 있다 해도……."

"오사카에 열한 시까지 도착하는 것이 불가능하다는 것은 잘 알고 있습니다. 그래서 저희들도 이것저것 검토해 봤습니다. 예를 들면 도쿄에서 가루이자와 역으로 갔다가 돌아온 것이 아니라, 동해 쪽으로 돌아 오사카로 간 것이 아닌가 하고."

"무슨 말이지요?"

아리바가 다소 불안한 눈빛으로 몸을 앞으로 내밀었다.

"하지만 불가능했어요."

덴카이치가 말했다.

"시간이 더 걸리더군요."

"그렇죠? 안 되죠?"

아리바의 눈이 다시 빛났다.

"하하하하하. 그래요. 그렇죠? 불가능해요. 하하하하하. 또 어떤 방법을 검토했나요?"

"자동차를 타는 방법입니다. 중앙 고속도로에서 속도를 내면 되지 않을까, 라고."

"그래서요?"

"역시 안 되더군요."

"크하하하하."

아리바는 의자에 앉은 채 몸을 부르르 떨었다.

"거봐요. 그것도 불가능해요. 가루이자와 역에서 고속도로 입구까지 정체가 심하거든요."

"그래서 이런 결론을 내렸습니다."

덴카이치가 정색하며 말했다.

"당신은 범인이 아니라고."

나는 어안이 벙벙해서 덴카이치를 쳐다봤다. 하지만 더 놀란 것은 아리바인 듯하다. 눈을 휘둥그렇게 뜨며 입을 삐죽 내밀었다.

"네? 그러니까…… 그게 무슨 의미인가요?"

"아무 의미도 없습니다. 당신의 알리바이가 완벽하기 때문에 더는 당신을 의심하지 않는다는 말입니다."

"아, 아니…… 저, 그러니까, 그러면 제 알리바이는 어떻게 되는 겁니까?"

"어떻게 되다니요. 당신은 도쿄에서 신칸센을 타고 오사카로 간 겁니다. 당신이 신칸센을 타고 있는 동안에 살인 사건이 일어났고, 당신에게는 알리바이가 있다는 거지요. 운이 좋았네요."

"그렇습니까? 아니, 그게 아니라."

아리바가 주위를 힐끔힐끔 쳐다본 뒤 작은 목소리로 속삭였다.

"제가 범인인 건 알고 계시죠? 그렇다면 저의 알리바이 트릭을 풀어내는 게 당신들의 역할일 텐데요."

"아닙니다. 아까도 말했듯이 아무리 생각해도 알 수가 없는 거예요. 그래서 트릭 따윈 없고 당신의 알리바이는 사실이라는 결론을 내린 겁니다."

"이런 말도 안 되는……."

아리바는 펄쩍 뛰며 항의했다.

"제 알리바이는 거짓이에요. 트릭입니다, 트릭."

"아니에요."

덴카이치가 고개를 젓는다.

"일곱 시간 만에 도쿄에서 가루이자와까지 가서 살인을 저지른 뒤 오사카로 가는 건 불가능해요."

"그게 가능하다니까요."

"그래요, 어떻게?"

"그건 말이죠……."

순간 아리바가 멈칫하며 고개를 흔들었다.

"그걸 알아내는 것이 당신들 임무잖아요."

"거봐요, 역시 불가능하잖아요. 어쩐지 이상하다고 생각했어요. 당신은 이런 엄청난 알리바이 트릭을 생각해 낼 만한 인물로 보이지 않아요."

매우 무례한 말투로 덴카이치가 말했다.

"이런 무, 무례한. 저는 철저히 알리바이 트릭을 연구하고 검토했어요."

"그래서 그게 어떤 트릭인지 묻고 있잖아요."

"그건 말 못하죠."

한심한 심정으로 두 사람의 대화를 지켜보면서 나는 알리바이 허점 찾기 식에 등장하는 범인의 복잡한 심경을 엿볼 수 있었다. 그들은 자신들이 만들어 낸 알리바이 트릭에 자신감을 갖고 있는 것이다. 밀실 트릭 등 다른 '불가능 범죄'의 범인들과 마찬가지로 말이다.

단지 여타의 트릭과 다른 점이 있다면, 알리바이 트릭은 허점을 찾아내지 못하면 과연 트릭을 사용했는지의 여부가 드러나지 않는다. 예를 들어 안쪽에서 방문이 잠긴 채 살인 사건이 발생하는 경우, 여기에는 틀림없이 트릭이 사용됐다고 생각해야 한다. 하지만 알리바이 허점 찾기의 경우 탐정이 범인을 더 이상 의심하지 않으면 수수께끼 자체가 소멸되어 버리는 것이다.

물론 현실 세계에서는 그것이 전혀 문제가 되지 않지만, 허구의 세계에서 그런 식으로 얘기가 전개되면 범인들이 설 땅이 없어지고 만다. 그들은 자신들이 생각해 낸 알리바이 트릭이 풀리는 것을 두려워하면서도, 훌륭히 구축된 시간과 공간의 마술이 독자 앞에 공개되는 순간을 내심 두근거리며 기다리는 것이다.

"이보세요, 그러면 이렇게 하죠."

아리바가 아첨 가득한 얼굴로 말했다.

"힌트를 드리겠습니다. 그걸 참고삼아 다시 한번 제 알리바이의 허점을 찾는 데 도전해 주세요. 제가 힌트를 드린 것은 독자에게 비밀로 해 둘 테니."

"아니요, 필요 없습니다."

덴카이치는 쌀쌀맞게 거절했다.

곤경에 빠진 아리바가 신음하고 있는데 갑자기 멋진 정장의 여인이 나타났다. 미모의 그녀는 덴카이치에게 메모 같은 것을 건넸다. 덴카이치는 "정말 고맙다"며 연신 인사를 했다.

"이봐, 누구야, 저 여자."

내가 덴카이치에게 물었다.

"비서예요."

"뭐, 비서? 언제 비서까지."

"그냥 넘어가 주세요. 그것보다……."

덴카이치가 아리바를 쳐다봤다.

"상황이 바뀌었습니다. 역시 당신이 범인이야."

"뭐?"

사태가 돌변하면서 아리바가 당황해했지만, 이내 본래의 자세로 돌아와 냉철한 표정을 지었다.

"무슨 말입니까. 그렇다면 저의 철벽 알리바이를 무너뜨릴 수 있다는 말이군요."

"물론입니다."

덴카이치가 건네받은 메모를 보았다.

"우선 당신은 네 시에 회사에서 나온 뒤 신칸센으로 다카사키까지 가서 신에쓰선으로 갈아탄 뒤 가루이자와에 갔어요. 호텔에 도착한 것은 여섯 시 반 무렵. 거기서 후루이 가부코를 살해하고 가루이자와 역으로 돌아온 것이 일곱 시 반."

"그래서요?"

"거기서 신에쓰선을 타고 나가노까지 갔어요. 도착한 것이 여덟 시 반쯤이죠?"

"그래서 어쨌다는 건가요?"

"거기서 당신은 SEJA를 타고 오사카로 갔습니다. SEJA가 오사카에 도착한 것이 열 시 반이니까 충분히……."

"잠깐, 잠깐만요."

아리바가 초조한 듯 두 손을 내저었다.

"뭐예요, 그 SEJA라는 건?"

"몰랐어요? 일본 알프스 종단 초특급 열차입니다."

"네?"

나와 아리바가 동시에 소리를 질렀다.

"그거 언제 개통된 거야?"

"최근입니다. 그 기차 엄청나요. 산악 지역인 일본 알프스를 직선으로 관통해 버립니다. 자, 아리바 씨, 당신의 알리바이는 깨졌습니다."

"잠깐요, 잠깐만요. 그런 거 타지 않았어요. 제가 살인을 저질렀을 때는 그런 열차가 없었어요."

"글쎄요, 그런 변명이 통할지……. 이미 나온 책은 별수 없지만 앞으로 발표될 작품에서 이런 엄청난 철도가 언급되지 않는다면 말이 안 되겠지요."

"하지만 저는 SEJA를 이용하지 않았어요. 저는 훨씬 멋진 트릭을 사용했다니까요."

"추잡하군요. 불만이 있다면 글 솜씨 떨어지는 이 소설의 작가에게 항의하세요."

"그럼 제발 제 알리바이 트릭이라도 들어 주세요, 네? 아, 이봐, 솔직히 당신도 듣고 싶은 것 아니야?"

"별로. 자, 경찰서로 갑시다."

덴카이치는 아리바의 팔을 잡아끌었다. 아리바는 "제발 누군가 내 알리바이를 깨뜨려 줘."라고 외치며 엉엉 울기 시작했다.

6

여사원 온천 살인 사건 ─ 두 시간 드라마의 미학

열차 안(정오 지난 시각).

나는 혼자 도시락을 먹고 있다. 창밖은 완연한 단풍 물결.

녹차를 마시며 미소짓는 나.

"아, 느긋하니 좋네. 골치 아픈 사건도 해결됐고. 올해 들어 하루도 휴가를 못 갔는데 오랜만에 큰맘 먹고 온천 여행 떠나길 잘했네."

그렇게 말해 놓고 나는 곧 눈살을 찌푸렸다.

'뭐야, 방금 내가 한 이 설명적인 대사는.'

우선 상대도 없는데 왜 소리를 내어 말한단 말인가. 중얼거리는 습관 따위는 없지 않았던가. 거기다가 소설 도입부도 전과는 다르다. 열차 안이라는 점은 그렇다 쳐도 '정오 지난 시각'이라는 표현 방식이 존재하는 걸까.

아, 그냥 넘어가자. 신경 쓰지 말자. 오랜만의 휴가잖아.

내 이름은 오가와라 반조, 도쿄 지방 경찰청 수사 1과 경감이다.

"이봐, 잠깐만. 저번 시리즈에선 나가노 지방 경찰청 소속이었잖아."라고 화를 내시는 분도 있겠지만, 이 시리즈에서 요정도의 터무니없음은 용서된다.

내가 선택한 여행지는 간토 북부에 있는 유명한 온천 관광지였다. 여관에 도착한 것은 오후 네 시 무렵.

여관 이름은 '야마다야'이다. 이름만 여관이지 실제로는 호텔에 여관식 이름만 붙는 경우도 흔하지만, 야마다야는 순수 일본식 여관으로 계절감도 적당히 느낄 수 있는 곳이다. 객실은 그리 많지 않지만 나 같은 나홀로 여행객에게도 널찍한 방을 내줬다. 이 여관 잡길 잘했다는 생각이 들었다.

저녁 식사 때까지는 시간이 많이 남아 있으므로 목욕이나할까 생각했다. 이 여관이 자랑하는 바위 온천은 24시간 운영되고 있었다. 하지만 너무 일찍부터, 그리고 너무 오랫동안온천을 즐기다가 벌게진 얼굴로 현기증에 시달리는 것도 멍청한 짓 같았다. 그래서 여관 주변을 산책하기로 했다.

여느 온천 지대에서 볼 수 있는 광경이 이곳에도 펼쳐져 있었다. 기념품 가게가 줄지어 있고, 그 앞을 여행객들이 무관심한 표정으로 지나간다.

산속이어서인지 가게에는 이렇다 할 특산품이 없었다. 굳이 꼽자면 '온천 모나카 과자' 정도랄까. 한 입에 먹을 수 있을 정도로 크기가 작다는 점을 제외하면 외견상 도쿄에서 파는 모나카와 차이점을 발견할 수 없다. 아마 맛에서도 차이가 없으리라. 특산품이란 원래 그런 것이다.

나는 한 기념품 가게 앞에서 발을 멈추고 목각 인형과 열쇠고리를 만지작거렸다. 그때 어디선가 "열 개들이 온천 모나카 주세요."라는 젊은 여자의 목소리가 들렸다. 소리가 난 쪽을 보니 20대 중반 정도의 머리가 긴 여자(후지와라 구니코. 24세)가 온천 모나카를 사고 있다.

여자 점원에게서 포장된 상자를 건네받자 돈을 주며 묻는다.

구니코: "저, 이거 유효 기간이 며칠인가요?"

직원: "일주일 정도입니다."

구니코: "그래요!"

여자는 안심된다는 표정으로 가게를 나갔다. 나, 여자 뒷모습을 보며 중얼거린다.

경감: "흠, 젊은 여자란 역시 달콤한 걸 좋아해."

어? 뭐야, 이거.

다시 부자연스러운 독백을 내뱉고 말았군. 도대체 어떻게 된 거야. 거기다가 문장도 부자연스럽다. 왜 대사 앞에 구니코나 경감 따위를 붙이는 걸까. 아니, 잠깐. 이런 문장체는 어디서 본 듯한데. 왠지 불안한 예감이 들었다. 서둘러 여관으로 돌아갔다.

저녁은 여섯 시 반에 방으로 갖다 주었다. 나는 얼음으로 차갑게 한 잉어회와 곤들매기 소금구이를 먹으며 맥주를 들이켰다.

홀로 조용히 온천의 밤을 보낼 수 있게 되었다고 좋아했는데, 현실은 내 희망대로 되지 않았다. 어디선가 연회가 열리는지 시끄러운 음악과 노래가 들려왔다. 규모가 큰 관광호텔이라면 연회장이 떨어져 있겠지만, 이렇게 작은 여관은 한계가 있으리라.

추가로 주문한 맥주를 가져온 여종업원에게 연회에 대해 물었다. 사람 좋게 생긴 그녀의 얼굴이 어두워졌다.

"도쿄의 회사원들입니다. 위로 모임이라던가 뭐라고 하던데. 죄송합니다."

"아니에요. 불평하는 게 아니니까 걱정하지 마세요."

배가 부른 탓인지, TV를 보던 나는 그만 졸고 말았다. 잠에서 깨었을 때는 시계가 열 시를 지나고 있었다. 여기까지 와서 온천을 빼먹을 수는 없다는 생각에 수건을 어깨에 걸치고 방을 나섰다.

복도를 걷는데, 방문이 열리고 젊은 여자 두 명이 나왔다.

한쪽(아오키 마사코. 24세)이 다른 쪽(구니코)을 부축하고 있다.

마사코: "괜찮아?"

구니코: (끄덕이며) "응, 좀 피곤한 것뿐이야."

나, 그 여자를 보고 깜짝 놀란다. 이어 오후에 그녀가 '온천 모나카'를 사던 장면을 회상하고. 두 여자, 방으로 들어간다. 문이 닫힌다.

경감: "그녀도 여기 묵고 있구나."

중얼거리다가 다시 정신이 퍼뜩 들었다.

아아, 또다시 기묘한 문장에 부자연스러운 독백. 도대체 어떻게 된 거야. 대화 속에 '(끄덕이며)' 따위가 들어가는 것도 몹시 어색하다. 이거 혹시 '그거' 아닐까.

아니야, 설마 그런 일이······. 불길한 생각을 지우려고 머리를 흔들며 나는 대욕탕으로 향했다.

이 여관이 자랑하는 바위 욕탕에 처음에는 나 혼자였다. 그래서 마음껏 손발을 뻗고 있는데 한 남자가 들어왔다. 키가 크고 날씬하다. 그리고 상당히 미남이다. 나이는 30세 전후.

남자(야마모토 후미오. 32세), 뜨거운 듯 얼굴을 찡그리며 물속으로 들어온다. 나를 보곤 가볍게 인사한다. 나 역시 인사했다.

야마모토: "혼자 오셨습니까?"

경감: "아, 네."

야마모토: "부럽네요. 저도 나홀로 여행을 떠나고 싶군요."

경감: "선생님은 가족과 같이 오셨나요?"

야마모토: "아닙니다. 위로 여행입니다, 직장의."

경감: "아, 그렇습니까."

두 사람, 나란히 욕탕을 나온다. 같이 복도를 걷고 있는데, 앞에서 아오키 마사코가 달려온다. 마사코, 야마모토를 보고 말한다.

마사코: "야마모토 씨, 큰일 났어요. 구니코가 보이지 않아요."

야마모토: "후지와라 씨가 없어졌다고? 잘 찾아봤어요?"

마사코: "네, 하지만 보이지 않아요."

야마모토, 마침 복도를 지나던 여종업원을 불러 세운다. 귓속말을 한다.

나, 여자에게 묻는다.

경감: "사라졌다는 사람이, 아까 당신이 부축했던 여자입니까?"

마사코, 모르는 사람이 말을 걸자 다소 놀라는 듯하다가 대답한다.

마사코: "네. 모두 모여서 카드놀이를 하고 있었는데, 갑자기 속이 이상하다며."

야마모토가 다가온 여종업원에게 말한다.

야마모토: "여관 주변을 찾아보기로 했어요. 다른 사람에게도 도와 달라고 말해 줘요."

경감: "저도 돕겠습니다."

야마모토: "고맙습니다. 큰 힘이 될 겁니다."

여관 주변. 여관 종업원과 회사 동료들이 구니코를 찾아 헤맨다. 때로 구니코를 부르는 소리가 들린다.

경감: "도대체 어디로 사라져 버린 거야."

그때 비명이 들린다. 나, 소리가 나는 쪽으로 달려간다.

숲 가에 여관 여종업원이 뻣뻣하게 서 있다.

경감: "무슨 일입니까?"

여종업원, 몸을 떨며 앞쪽을 가리킨다. 온천 가운을 입은 구니코가 넘어져 있다. 나, 달려가 호흡을 확인한다.

경감: "주, 죽었어."

나는 현지 경찰에게 구체적으로 상황을 설명해 준 뒤 다시 현장으로 돌아갔다. 현장에서는 검증이 계속되고 있었다. 다른 여관에 묵고 있던 손님들까지 몰려와 경찰이 출입 통제에 애를 먹는 것 같았다. 하지만 도대체가 의문투성이다. 사건에 관해서만이 아니다. 이 소설 자체가 이상하다. 아무리 봐도 소설투가 아니다. 문득 정신을 차려 보니 기묘한 문체로 구성된 세계에 붙잡혀 있었다. 역시 '그것'인가. 생각에 빠져 있는데 앞에서 형사의 호령이 들렸다.

"안 돼요, 안 돼. 구경꾼들은 저쪽으로 가세요. 이봐, 누구

없어? 이 사람 좀 데려가."

"무슨 일입니까?"

내가 옆에 있던 경찰에게 물었다.

"그게요, 탐정이라는 자가 현장을 보여 달라며 경찰의 통제에 따르지 않는다네요."

"탐정? 이름이 뭔데요."

"덴카, 뭐라고 하던데."

"역시."

내 얼굴이 일그러졌다.

덴카이치 다이고로는 이 탐정 시리즈의 주인공이다. 낡아 빠진 양복에 더부룩한 머리, 연륜이 쌓인 지팡이가 그의 트레이드마크다. 그리고 나는 늘 그의 조연을 맡고 있다.

"그 사람, 나도 잘 압니다. 알겠어요. 제가 주의를 주지요."

나는 경찰들을 뚫고 안쪽으로 들어갔다.

"그러니까 생초보 탐정이 나설 무대가 아니라고 하잖아."

형사들이 그를 제지하고 있었다. '그거 원래 내가 하던 대사인데'라는 생각을 하며 형사들 앞으로 나섰다.

"이봐, 자네, 이런 곳까지 와서 경찰 수사를 방해하다니."

거기까지 말한 뒤 나는 입을 다물고 말았다. 형사들과 실랑이를 벌이고 있는 사람은 늘 보던 덴카이치 탐정이 아니라 젊은 여자였기 때문이다. 긴 생머리에 아이돌 같은 생김새, 미니스커트 차림에 쭉 뻗은 다리가 매력적이었다.

"아, 경감님."

멍하니 입을 벌리고 있는 나를 보고 그녀는 기쁜 듯 인사했다.

"있잖아요, 이분들에게 저 좀 소개해 주세요. 명석한 두뇌, 뛰어난 행동력의 명탐정 덴카이치라고요."

"자, 자, 자네는."

침을 한 번 꿀꺽 삼키고는 다시 입을 열었다.

"자네, 언제부터 여자가 됐나?"

그러나 여자는 의외라는 표정을 지었다.

"어, 모르셨어요? 이번 시리즈에서는 저, 여자로 나오는데요."

"왜?"

"그러니까, 이번 작품은 두 시간짜리 드라마 대본의 세계라서요."

여자는 똑 부러지게 말했다.

"좀 더 정확히 말하자면, 일요 추리 서스펜스 극장의 대본이죠."

"두 시간짜리 드라마 대본……. 음, 역시 그랬군."

어쩐지. 그래서 종종 이상한 문체로 바뀐 거였구먼. 그건 바로 드라마 대본의 지문이었던 것이다.

"덴카이치 시리즈도 마침내 두 시간짜리 드라마가 되고 말

왔군."

나는 처량한 목소리로 말했다.

"별수 없잖아요. 작가가 돈에 눈이 멀어 버렸다고들 하던데."

"거, 한심하구먼."

어깨에서 힘이 쭉 빠지는 느낌이었다.

"그건 그렇다 치고, 두 시간짜리 드라마라고 자네가 여자가 되어야 할 이유가 있나?"

"아니, 모르세요? 두 시간짜리 드라마는 대개 주인공이 여자예요. 시청자 대부분이 주부여서 여자가 주인공이 아니면 시청률이 오르질 않아요. 도쓰가와 경감(니시무라 교타로 원작의 미스터리 드라마 시리즈에 등장하는 주인공 형사 — 옮긴이)이나 아사미 미쓰히코(우치다 야스오 원작의 드라마 시리즈에 등장하는 주인공 르포라이터의 이름 — 옮긴이) 따위의 남자 주인공은 예외에 속하지요."

"그래서 덴카이치 다이고로도 여자가 된 거야?"

"그런 셈이지요. 이름은 덴카이치 아리사. 도쿄의 여자 대학 3학년생으로 미스터리 연구회 소속이에요. 잘 부탁드립니다."

"한심하긴."

나는 또 중얼거렸다.

"그런데 덴카이치 아리사가 왜 여기 있는 거야?"

"왜라니요, 그냥 온천에 온 거예요. 때로는 혼자서 훌쩍 떠

나는 여행도 좋을 것 같아서."

"뭐야, 나랑 마찬가지네."

그렇게 말한 뒤 입술을 내밀고 얼굴을 문질렀다.

"싸구려 설정이군. 탐정과 조연인 경감이 각각 나홀로 여행을 떠났는데 목적지가 우연히 같다. 게다가 여행지에서 사건이 일어난다. 에헤, 편의주의라는 단어를 갖다 붙일 마음조차 안 생기는군."

"아이, 괜찮아요. 그렇게 딱딱하게 구실 것까지 없잖아요."

덴카이치는 내 얼굴 앞에서 손을 저어 댔다.

"사실 말이죠, 경감님은 이번엔 그저 그런 조연이 아니에요."

"뭐라고, 그럼?"

"주인공인 여자 대탐정, 즉 이 덴카이치 아리사와 연인 관계에 빠질지도 모른다는 설정이에요. 그래서 TV를 보는 주부들은 두 사람의 관계가 어떻게 진전될지 흥미진진해한답니다."

"그야말로 식상한 스토리군."

나는 한발 뒤로 물러서며 말했다.

"게다가 내가 덴카이치 탐정과 연인 관계라니. 에이, 기분나빠."

"이번 시리즈의 덴카이치 탐정은 평상시처럼 지저분한 남자가 아니라 반짝반짝 빛나는 여대생인데 뭐가 불만이죠?"

덴카이치의 뺨이 부풀어 올랐다.

"그렇게 결정됐다면 어쩔 수 없지. 소설 속으로 돌아가자고."

나는 깊은 한숨을 내쉬었다.

현지 경찰의 조사에 의해 후지와라 구니코의 사망 원인이 밝혀졌다. 사인은 청산가리 중독. 시체 옆에 마시다 만 우롱차 캔이 떨어져 있었는데 거기에 청산가리를 넣었을 것이라는 분석 결과가 나왔다. 그리고 방에는 '여러분, 건강하세요. 안녕. 후지와라 구니코'라고 쓰인 편지가 남아 있었다. 회사 동료 여러 명의 증언에 따르면 요즘 그녀는 왠지 활기가 없었다고 한다. 특히 수사진의 관심을 끈 것은 동료 아오키 마사코의 얘기였다.

마사코에 따르면 후지와라는 실연한 지 얼마 안 된 상태였다고 한다. 상대는 같은 회사에 다니는 우치다 가즈히코라는 남자로, 두 사람은 알 만한 사람은 다 아는 그렇고 그런 사이였는데 우치다가 그만 사카모토 요코라는 여사원과 약혼을 해 버렸다는 것이다. 그 일로 매우 우울해했다는 것이 마사코의 증언이었다. 우치다와 사카모토는 부서가 달라 이곳에는 오지 않았다.

이 같은 증거와 증언을 토대로 경찰은 후지와라가 자살했으리라는 판단을 굳히고 있는 듯했다. 후지와라의 집은 도금 공장을 하는 관계로 청산가리를 쉽게 손에 넣을 수 있었고 청산가리를 담았던 병도 그녀의 가방에서 발견되었다.

　이러한 정보를 수집한 나는 사건 다음 날 아침 덴카이치와 여관 부근 폭포에서 만났다. 이 폭포는 이 지방 명소 중의 하나로, 여기서 드라마를 찍는 이상 빼놓을 수 없는 장소다.

경감: "자살은 절대 아니야."

덴카이치: "그래요? 아주 자신만만하시네요."

경감: "어제 그녀는 온천 모나카를 샀어. 그때 유효 기간이 며칠이나 되는지 점원에게 묻더군. 일주일 정도 된다는 말에 안심하는 듯했어. 즉 그녀는 그 과자를 선물로 산 거야. 그런 사람이 자살할 까닭이 없지."

덴카이치: "그러네요. 역시 조사해 볼 가치가 있는 사건이에요."

경감: "나도 도쿄에 연락해서 후지와라 구니코의 주변 인물을 조사하도록 조치해 놨어."

덴카이치: "오랜만에 흥미로운 사건을 만났네요. 제 추리 능력을 보여 줄 기회예요."

경감: "이봐, 너무 나서지는 말아 줘."

덴카이치: "어머, 제 추리 덕분에 실적을 쌓고 있는 사람이 과연 누굴까요."

그 순간 덴카이치 아리사, 바위에서 발이 미끄러진다. 몸을 날려 그녀를 잡아 주는 나. 두 사람의 눈이 맞았다가 서둘러 떨어진다. 어색해하는 두 사람.

"이거야말로 전형적인 삼류 연기군."

나는 머리를 긁적거렸다.

"도대체 요즘에 누가 이런 장면을 좋아한단 말이야."

"그래도 필수적인 장면 아니겠어요."

덴카이치는 바위에 걸터앉았다.

"그보다 경감님, 범인이 누군지 짐작이 가세요?"

"아니, 자네는 누군지 아나?"

"대충은."

덴카이치가 윙크했다.

"출연진과 역할을 적은 대본을 봐 버렸거든요."

"배역표를?"

"야마모토 후미오의 역할은 이와카제 히데카즈가 맡았어요."

"뭐, 그 이와카제가?"

그리고 나는 알겠다는 듯 고개를 크게 끄덕였다.

"그럼 야마모토가 범인이네. 두 시간짜리 드라마에서 범인은 항상 이와카제가 맡아 왔으니."

"경감님도 그렇게 생각하시죠?"

"하지만 그런 추리는 싸구려야. 배우의 평소 역할을 보고 범인을 맞히다니."

"그래도 TV를 보는 주부들은 그런 식으로 범인을 찾아내며 즐거워해요."

"그야 그럴 수 있겠지만, 등장인물인 우리까지 그런 식으로 해서야 되겠어?"

"근데요, 이번 스토리는 뭔가 허술해요. 원작은 분명 좋았을 텐데."

"원작은 제목이 뭐지?"

"유폐된 계절."

"상당히 함축적인 제목이네. 드라마도 그 제목 그대로 갈 건가?"

"드라마 타이틀은 '꽃다운 여사원 온천 안개 살인 사건'이래요."

나는 흠칫하다 그만 폭포 속으로 빠질 뻔했다.

"도대체 그게 뭐야. 왜 유폐된 계절이 꽃다운 여사원이야, 온천 안개는 또 뭐고."

"그게 끝이 아닌데요! 정확히 말하자면 '꽃다운 여사원 온천 안개 살인 사건. 삼각관계 끝에 찾아온 죽음은 과연 자살인가 타살인가. 은밀한 온천을 습격한 공포와 애증의 미로. 여대생 탐정 덴카이치 아리사와 헛다리 경감 등장'이에요."

나는 온몸에 힘이 빠져 그만 그 자리에 주저앉고 말았다. 이런 싸구려 드라마에 등장한 것도 마뜩찮은데, 게다가 헛다리 경감이라니.

"그런데 있잖아요, 좀 이상하다고 생각해요."

덴카이치는 바위에 걸터앉은 채 팔짱을 꼈다.

"소설을 드라마로 만들 수는 있어요. 그런데 웬일인지 만들었다 하면 원작과 내용이 달라지고, 또 거의 대부분 원작보다 질이 떨어져 버려요. 왜 그럴까요? 게다가 대본 쓰는 사람들은 왜 원작보다 드라마 대본이 훨씬 재미있다고 생각하는 걸까요, 그것도 진지하게 말이에요."

"재미있고 없고의 문제보다는 시청률 때문에 그러겠지. 원작의 복잡한 스토리를 그대로 방영하는 것보다, 조금 진부하더라도 알기 쉽고 적당히 섹시한 내용을 넣는 편이 시청률이 올라간다고 생각하는 것 아니겠어."

"그런 거겠죠."

덴카이치는 긴 한숨을 내쉬었다.

"예를 들어 말이죠, 이렇게 추리 소설이 범람하고 있는데도 방송 쪽 사람들은 드라마에 맞는 작품을 찾기 힘들다며 한탄한대요. 참 이해가 안 가는 게요, 옛날 생각을 해 보면 요즘 작가들의 작품이 훨씬 비주얼하잖아요. 그리고 요즘엔 뛰어난 하드보일드라든가 모험 소설이 늘어나서 그런 걸 드라마로 만들어도 재미있을 텐데."

"하지만 방송 관계자들은 그런 건 두 시간짜리 드라마로 만들기에 적합지 않다고 보는 거지."

"맞아요. 첫째는 예산, 또 하나는 시청률. 주부를 중심으로 여자들만 보기 때문이라는 거죠."

"여자가 주인공이고 알기 쉬운 스토리에다가 사랑 얘기가 포함된 것, 그런 것이 두 시간짜리 드라마에는 안성맞춤이라고 생각하는 거야. 그런 조건에 맞는 소설만 찾다 보니 당연히 한계가 있는 거고."

"그래서 고민고민하다가 남자 주인공을 아예 여자로 바꿔버린 거로군요."

여자로 변신할 수밖에 없었던 덴카이치 아리사는 치렁거리는 긴 머리를 쓸어 올렸다.

"요즘 미스터리 소설 부문에서 신인상이 많이 나오는데, 방송국이 스폰서를 맡는 경우가 늘고 있어. 1000만 엔도 넘는 상금을 펑펑 쏟아 붓고 있지. 그것도 결국 드라마 원작을 구하기 위해서야."

"그렇겠죠. 하지만 드라마로 만들기 곤란한 작품이라고 해서 상을 못 받는 경우는 없는 것 같아요."

걱정스러운 목소리로 얘기하던 덴카이치가 시계를 보더니 서둘러 일어났다.

"여관으로 돌아가야겠네."

"뭐 있어?"

"드라마가 절반 정도 지났어요. 아홉 시부터 시작하는 드라마니까 열 시쯤이면 채널을 돌릴 시간이에요. 제 목욕 장면으로 시청자들을 잡아야 해요."

시청자 대부분이 여자라면서 이런 야한 장면을 내보내다니, 정말로 TV 업계는 의혹투성이다.

그 후 소설에서는 도쿄로 돌아간 덴카이치 탐정이 관련자를 한 명 한 명 만나면서 감춰진 비밀들을 찾아낸다. 한때 유행했던 것처럼 낮 시간대의 야하기 그지없는, 그리고 사랑과 증오가 덕지덕지 묻어나는 인간관계에 초점을 맞추는 장면도 나온다. 물론 주부가 시청자의 중심이라는 방송국 측의 배려 덕분이다. 하지만 그런 것은 탐정 소설의 핵심과는 거리가 멀다.

덴카이치의 조사 덕분에 죽은 후지와라 구니코의 교제 상대는 우치다 가즈히코가 아니라 다른 사람이라는 사실, 그리고 상대 남자의 아이를 유산한 사실이 드러난다.

덴카이치는 후지와라의 전자수첩에 들어 있는 주소록에서 상대 남자의 이름을 찾아내려 했지만 거기에 남자 이름은 전혀 없었다. 그래서 주소록에 입력된 주소와 전화번호를 하나씩 확인하기 시작했다. 상대 남자의 이름을 감추기 위해 여자 이름으로 입력해 놓았을지도 모른다고 생각한 것이다. 그 추리는 맞아떨어졌다. 스즈키 하나코라는, 가명 냄새가 풀풀 풍기는 이름으로 등록된 전화번호가 실제로는 야마모토 후미오의 것이었다. 그리고 야마모토는 사장 딸과 결혼할 것이라는 이야기가 돌고 있었다.

덴카이치와 나는 도쿄에 있는 커피숍에서 만나 추리 내용을 점검했다.

경감: "사장 딸과 결혼하는 데 후지와라가 방해가 되니까 그녀를 죽였다는 건가?"

덴카이치: "그런 것 같아요."

경감: "하지만 야마모토는 사건이 발생했을 때 나와 온천탕에 같이 있었어. 어떻게 후지와라에게 독을 마시게 했을까?"

덴카이치: "그게 바로 트릭이죠. 경감님은 알리바이 공작에 이용 당한 거예요."

경감: "무슨 말이야?"

덴카이치: "해부 결과 후지와라는 온천 모나카를 먹었다고 했잖아요. 그런데 그 모나카는 그녀가 산 것이 아니었어요. 그녀가 산 모나카는 포장도 뜯지 않은 채 가방 속에 들어 있었거든요. 즉 누군가가 그녀에게 다른 모나카를 준 거지요. 바로 그 모나카에 독이 들어 있었을 겁니다."

경감: "모나카에 청산가리가?"

덴카이치: "그날 밤 야마모토와 후지와라는 그곳에서 몰래 만나기로 약속한 것 아닐까요. 후지와라를 만난 야마모토는 아마도 그녀에게 이렇게 말했을 거예요. '조금 늦을지도 모르니까, 여기서 이거라도 먹으며 기다려.'라고. 그런 식으로 독이 든 온천 모나카와 우롱차를 건넨 거죠."

경감: "그럴듯하네. 그 과자는 한입에 들어가는 사이즈니까 현장에 남지 않지. 남는 것은 우롱차 캔뿐이야. 누가 봐도 스스로 독을 마셨다고 생각하게 되지. 괜찮은 트릭인걸."

여기서 나는 다시 소설의 세계를 벗어났다. 그리고 진절머리 난다는 표정을 지으며 커피를 마신다.

"뭐가 괜찮은 트릭이라는 거야. 이따위 트릭에는 어린애도 안 속을걸."

"두 시간짜리 드라마의 트릭으로는 이 정도로도 충분하다는 거겠지요."

덴카이치도 자포자기한 말투로 대답했다.

우리는 다시 소설의 세계로 돌아갔다.

경감: "하지만 아직 한 가지 의혹이 남아 있어."

덴카이치: "알아요. 유서 말이죠?"

경감: "그래. 경찰이 감정한 결과 본인 필적이라는 거야."

덴카이치: "내용이 '여러분, 건강하세요. 안녕. 후지와라 구니코'
였지요. 그게 문제인 겁니다."

그때 어디선가 대화하는 소리가 들린다. 여고생으로 보이는 두
사람이 서로 상의하며 편지를 쓰고 있다.

여자 A: "그러니까, 마지막엔 뭐라고 써야 하는 거야?"

여자 B: "적당히 쓰면 돼. 여러분, 건강하세요, 안녕, 따위."

여자 A: "아, 그러네."

덴카이치와 내가 얼굴을 마주 본다.

덴카이치: "편지예요. 후지와라가 쓴 편지의 일부를 유서로 꾸민
거예요."

두 사람, 자리에서 일어난다.

"정말 편리한 전개 방식이군."

나는 다시 작품 세계에서 벗어나 머리를 쥐어뜯었다.

"유서 트릭 자체도 조잡하지만, 그 트릭을 푸는 힌트를 이
렇게 편의주의적으로 제공해도 되는 거야?"

"어쩔 수 없어요. 이제 슬슬 결론을 내려야 두 시간이라는
틀에 맞출 수 있거든요."

덴카이치가 말했듯, 거기서부터 진상이 급속히 드러나기

시작한다. 우선 야마모토 후미오의 친척 중에 도금 공장을 하는 사람이 있고, 야마모토가 그 공장을 방문했던 사실이 밝혀진다. 공장에 보관돼 있던 청산가리의 양이 줄어 있었음은 물론이다.

이어 후지와라 구니코가 학생 시절 소속됐던 동아리에 편지를 보냈다는 사실도 밝혀진다. 학생 중 한 명이 당시 글을 기억하고 있었고, 마지막 부분이 '여러분, 건강하세요. 안녕. 후지와라 구니코'였다는 것이다. 덴카이치가 편지를 보여 달라고 하자 그 학생은 편지를 분실했다고 말한다. 그리고 최근 잘 모르는 남자가 집 부근을 어슬렁거렸다는 얘기도 한다. 인상을 물어보니 야마모토 후미오와 일치한다.

이렇게 정신없이 빠르게 사건의 전모가 드러나게 되는데, 문제는 이제부터 명탐정 덴카이치가 어떤 식으로 하느냐이다.

상식적으로는 경찰에 그 이야기를 전해 주면 그걸로 끝이다. 그다음부터는 경찰이 처리하는 것이 순서다. 하지만 두 시간짜리 드라마의 주인공 탐정은 웬일인지 그렇게 하지 않는다. 대신 인적이 드문 곳으로 범인을 불러내어 자신의 추리가 맞는지 확인하려 든다. 그래서 덴카이치도 야마모토를 불러낸다. 기묘하게도 그런 장소는 늘 항구다.

덴카이치와 내가 기다리고 있는 항구에 야마모토가 등장한다.

야마모토: "무슨 일입니까, 이 바쁜 시간에."

덴카이치: "시간이 많이 걸리지는 않을 겁니다. 당신이 사실대로
자백만 한다면."

야마모토: "자백이라니, 무슨 말입니까?"

덴카이치: "후지와라 살인 사건에 대해서입니다. 야마모토 씨,
당신이 그녀를 죽였지요?"

야마모토, 순간적으로 흠칫하지만 이내 부자연스러운 미소를
띤다.

야마모토: "허, 말도 안 돼요."

덴카이치: "말도 안 되다니. 당신은 차기 사장 자리를 노리고 있
었고, 출세를 위해 연인이던 후지와라를 죽인 거잖아."

그 후 덴카이치의 설명적인 대사가 장황하게 이어진다. 비
록 내 역할은 아니었지만 두 사람을 동정했다.

'이런 장면은 연기하기 힘들 텐데……'

특히 범인 역할이 힘들 것이다. 탐정의 장황한 설명을 그저
멍하니 듣고 있어서는 안 되기 때문이다.

기나긴 설명을 끝낸 덴카이치가 말한다.

덴카이치: "변명의 여지가 없어. 포기해."

야마모토: "이런, 제길."

야마모토, 도망가려 한다. 그러자 어디선가 경찰들이 달려 나온다.

형사 A: "야마모토 후미오, 당신을 살인 혐의로 체포한다."

곧잘 이런 장면이 나오는데, 생각해 보면 정말 웃긴다. 그 경찰들은 도대체 왜 생초보 탐정이 범인과 수수께끼 풀기 게임을 하는 것을 가만히 숨어서 들어 주는 것일까. 숨어 있는 장면을 상상만 해도 웃음이 터진다.

궁지에 몰린 야마모토가 제방 끝에 선다.

형사 B: "이봐, 뭐하는 거야. 야마모토!"

야마모토가 흥, 코웃음을 친 뒤 바다로 뛰어들 자세를 취한다. 그런데 이때 갑자기 야마모토가 소설 세계에서 벗어난 듯한 표정을 지었다.

"저도 말 좀 하게 해 주세요."

야마모토가 말했다.

"주역인 당신들도 불만이 많겠지만, 소설이 두시간짜리 드라마가 됐을 때 가장 피해가 큰 것은 범인입니다. 이 사건도 그래요. 원작에서는 좀 더 복잡하고 교묘한 트릭이 사용됐어요. 그런데 그만, 설명하기가 어렵다면서 이렇게 간단한 트릭으로 바꾸어 버린 거예요."

나는 "그랬군."이라고 중얼거렸다.

"제일 치명적인 것이 동기입니다. 실제로는 말이죠, 좀 더 심오한 살인 동기가 있었어요. 하지만 민감한 '차별 문제'를 건드린다면서 애정 문제로 변질시켜 버렸어요. 제 마음, 이해하시죠?"

"잘 알죠."

덴카이치가 말했다.

"너무도 잘 알아요."

야마모토는 기쁜 표정을 지었다. 야마모토가 다시 드라마 속 얼굴로 돌아왔다.

경찰이 그를 포위했다.

형사 A: "체포해."

야마모토: "에잇."

야마모토, 바다로 뛰어든다. 마침 그곳을 잠수함이 지나간다. 야마모토, 잠수함에 부딪쳐 죽는다.

"왜, 아 도대체 왜, 왜 이런 곳에 잠수함이 있는 거야."

바다를 내려다보며 내가 말했다.

"처음에는 자동차에 치여 죽는 설정이었어요."

덴카이치가 말했다.

"하지만 자동차는 안 된다며 내용을 바꿔 버렸지요."

"그렇게 된 거로군."

이 두 시간짜리 드라마의 스폰서가 자동차 업체였다는 사실을 떠올리며, 나는 바다를 향해 합장했다.

7

절단의 이유 — 토막 살인

이번에는 조금 으스스한 사건이다.

기리사키라는 마을의 끄트머리에는 이토노코라는 해발 수백 미터 높이의 산이 있다. 그 이토노코 숲 속에서 시체가 발견됐다. 그것도 흔치 않은 방법으로.

자전거를 타러 왔던 젊은 남녀가 한숨 돌릴 겸 애정 행각을 벌이다가 땅바닥에서 사람의 손목 같은 것을 발견한 것이다. 자세히 들여다보니 그것은 손목 같은 것이 아니라 손목, 바로 그것이었다.

여자는 비명을 질렀고, 남자는 그 자리에서 오줌을 싸 버렸다. 그들의 신고로 즉시 지방 경찰 본부에서 수사관이 파견됐다. 그리하여 수사를 총지휘하게 된 인물이 바로 나, 오가와라 반조다.

현장 발굴이 이루어지면서 시체가 속속 드러났다. '속속'이라는 표현은 오해의 소지가 있는데, 시체가 여러 구 발견된 것이 아니라 아마도 한 사람의 것으로 여겨지는 것들이 잇따라 발굴된 것이다. 손목에 이어 넓적다리, 엉덩이, 어깨, 양팔……. 머리는 맨 나중에 나왔다. 머리카락이 긴 것으로 보아 여자로 추정됐다.

이른바 토막 살인이라는 것이다. 발굴 상황을 지켜보던 나는 그만 기분이 나빠졌다. 하물며 이런 큰 사건에 익숙하지 않은 시골 순경 따위는 숲 속으로 달려 들어가 연신 토하는 것이 당연했다.

"도대체 누가 이런 잔인한 짓을……."

나는 손수건을 입에 대며 중얼거렸다.

그때였다. 뒤에서 귀에 익은 목소리가 들렸다.

"잠깐만요. 실례합니다. 좀 지나갈게요."

돌아다보니 낡아 빠진 양복에 더부룩한 머리, 연륜이 쌓인 지팡이의 젊은 남자가 경찰의 저지를 뿌리치며 일반인 통제선 안으로 들어오려 하고 있었다. 나는 경찰들에게 지시했다.

"그냥 통과시켜 줘."

그러자 자칭 명탐정 덴카이치 다이고로가 내 쪽으로 다가왔다.

"안녕하세요, 오가와라 경감님."

"슬슬 나타날 때가 됐다고 생각하고 있었어."

"왜죠?"

"왜라니. 그거야 자네……."

말을 멈추고 헛기침을 했다.

"그냥."

소설의 타이밍상 슬슬 나타날 때가 됐다고 말할 수는 없는 노릇이었다.

"엄청난 사건이 일어났군요."

덴카이치는 자못 심각한 목소리로 말했지만 그 눈은 신기한 장난감을 선물 받은 아이처럼 빛나고 있었다.

"그렇지? 내 감인데 말이야, 이거 상당히 골치 아픈 사건이 될 것 같아. 이 시체 좀 보라고. 우선 신원부터 파악해야겠어."

"그거요, 아마 제가 찾고 있던 여자일 겁니다."

"뭐, 자네가 찾고 있었다고?"

나는 눈을 휘둥그레 뜨며 물었다.

덴카이치의 설명은 이랬다. 이틀 전쯤에 아내를 찾아 달라는 의뢰가 들어왔다고 한다. 의뢰한 사람은 기리사키 마을의 초등학교에서 교편을 잡고 있는 기요이라는 중년 남성. 그 시점에서 이미 실종 사흘째였으니까 지금으로부터 닷새 전인 일요일에 그의 부인이 시장에 간다며 나가서는 돌아오지 않았다는 것이다.

기요이를 불러 시체의 신원을 확인시키기로 했다. 하지만 전형적으로 몸이 마르고 소심한 성격인 기요이는 토막 시체란 말만 듣고서도 실신하려 했다. 결국 우리는 그를 통한 신원 확인을 포기하고 부인이 다니던 치과의 의사를 데려와 진료 카드에 기록된 치형과 사체의 치형을 대조하기로 했다. 그 결과, 사체는 기요이의 부인 하나에다가 분명한 것으로 밝혀졌다.

"하나에다가 시장을 보러 나간 것이 일요일 오후 세 시쯤이라고 합니다. 차림새는 남색 긴소매 셔츠에 하얀 바지, 그리고 시장바구니를 들고 갔던 것 같습니다. 돈을 얼마나 가지고 있었는지 확실치는 않지만 아마 저녁 반찬거리 살 정도였을 거라고 합니다."

덴카이치가 표지가 너덜너덜한 수첩을 보며 말했다. 이곳은 수사본부가 설치된 기리사키 파출소의 회의실. 피해자의 남편 기요이는 부인이 토막 살인의 피해자가 됐다는 얘기를 듣자마자 입원해 버렸기 때문에 대신 그간 하나에다의 행방을 좇고 있던 덴카이치에게 정보를 듣게 된 것이다.

"시장에서 하나에다를 목격한 사람은 없나?"

"서점 주인이 봤답니다. 잡지 코너에서 책을 찾고 있던 하나에다 씨는 주인이 무슨 잡지를 찾느냐고 묻자 어색한 듯 머뭇거리다가 그냥 나가 버렸다고 합니다."

"흠, 그 외엔?"

"제가 조사한 것은 이게 전부입니다. 서점에서 나간 이후의 행적은 알려진 것이 없습니다."

"서점이 마지막이란 말이지. 흠."

팔짱을 꼈다.

"그렇다면 서점을 나온 직후 습격당했다는 얘기가 되는군. 저녁 반찬을 사러 나갔으니 야채 가게나 생선 가게도 들렀어야 하는데 말이야."

"하지만 서점에서 야채 가게나 생선 가게까지는 200미터밖에 안 돼요. 게다가 길은 하나로 연결돼 있고요. 오가는 사람도 많은 데다 한밤중도 아니었어요. 그런 상황에서 습격당할 가능성은 극히 낮습니다."

"그럼 대체 어떻게 됐다는 거야?"

"하나에다가 시장을 보러 간다고 했던 말은 거짓말 같아요. 서점에 들른 뒤 제 발로 쇼핑가와는 다른 쪽으로 걸어간 겁니다."

"뭐하러?"

그러자 덴카이치는 빙글빙글 웃는 얼굴로 말했다.

"남편 있는 여자가 남편에게 거짓말하고 집을 나갔다면, 이유는 하나밖에 없지요."

"불륜인가."

나는 알겠다는 듯이 끄덕였다.

"좋아, 하나에다의 남자관계를 조사해 보지."

"그런데 말이죠, 하나에다는 아오조라 히바리라는 코러스 그룹에 소속돼 있어요. 일주일에 한 번씩 모여서 연습을 한다고 합니다."

덴카이치는 벽에 붙어 있는 달력을 잠시 바라보더니 그것을 손으로 툭 치며 말했다.

"마침 오늘이 그 연습 날입니다."

"좋아."

나는 일어서며 말했다.

"가서 얘기를 들어 보도록 하지."

"저도 갈게요."

덴카이치도 따라 일어섰다.

"자네는 됐어. 이제 프로가 맡지. 생초보 탐정이 나설 자리가 아니야."

"아니죠, 이건 제가 의뢰받은 사건이기도 합니다. 저도 가겠습니다."

"그러시든가."

주인공 탐정과 보조역 경감 사이에 여느 때와 마찬가지로 판에 박은 듯한 대화가 오간 뒤 우리들은 수사본부를 나왔다.

"근데 말이죠, 마침내 이게 나왔네요."

몇 걸음 걷다가 덴카이치가 내 귀에 속삭였다.

"이거라니?"

"토막 시체요. 사실 슬슬 나올 때가 되지 않았나 생각하고 있었어요."

텐카이치의 표정은 소설 세계를 벗어나 있었다.

"응, 나도 그랬어."

나 역시 소설 속 배역을 잊은 채였다.

"본격 추리 소설에서 토막 살인을 다룰 경우엔 역시 그 이유가 포인트겠죠. 왜 시체를 갈기갈기 찢었나, 이 점에 대한 멋지고도 그럴듯한 설명이 없으면 소화불량으로 끝나 버리지요."

"현실적인 이유는 아무래도 시체를 운반하기 쉽기 때문이지."

"맞아요. 하지만 추리 소설에서 그 정도 이유로는 재미가 없잖아요. 거기다 이번에 발견된 시체는 아주 철저히 토막 났어요. 팔만 하더라도 손목, 상박, 하박으로 나뉘었다고요. 단지 운반의 편리성이 목적이었다면 그렇게까지 할 필요는 없지요."

"현실 세계에서는 피해자의 신원을 감추기 위해 토막을 내기도 해."

"그건 토막 살인이 아니라 '목 없는 시체'예요. 추리 소설의 입장에서 보면 그 둘은 주제가 본질적으로 다릅니다. 이번 사체는 머리도 지문도 훼손되지 않았어요. 신원을 감추려는 의도는 없는 것 같은데요."

"그렇다면 이유가 뭘까? 흠……, 잘 모르겠는데."

나는 이번에는 조금 빨리 포기했다.

"예전에 범인이 시체를 먹어 치운 사건도 있었어요. 피해 여성은 범인의 애인이었고요."

"맞아, 그런 적이 있었지."

나는 얼굴을 찡그렸다.

"범인의 증언에 따르면 맛있을 것 같은 유방이 사실은 지방이 너무 많아 먹을 만한 게 못 됐다지요. 실제로 맛있는 부위는 넓적다리 안쪽 부분이라고 하던데요. 기름기 많은 참치와 비슷하다고 했어요."

"으, 이봐, 그만 좀 하지. 올라오려고 해."

덴카이치는 짓궂게 웃으며 계속 말했다.

"범인이 시체를 먹는 장면은 소설에도 나와요. 하지만 그건 시체를 어떻게 처리했느냐는 것을 규명하는 장르의 경우입니다. 역시 토막 살인과는 근본적으로 다르지요. 그리고 범인이 정신 이상자이거나 단지 엽기적인 취미에서 시체를 토막 내는 것도 본격 추리 소설에서는 써먹을 수 없는 설정이에요."

"그러니까, 뭔가 좀 더 논리적 이유가 필요하다는 거지?"

"저는 꼭 그렇다고 생각하진 않지만 독자들이 워낙 말이 많아서요. 아, 이건 어떤가요. 획기적인 트릭을 실행하는 데 필요하다고 주장한다면 너무 이상적인가요."

"그런 소설도 몇 편 있었어."

나는 작품 두세 편을 떠올리면서 말했다.

"그렇죠."

덴카이치도 고개를 끄덕이며 작은 목소리로 덧붙였다.

"하지만 대개의 트릭은 현실적으로 실행 불가능합니다. 기괴한 분위기를 만들어 내어 독자들을 안개 속에서 헤매게 하지만 잘 생각해 보면 그렇고 그런 멍청한 트릭뿐입니다. 법의학을 완전히 무시한 것도 많고."

"어쩔 수 없잖아, 그건."

"그렇겠지요."

덴카이치는 눈을 찡긋거렸다.

"얘기가 너무 앞서 나가면 스스로 목을 조르는 꼴이 되죠."

"맞아. 작가도 고생이 참 많아."

우리들은 마주 보며 실실 웃었다.

아오조라 히바리 코러스 그룹의 노래 연습은 우시야마라는 의사의 집 응접실에서 열리고 있었다. 우리가 갔을 때, 하나에다를 제외한 회원 아홉 명 전원이 모여 있었다. 연습을 위해서가 아니라 하나에다의 죽음에 관한 정보 교환을 위해서였다. 작은 마을이어서 주민 모두가 이미 사건을 알고 있었다. 사건 수사에는 좋은 조건이다.

우선 아홉 명 모두에게 사건과 관련해 짚이는 것이 있는지 물었다.

"하나에다 씨를 죽이려는 인간이 있으리라곤 꿈에도 생각하지 못했습니다."

집주인 우시야마가 육중한 몸을 흔들며 말했다. 아홉 명 중 남자는 그를 포함해 세 명이다.

"친절한 분이었는데……."

"맞아요. 점잖고 모두에게 친절했어요."

"도대체 이게 무슨 일이람."

여자들 목소리에 울음이 섞이기 시작했다.

몇 가지 질문을 하면서 세 명의 남자를 유심히 관찰했다.

우선, 우시야마는 사람은 나빠 보이지 않지만 둔감하고 섬세함이 부족한 듯하다. 여자들이 얼굴을 찡그리는 것도 눈치채지 못한 채 토막 살인에 관한 나름의 지식을 피력하고 있었다. 반대로 우체국 직원인 히쓰지다라는 남자는 신경질적인 성격이다. 그리고 말이 거의 없어 존재감을 느낄 수 없을 정도다. 안색이 좋지 않지만 원래 그런 건지 아니면 하나에다의 죽음 때문인지는 불분명했다.

세 명 중 가장 젊은 기쓰네모토란 남자는 미남이지만 얼굴에 교활함이 묻어난다. 하나에다 부인의 죽음을 애도하는 말에도 어딘지 자연스럽지 못한 느낌이 배어 있다.

하나에다와 가장 친했다는 네코무라 다마코는 비밀을 지켜달라며 이렇게 말했다.

"하나에다가 남편에게 불만이 많았던 것 같아요. 성적 매력을 느끼지 못한다는 말도 했어요. 그런데 최근 들어 갑자기 생기가 도는 거예요. 매력이 넘쳤어요. 그래서 애인이 생겼구나 짐작했지요."

"상대는 코러스 그룹의 남자일까요?"

다마코는 설마 하는 표정을 지었다.

"그건 아닐 거예요. 우시야마는 겉보기엔 그래도 엄청난 공처가예요. 기쓰네모토는 하나에다가 싫어했고요."

"히쓰지다는 어땠나요?"

덴카이치가 물었다.

"그 사람도 절대 아닐 거예요."

"왜죠?"

"하나에다와 취미가 맞지 않거든요."

다마코는 이렇게 말하곤 싱긋 웃었다.

일단 코러스 그룹 남자 세 명에 대해 좀 더 자세한 조사에 들어갔다. 그 결과 우시야마가 가장 의심스럽다는 결론이 나왔다. 스스로는 공처가라고 주장하지만 알고 보니 첩이 세 명이나 있었기 때문이다. 게다가 하나에다를 유혹했던 흔적도 있다. 그에 대한 심문에 착수했다.

"자백해. 자네가 범인이지?"

"아닙니다, 저는 아닙니다."

"거짓말 마. 의사니까 시체를 자르는 데 능숙했던 것 아니야."

"그건 말도 안 됩니다. 억지예요!"

억지를 부리는 것이 이 소설에서의 내 임무다. 하지만 결국 우시야마에게 알리바이가 있다는 것이 밝혀졌고, 그를 석방하게 되었다.

이어 기쓰네모토의 차례. 하나에다를 유혹하려 했는데 거부당하자 그녀를 살해했다는 것이 우리의 추리였다. 기쓰네모토역시 조사실에서 "억지야!"라고 소리치며 울부짖었다. 그리고 그에게도 알리바이가 있음이 드러났다. 역시 석방되었다.

이번에는 우체국 직원인 히쓰지다의 주변 인물을 조사했다. 조사 결과는 다음과 같았다.

'아침부터 밤까지 편지에 우표나 붙이는 평범한 남자. 그런녀석이 살인이라는 엄청난 일을 저지르기는 힘들 것.'

"알았어. 그럼 다른 녀석을 찾아보지."

너무도 쉽게 손을 떼어 버리는 것 또한 나의 특징이다.

하나에다의 주변 사람에 대한 조사를 다시 시작했다. 그러나 역시 남자의 모습은 잡히지 않았다.

"현장 주변에서 다시 철저하게 탐문 수사를 하도록. 시체 묻는 장면을 본 목격자가 있을지도 모른다."

이렇게 부하들을 닦달했지만 소득은 없었다. 나는 수사본부에 앉아 애꿎은 머리만 쥐어뜯었다.

"음, 이럴 수가. 진짜로 이번 사건은 수사의 천재인 내 능력을 뛰어넘는 것 같아."

"제 생각엔, 범인이 시체를 토막 낸 장소 주변에 사건의 열쇠가 숨어 있을 것 같네요."

어느 사이엔가 옆에 와 있던 덴카이치가 말했다.

"왜?"

"마음에 걸리는 것이 있어요. 왜 그렇게까지 여러 개로 토막을 냈을까요. 더구나 멋대로 자른 것이 아니라, 규칙성을 갖고 잘랐어요. 좌우 대칭입니다."

"범인이 치밀한 성격의 변태이기 때문이야."

내가 적당히 둘러대는데 갑자기 덴카이치가 외쳤다.

"그래, 맞아."

그러고는 벌떡 일어나더니 밖으로 나갔다.

"어디 가나?"

"일단 따라와 보세요."

그의 뒤를 따라가 도착한 곳은 네코무라 다마코의 양품점이었다. 다마코는 가게에서 먹고 자며 생활하는 젊은 여종업원과 함께 있었다.

"죄송한데 마네킹 좀 빌려 주실 수 있을까요. 옷은 다 벗겨내고요. 수사에 필요해서 그럽니다."

덴카이치가 말했다.

"어머, 탐정님. 그러시죠."

다마코는 흔쾌히 허락하며 옆에 있던 마네킹의 원피스를 벗겼다.

"그리고 먹과 붓도 좀……"

"아, 네."

"이봐, 자네 뭐하려는 거야?"

"지켜봐 주세요."

덴카이치는 자신의 수첩을 들여다보며 붓에 먹을 묻혀 마네킹에 선을 그리기 시작했다. 우선 목 주변에 선을 긋고, 이어 가슴 위와 아래, 팔과 몸통이 붙은 부분, 팔꿈치 순으로 선을 그었다.

"탐정님, 뭐예요, 그거?"

다마코가 불안한 표정으로 물었다.

"하나에다 씨의 절단 부분을 정확히 알아보기 위해 그리는 겁니다. 분명 여기에 범인의 의도가 숨겨져 있을 겁니다."

"어머, 재미있을 것 같아."

옆에 있던 여종업원이 그렇게 말하다가 서둘러 손으로 입을 막았다.

이윽고 덴카이치가 선 그리는 작업을 마쳤다. 마네킹의 몸은 온통 선투성이였다. 그가 이미 말했듯이 범인이 얼마나 세세히 시신을 절단했는지 알 수 있었다.

마네킹을 바라보던 덴카이치가 말했다.

"어때요, 경감님. 절단한 선에 뭔가 법칙이 있는 것 같지 않습니까."

"그러고 보니,"

나도 마네킹을 보며 고개를 끄덕였다.

"어디서 본 듯한데."

"그렇죠? 저도 그렇게 느꼈는데 도대체 뭔지 생각이 나질 않아서……"

그때 네코무라 다마코가 "앗!" 하고 작게 비명을 질렀다.

"왜 그러세요?"

"아니, 아무것도 아니에요."

다마코는 고개를 숙인 채 좌우로 흔들었다.

"헷갈리게 하지 마세요."

나는 그녀에게 주의를 준 뒤 덴카이치를 봤다.

"너무 오버하는 것 아니야? 범인은 그저 적당히 잘랐을 뿐인지도 몰라."

"아니, 그렇지 않을 겁니다."

금방 해답을 찾을 것 같지 않았는지 덴카이치는 며칠만 마네킹을 빌려 줄 수 없겠느냐고 물었다. 장사에 꼭 필요한 물건을 빌려 주는 것이 썩 내키지 않는 듯했지만 친구가 살해된 마당에 사건에 협조하지 않는 것은 모양이 좋지 않다고 생각했는지 다마코는 결국 그러라고 했다.

그 후로도 나는 부하들에게 탐문 수사를 지시하거나 수상한 사람을 불러 조사하는 일을 계속했다. 하지만 수확은 없었다. 이 소설에서 나의 역할이 그런 것이니 당연한 일이다.

"덴카이치는 어떻게 된 거야. 요즘 통 볼 수 없으니 말이야."

부하에게 물어봤다.

"그게……, 여관에도 통 나타나질 않습니다."

"그래? 어디 갔는지 모른단 말인가?"

"네. 여관 주인에 따르면 훌쩍 나간 뒤 돌아오지 않았다고 합니다. 여관비는 미리 내서 문제가 없지만, 방에 그 마네킹을 놔두고 가서 기분 나빠 하더군요."

"여관 주인도 피해를 보고 있군. 아마 덴카이치는 생초보 탐정의 한계를 통감하고 줄행랑을 쳤을 거야."

이러면서 낄낄낄 웃는 것이 나의 역할이다.

그때 경찰 한 명이 달려 들어왔다.

"경감님, 큰일 났습니다. 행방불명 사건이 또 발생했습니다."

"뭐? 누구야?"

"양품점 여주인입니다."

"네코무라 다마코!"

나는 고함쳤다. 그리고 즉시 부하를 데리고 양품점으로 달려갔다. 가게에는 젊은 여종업원 혼자 있었다. 그녀에 따르면 다마코는 어젯밤에 나간 뒤 돌아오지 않았다는 것이다.

"어디 갔는지 모르나?"

"네, 아무 말씀도 없으셨어요."

"나갈 때 모습이 어땠나?"

"깊은 생각에 빠진 것 같았어요. 저, 사실은 얼마 전 경감님이 탐정과 함께 오셨던 날부터 좀 이상했어요."

"뭐라고? 왜 빨리 연락하지 않았지?"

"죄송합니다. 쓸데없는 짓 한다고 혼날까 봐서요."

여종업원이 훌쩍훌쩍 울기 시작했다. 난감했다.

"잠깐요. 좀 지나갑시다. 지나갑시다."

많이 듣던 목소리였다. 덴카이치가 사람들을 제치며 가게 안으로 들어왔다.

"뭐야, 자네. 지금껏 어디서 뭘 하고 다녔나?"

"이것저것 알아보고 다녔지요. 그보다 지금 그 얘기가 사실인가요?"

덴카이치가 여종업원에게 물었다. 그녀는 실에 조종당하는 꼭두각시 인형처럼 머리를 위아래로 끄덕였다.

덴카이치는 머리카락을 쥐어뜯으며 말했다.

"이런, 그랬구나. 이렇게 멍청하다니."

"뭔데 그래?"

"경감님, 서둘러야 합니다. 벌써 늦었을지도 모릅니다."

"늦었다니, 무슨 말이야?"

하지만 내 질문에는 대답도 하지 않은 채 덴카이치는 가게를 박차고 뛰쳐나갔다. 나도 부하를 데리고 녀석의 뒤를 좇았다. 도착한 곳은 낡은 단독 주택이었다. 문패에 히쓰지다라는 이름이 적혀 있었다.

"뭐야, 그럼 그 우체국 직원이 범인이란 말인가."

"그렇습니다."

덴카이치가 문을 거칠게 두드렸다. 반응이 없었다.

"문을 부수고 들어가죠. 다마코의 목숨이 위험합니다."

"좋아, 깨부숴."

부하에게 명령했다.

문을 부수고, 이어 현관문도 부수고 안으로 들어갔다. 하지만 히쓰지다는 없었다.

"아무도 없잖아."

"그럴 리 없습니다. 어딘가에 다마코를 감금해 놓고 있을 겁니다. 혹은 이미……."

덴카이치는 차마 말을 끝맺지 못했다.

"경감님, 집 뒤쪽에 창고가 있습니다."

집을 수색하던 부하가 보고했다.

"가 보지."

뒤쪽으로 돌아가니 창고라고 하기에는 너무 훌륭한 작은 집이 있었다. 경관들이 그 주위를 둘러쌌다. 덴카이치가 다가가 문에 귀를 댔다. 그러고는 한발 뒤로 물러섰다.

그가 소리쳤다.

"안에 있는 것 다 알고 있다. 밖으로 나와라."

몇 초 뒤 문이 열리고 히쓰지다의 연약한 얼굴이 나타났다. 그는 마당에 무릎을 꿇은 뒤 벌벌 떨면서 애원했다.

"살려 주세요. 용서해 주십시오. 하나에다를 죽일 생각은 없었습니다. 그건 사고였습니다. 믿어 주세요."

"뭐, 사고? 무슨 말인가."

"목을…… 목을 조금 조르자 죽어 버렸어요."

"목을 졸랐다고? 바보야, 그게 바로 살인이야."

"아닙니다. 살인하고는 달라요."

히쓰지다는 콧물까지 흘리며 울어 댔다.

"네코무라 씨는 어디 있어?"

덴카이치가 물었다.

히쓰지다가 창고 안을 가리켰다. 안에 들어간 덴카이치가 "경감님, 좀 와 보세요."라고 소리쳤다. 서둘러 들어가 보니 네코무라 다마코가 전라에 가까운 상태로 로프에 묶여 있었다. 눈길을 어디에 둬야 할지 주저하며, 하지만 그녀에게서 눈을 떼지 않은 채 물었다.

"죽었나?"

"아닙니다. 기절한 것 같아요. 그보다 경감님, 이 로프를 묶는 방식이 눈에 익지 않습니까?"

"로프를 묶는 방식? 음……."

그때 번쩍 뇌리를 스치는 것이 있었다.

"아, 그 마네킹의……."

"맞습니다."

덴카이치가 끄덕였다.

"로프의 위치가 마네킹에 선을 그은 부분과 일치합니다. 그리고 그건 이른바 하나의……."

그가 헛기침을 한 뒤 말을 이었다.

"SM(Sado-Masochism. 가학/피학성 성애―옮긴이) 방식입니다."

나도 모르게 탄성이 나왔다.

"어디선가 본 듯하다 했더니 그거였군."

"예. 범인이 SM 취향임을 간파한 저는 SM 플레이를 제공하는 유흥업소를 조사하고 다녔어요. 그런 취미를 가진 사람이라면 그런 업소에도 출입할 거라고 생각한 거지요. 그러다가 히쓰지다가 한 업소의 단골이라는 사실을 알아냈습니다."

"그랬군."

우리들은 창고에서 나왔다. 히쓰지다는 울면서 자백했다.

"하나에다와 사귀기 시작한 것은 한 달 전쯤입니다. 그녀에게 SM 취미가 있다는 것을 알고 제가 먼저 접근했습니다. 서로 의기투합해 종종 저의 집에서 SM을 즐겼지요. 하나에다는 황홀해했습니다. 남편과의 성생활이 권태기에 접어든 것 같았습니다."

"하나에다 씨가 서점에서 사려고 했던 것은 SM 잡지였던 듯합니다."

덴카이치가 덧붙였다.

"그런데, 어쩌다 죽였지?"

"아까도 말씀드렸듯이 그날은 너무 흥분해서, 그래서 목을 조르다가 그만."

히쓰지다는 코를 훌쩍거렸다.

"사고였어요. 실수였다고요."

"그럼 왜 경찰에 신고하지 않았나?"

"아시잖아요, 체면이 있지 어떻게."

"멍청한 녀석, 사람이 죽었는데 체면이고 뭐고 따질 상황이야."

"죄송합니다. 죄송합니다."

히쓰지다는 바닥에 뺨을 비벼 댔다.

"네코무라 씨도 당신의 SM 상대였군요."

덴카이치가 물었다.

히쓰지다는 고개를 끄덕였다.

"그녀는 제가 범인인 걸 알고 여기 왔습니다. 그녀가 입을 열면 일이 곤란해질 것 같아 감금했습니다. 하지만 죽일 생각까지는 없었습니다. 신고하지 말아달라고 설득하던 중이었습니다."

"그냥 감금한 것도 아니고, 꼭 이런 식으로 묶어야 했나."

내가 물었다.

"저, 이게 제가 유일하게 아는 묶는 방식이어서."

"그럼 옷은 왜 벗겼어?"

"그건 그러니까…… 제 취미거든요."

히쓰지다가 머리를 긁적거렸다.

네코무라의 몸에 묶인 로프를 풀어냈다. 그녀도 정신이 돌아온 듯했다. 무슨 일이 일어났는지 모르는 듯, 어리둥절한 눈빛으로 두리번거렸다.

"그럼 마지막으로 한 가지만 더 묻겠다. 왜 시체를 토막냈나?"

"그건…….."

"그건 제가 대답하지요."

범인이 모든 걸 자백하면 폼이 안 난다고 생각했는지 덴카이치가 한발 앞으로 나섰다.

"하나에다 씨가 죽었을 때의 상황을 한번 생각해 보세요. 몸에 로프 자국이 선명하게 남아 있었을 겁니다. 그런 시체를 그대로 버린다는 것은 SM 취향의 인간이 범인이라고 선전하는 거나 마찬가지겠죠. 특히 네코무라 씨의 눈에 띄면 단번에

들통이 납니다. 그래서 로프 자국을 감추기 위해 그 부분을
절단한 겁니다."

"아, 그랬군."

나도 모르게 무릎을 쳤다.

"음, 대단해."

팔짱을 끼고 다시 중얼거렸다.

"아니, 뭐 그 정도를 가지고."

덴카이치가 아하하 웃음을 터뜨렸을 때였다. 히쓰지다가
입을 열었다.

"저, 그게 아닌데요."

"뭐?"

웃음을 멈춘 덴카이치가 히쓰지다를 노려봤다.

"아니라니. 그럼 뭔데?"

"그게 말이에요, 토막 낸 건 말이죠, 왠지 자르고 싶어졌기
때문이었습니다."

"왠지…… 라니?"

"제가 우체국에서 일하잖아요. 매일같이 우표를 취급하기
때문에 그런 것을 보면 잘라야 한다는 강박 관념이 생겨서."

그는 로프에서 풀려난 네코무라의 몸을 가리켰다. 로프의
흔적은 우표가 쉽게 잘라지도록 미리 자국을 낸 절단선과 흡
사했다.

8

사라진 범인 — 트릭의 정체

덴카이치 다이고로가 기베 야이치로의 집에 불려간 것은 5월 중순의 일이었다.

선친이 별장으로 세웠다는 그의 집에 가려면 울창한 숲의 바다를 지나야 했다. 길은 포장되지 않았고 폭도 그리 넓지 않았다. 다소 폭이 넓은 오솔길이라도 나타나면 그쪽으로 잘못 접어들 정도로 좁은 길이다.

덴카이치가 숲의 바다에 들어선 것은 정오가 조금 지나서였다. 하늘은 맑았다. 이런 곳이 아니라면 태양빛이 아스팔트에 반사돼 눈이 부실 지경이겠지만, 덴카이치의 주변은 어둑하기까지 했다. 그는 종종 걸음을 멈추고 자신이 지나온 길을 되돌아보곤 했다. 혹시 길을 잘못 든 건 아닌지 불안했다.

한참을 걷고 있는데 앞쪽에 사람의 모습이 보였다. 반가운 마음에 덴카이치는 발길을 재촉했다. 여자였다. 그녀는 긴 머리에 엷은 청색 원피스를 입고 길 한가운데 가만히 서 있었다.

'젊은 여자겠지?'

덴카이치는 약간의 기대감 어린 추측을 했다.

"괜찮으세요?"

그가 말을 걸자 상대가 돌아봤다. '어머'하는 표정이다.

"혹시 길을 잃으셨나요?"

"아니에요. 하지만 오가는 사람이 없어서 조금 불안했어요. 여기 오는 것도 오랜만이고요."

"기베 씨 댁에 가시는 길인가요?"

"네."

"아, 잘됐네요. 저도 그 집에 가는 길인데, 같이 가시죠. 사실 저도 조금 불안했어요."

덴카이치의 말에 그녀는 의외라는 표정을 지으며 밝게 웃었다.

그녀의 이름은 아카이 루미. 이곳에 온 이유는 유산 상속 문제 때문이라고 한다. 얼마 전 기베의 아버지인 기베 마사요시가 암으로 사망했다는 연락을 받았다는 것이다. 아카이 루미는 기베 마사요시가 두 번째 부인에게서 얻은 딸인데, 10년 전 그녀의 어머니가 사망하자 외가에 맡겨졌다고 한다. 아카이는 그녀의 외가 쪽 성이라고 했다.

"그럼 기베 야이치로 씨와는 배다른 남매군요."

"네."

"왜 외가 쪽으로 보내졌나요?"

"아버지가 저를 위해선 그렇게 하는 것이 좋을 거라고 생각하셨던 것 같습니다."

"야이치로 씨와 사이가 좋지 않았나요?"

"그렇진 않습니다. 오빠는 저를 다정하게 대해 주셨어요."

아카이는 내 말에 약간 기분이 상한 듯했다.

마침내 숲이 열리고, 커다란 건물이 눈앞에 나타났다.

"10년 만이네요."

아카이가 말했다.

현관에 나타난 것은 몸집이 작은 중년 남자와 다소 마른 체격의 품격 있는 부인이었다. 부인은 아카이를 보자 두 팔을 크게 벌렸다.

"어머, 루미짱. 오랜만이네요. 예뻐졌네. 깜짝 놀랐어요."

"언니야말로 여전히 젊으시네요."

"뭘, 많이 늙었지. 그보다 좀 쉬어야지. 아오노 씨, 이분이 아카이 루미예요. 방으로 안내해 주세요."

아오노라 불린 몸집 작은 남자는 아카이의 짐을 받아 들고 "이쪽으로."라며 복도를 걸어갔다. 아카이는 그의 뒤를 따라갔다.

그녀의 모습이 사라지자 부인은 덴카이치를 돌아봤다.

"기다리고 있었습니다. 남편은 별채에 있습니다."

"별채라면?"

"제가 안내하지요."

덴카이치가 안내된 곳은 본채 바로 옆에 따로 지어진 집이었다. 1층 응접실에서 기다리는 동안 덴카이치는 책장을 유심히 살폈다. 가부키나 다카라즈카(宝塚. 오랜 역사를 지닌, 일본의 여성 가무단 — 옮긴이) 관련 책이 많았다. 잠시 후 돌아온 부인 마치코는 남편 기베 야이치로의 몸 상태가 좋지 않으니 2층의 남편 방으로 올라가자고 했다. 덴카이치는 마치코의 안내를 받아 그의 방으로 올라갔다.

창가에 있는 침대에는 한 남자가 누워 있었다. 덴카이치가 들어서자 남자는 부인의 도움을 받아 몸을 일으켰다.

"제가 기베 야이치로입니다. 다리가 성치 못한 관계로 이렇게 앉은 자세로 실례합니다. 아, 선생을 부른 것은 한 남자에 대한 조사를 부탁하기 위해서입니다."

"한 남자라면?"

"저 남자입니다."

기베는 창밖을 가리켰다. 본채 1층의 한 방에서 젊은 남자가 창밖으로 얼굴을 내밀고 있었다.

"저 남자가 누굽니까?"

"하이다 지로입니다. 자신이 선친의 아들이라고 주장하고 있습니다."

"네?"

덴카이치의 눈이 커졌다.

기베 야이치로의 말에 따르면 하이다가 나타난 것은 사흘 전이라고 한다. 자신이 기베 마사요시의 아들임을 증명하는 마사요시의 편지를 갖고 있었고, 자신도 유산을 상속할 권리가 있다고 주장한다는 것이다. 실제 마사요시의 유언장에는 과거 자신이 그런 편지를 쓴 적이 있으며 그 편지를 가져온 자를 아들로 인정한다고 적혀 있었다. 하지만 야이치로는 하이다란 남자가 의심스럽다고 했다. 그 편지가 진짜인지도 판단이 서지 않는다는 것이다.

"그래서 선생에게 조사를 부탁드리는 것입니다. 가능할까요?"

"알았습니다. 한번 해 보죠."

"고맙습니다. 오늘은 제 집에서 묵으시지요. 조사는 내일부터 하셔도 됩니다. 선생의 조사 결과가 나올 때까지 상속을 연기할 생각입니다."

"최선을 다하겠습니다."

그날 밤 본채 식당에서 만찬이 열렸다. 손님이라고는 아카이 루미와 하이다 지로, 덴카이치 등 세 명뿐이었다. 기베는 거동이 불편해 방에서 식사를 한다고 했다. 마치코 부인과 운전사 겸 요리사인 아오노가 손님을 접대했다.

"기베 마사요시 씨의 유산은 얼마나 됩니까?"

하이다 지로가 물었다.

앞뒤 가리지 않는 질문에 마치코가 얼굴을 찌푸렸다.

"자세한 것은 변호사에게 물어봐야 알 수 있습니다."

"하지만 평생 놀고먹을 정도는 되겠죠."

"놀고먹는 데 아버지 유산을 사용할 생각을 하다니 너무하군요."

아카이가 말했다.

"어, 그런가요?"

하이다가 능글맞게 웃었다.

"그럼 아카이 씨는 어디다 쓸 작정인데요?"

"아직 생각해 보지는 않았습니다만, 놀고먹을 바에는 어려운 분에게 기증하는 편이 낫다고 생각합니다."

"그거 좋은 생각인데."

하이다가 말했다.

"그럼 아카이 씨를 위해 어려운 사람을 한 명 소개해 드리지요."

그러고는 나이프로 자신의 코를 가리켰다.

"접니다."

아카이가 테이블을 쾅 내리치고 나서 자리에서 일어났다. 그녀는 입술을 깨문 채 마치코와 아오노를 향해 인사를 한 뒤 종종걸음으로 식당을 빠져나갔다. 그런 그녀를 보며 하이다는 쿡쿡 웃었다. 마치코가 그를 노려봤다.

덴카이치는 2층 동쪽 방에 묵게 되었다. 그의 방 아래 1층에 하이다의 방이 있고 하이다의 대각선 방에 아카이가 묵고 있다. 창문을 열면 정면에는 별채에 있는 기베 야이치로의 방이 보인다. 덴카이치가 바람을 쐬고 있는데 눈앞 별채의 창문이 열렸다. 침대에서 몸을 일으킨 기베가 보였다.

"안녕히 주무세요."

덴카이치가 인사를 건넸다. 기베는 가볍게 머리를 숙였다.

총성이 들린 것은 바로 그때였다.

소리는 덴카이치의 방 바로 아래 1층에서 들린 것 같았다. 덴카이치는 창밖으로 몸을 쑥 내밀고 아래쪽을 내려다보다가 그만 1층으로 굴러 떨어졌다. 공중에서 한 바퀴 돈 뒤 엉덩이로 착지했다.

"어이쿠."

엉덩이를 문지르며 일어나 창문으로 1층을 들여다봤다. 남자 하나가 하이다의 방에서 나가는 것이 보였다. 하이다는 가슴에서 피를 흘리며 침대에 쓰러져 있었다.

"덴카이치 선생님, 지금 소리는?"

아오노가 1층 창문에서 얼굴을 내밀었다. 덴카이치가 소리쳤다.

"침입자입니다. 아직 집 안에 있습니다. 현관문을 잠그세요."

덴카이치는 엉덩이의 통증을 참으며 창문을 넘어 방으로 들어갔다가 다시 범인을 잡기 위해 복도로 나왔다. 옆방에서 아카이가 튀어나왔다. 그녀는 새빨간 가운을 입고 있었다.

"무슨 일이에요?"

"빨리 방으로 돌아가요."

그렇게 외치며 덴카이치는 현관으로 달려갔다. 하지만 아카이도 그를 쫓아왔다.

복도 반대편에 남자가 나타나자 덴카이치는 본능적으로 방어 자세를 취했지만 그 남자는 아오노였다.

"아오노 씨, 남자를 보지 못했나요?"

"아니요."

아오노가 고개를 저었다.

덴카이치는 계단을 올려다봤다.

'그렇다면 범인은 2층으로 올라갔다는 얘기다.'

덴카이치는 주저 없이 계단을 뛰어 올라갔다. 방문을 살며시 밀쳐 보았다. 하지만 어디에도 남자가 숨어 있는 기색은 없었다. 마지막으로 덴카이치는 자신의 방을 뒤졌지만, 방은 자신이 창문에서 떨어졌을 때의 상태 그대로였다.

"덴카이치 씨, 도대체 무슨 일인가요?"

창밖에서 소리가 들렸다. 별채 2층 창문에서 마치코가 불안한 표정으로 그를 바라보고 있었다. 기베 야이치로는 침대에 누워 있는 듯, 덴카이치가 서 있는 각도에서 그의 모습은 보이지 않았다.

"범인이 사라졌어……."

탐정은 멍하니 서 있을 수밖에 없었다.

바로 경찰에 연락하려고 했지만, 전화선은 범인에 의해 잘려 있었다. 자동차 타이어도 공기가 빠져 있었다. 경찰에 알리려면 숲의 바다를 걸어서 통과해야만 한다. 하지만 낮 시간대도 아닌 밤늦은 시간에 숲을 통과한다는 것은 자살 행위나 마찬가지다.

"별수 없군. 아침까지 기다립시다."

덴카이치가 결단을 내렸다.

하지만 그 직후 기베 씨 가족에게 기적적인 행운이 찾아온다. 길을 잃은 하이킹족 두 명이 하룻밤 재워 달라고 찾아오는데 그들의 직업이 경찰이었던 것이다. 둘 중 한 사람은 젊은 야마다 순경, 그리고 또 한 사람은 명석한 두뇌와 적확한 판단력을 자랑하는 바로 나, 오가와라 반조 경감이다.

"뭐가 명석한 두뇌와 적확한 판단력입니까. 자기 자신을 그렇게 표현하고도 창피한 줄 모르시네요."

"자네도 등장할 때마다 명석한 두뇌, 뛰어난 행동력의 명탐정 덴카이치 다이고로니 뭐니, 그따위 표현을 사용하잖아."

"그건 이 소설 작가의 부족한 표현력을 보완하기 위해섭니다."

"나도 그래."

"아니죠. 오가와라 경감님이 이 소설에서 맡은 역할은 돌팔이 추리로 혼란을 조장하는 거잖아요."

"흥, 잘났어."

"그보다, 사건 내용은 알고 계십니까?"

"알고 있지 그럼. 지금까지 줄곧 내레이터를 했잖아."

덴카이치가 얼굴을 찡그리며 투덜거렸다.

"소설에 무슨 내레이터가 있다고."

"상관없어. 그보다, 꽤 흥미로운 사건이군."

"네, 그렇죠?"

덴카이치가 코를 찡긋거렸다.

"실력을 발휘할 기회야. 지금까지의 상황을 감안하면, 이번 사건은 사라지는 인간을 주제로 한 소설이 아닐까?"

"사라지는 인간······."

덴카이치가 내키지 않는다는 표정을 짓는다.

"왜, 동의하지 않는 것 같은데!"

"그런 건 아니지만, '인간 소멸' 따위의 분류는 적합하지 않아요. 그런 패턴의 수수께끼를 다룬 작품이 얼마나 많은데요."

"그럼 이번 사건에 적합한 분류법이라도 있다는 말인가?"

"있지요."

"그게 뭔데."

"저, 사실은 그걸 밝히면 안 돼요."

"왜?"

"흔히 본격 추리 소설은 의혹의 종류에 따라 분류합니다. 예를 들어 밀실 의혹, 알리바이 허점 찾기, 또는 다잉 메시지 등등이죠. 이런 것들은 모두 의혹의 종류를 나타냅니다. 그리고 예를 들어 밀실 의혹의 경우, 소설의 종류가 공개된다고 독자의 흥미가 반감하지는 않습니다. 독자가 알고 싶어 하는 것은 밀실의 어디에서 어떤 트릭이 사용됐는가이기 때문입니다. 따라서 '이 소설은 밀실 의혹이다' 혹은 '알리바이 허점 찾기다' 하는 식으로 소설의 종류를 알려 주는 것이 책을 선택하는 데 참고가 되고 추리 소설 마니아들에게도 도움이 됩니다."

"맞아."

"그런데 본격 추리 소설 중에는 의혹의 종류가 아니라 거기에 사용된 트릭, 즉 속임수 내용을 기준으로 분류해야 하는 것도 있습니다. 그런 작품의 경우 독자에게 이 소설은 어떤 장르라고 미리 공개해 버리면 에티켓에 어긋나는 일이 됩니다. 속임수 내용이 무엇인지 미리 알려 주는 것이나 다름없으니까요."

"이번 사건이 거기에 해당된다는 말인가?"

"그렇습니다."

"음, 골치 아프군."

"그러니, 마지막까지 쓸데없는 말은 자제해 주세요."

"알았어, 알았다고."

"그럼 소설의 세계로 돌아가죠."

아오노가 사건의 개요를 설명했다. 덴카이치와 마치코 부인은 옆에 앉아 있었다.

기베 야이치로는 몸이 불편해서, 또 아카이는 충격이 너무 커서 각자 자신들의 방에서 나오지 못하고 있었다.

나는 설명을 듣고는 코를 킁킁거리며 응접실 소파에 몸을 깊숙이 파묻었다.

"그럼 범인은 창문으로 도망갔겠네. 생초보 탐정이 굼뜨게 행동하는 동안에 말이야."

그렇게 말하고는 비난하듯 덴카이치를 쳐다봤다.

"아닙니다. 그럴 틈은 없었어요."

아오노가 말했다.

"과연 그럴까. 범인은 프로 킬러였는지도 몰라."

"나중에 조사해 봤는데, 1층 창문은 하이다 씨 방 외에는 모두 안에서 잠겨 있었어요."

"그럼 2층으로 도망갔겠지. 운동 신경이 뛰어난 남자라면 뛰어내릴 수도 있어."

"아니, 그것도 불가능합니다. 덴카이치 씨가 2층을 조사하는 동안에 저는 계속 창밖을 내다보고 있었습니다. 창문에서 뛰어내린 사람은 없었어요."

"한 번도 한눈을 팔지 않았다고?"

"네, 단 한 번도."

그렇게 단언한 아오노는 마치코 부인에게 물었다.

"부인도 별채 창문에서 본채를 보고 있었지요?"

"네? 아, 네, 네."

부인이 고개를 끄덕였다.

나도 부인에게 재차 확인했다.

"범인이 창문을 통해 도망가지 않았다는 건가요?"

"네."

"음."

나는 팔짱을 꼈다. 그리고 한동안 신음한 뒤 손뼉을 쳤다.

"범인은 집 안 어딘가에 숨어 있었던 거야. 그리고 모두들 허둥대는 틈을 타서 도망간 거지."

"숨을 곳은 없어요. 전부 조사했다니까요."

아오노가 다소 거칠게 나왔다.

나는 테이블을 쳤다.

"그럼 범인이 어디로 사라졌단 말인가."

"그걸 몰라서 지금 이렇게 모여 있는 것 아닙니까."

아오노가 대들었다.

내 얼굴이 벌레 씹은 표정이 됐다.

"다시 한 번 현장을 살펴봅시다."

나는 그렇게 말한 뒤 야마다 순경을 데리고 응접실을 빠져 나왔다.

파란 잠옷을 입은 하이다는 침대에 그대로 눕혀져 있었다. 저항한 흔적이 없는 것으로 미루어 잠자는 동안에 총을 맞은 것으로 보인다. 만약 잠을 자고 있었다면 프로가 아닌 일반인 이라도 가슴을 명중시킬 수 있다.

덴카이치의 말에 따르면 1층 하이다의 방 창문이 열려 있었고 범인은 창문을 통해 들어온 것 같다고 한다. 아마도 범인 은 범행 후에도 창문을 통해 빠져나갈 생각이었을 것이다. 하지만 덴카이치가 2층에서 아래로 떨어졌기 때문에 복도로 나올 수밖에 없었다. 문제는 범인이 그 뒤 어디로 갔느냐는 것이다.

"음, 도대체 어떻게 된 거야."

나는 다시 신음 소리를 냈다.

"이번만은 천재 경찰인 나도 도저히 알 수가 없군."

"큰 어려움을 겪고 계신 듯하네요."

뒤에서 목소리가 들렸다. 덴카이치였다.

"뭐야, 자네. 수사를 방해하면 안 되지."

"그럴 생각 없어요. 제 나름대로 의혹을 풀려는 것뿐입니다."

"흥, 생초보 탐정이 건방지게. 이봐, 야마다, 가지."

야마다 순경에게 지시했다.

"네? 어디로요?"

덴카이치가 물었다.

"다른 사람들 얘기도 들어야지. 우선 기베 씨부터."

"저도 갈게요. 괜찮죠?"

"멋대로 하게. 하지만 방해가 돼서는 안 돼."

우리 셋은 본채를 나와 별채로 향했다. 가는 도중에 덴카이치의 얼굴이 소설 속 등장인물에서 소설 밖 현실 세계의 얼굴로 변했다.

"도면이 나오지 않네요."

"도면?"

"네. 이런 저택을 무대로 한 본격 추리 소설에서 범인이 사라졌다고 설정할 때는 보통 집의 도면이 실리잖아요. 그런데 이번 소설에는 없네요."

"아, 그런 뜻이군. 분명 도면을 싣는 것이 암묵의 약속으로 정착되어 있지. 하지만 그런 도면이 실제로 도움이 될까?"

"무슨 말입니까?"

"그런 건 알리바이 허점 찾기 식 소설에서의 열차 시간표나 같은 거야. '독자에게 추리의 실마리가 될 재료를 제공했으니 공정한 게임'이라고 주장하기 위해 실어 주는 것에 불과하단 말이지. 실제로 독자들이 도면을 보고 수수께끼를 푸는 일은 거의 없을걸. 절대 없다고는 단언하기 힘들지만."

"그렇군요."

덴카이치는 빙긋 웃었다.

"저도 소설 첫 부분에 실리는 '어느 어느 저택의 도면' 따위, 한 번도 제대로 본 적이 없어요."

"나도 그래."

우리들은 킬킬거렸다.

별채의 기베 부부 침실에 가서 기베를 만났다.

"범인은 아마도 별장털이 도둑일 겁니다. 돈이 될 만한 것을 훔치러 들어왔다가 사람이 있는 걸 보고 엉겁결에 쏴 버린 거지요. 틀림없이 그럴 겁니다."

기베는 침대에 누운 채 자신의 추리를 말했다.

"놓친 것은 아쉽지만 지금쯤 숲의 바다에서 길을 잃고 헤매고 있을 겁니다. 숲에서 죽는다면 자업자득인 셈이죠."

"네, 하지만 어떻게 도망쳤는지 의문입니다."

내 질문에 기베는 불쾌한 표정을 지었다.

"창문을 통해 도망갔겠지요. 그 방법밖에 없잖아요."

"하지만 아오노 씨와 부인께서 지켜보고 있었다고 말씀하셨는데요."

"잠시 놓쳤겠지요. 그때 집사람이 계속 본채 쪽만 보고 있었던 것도 아니고, 또 아오노는 좀 덜떨어진 데가 있으니까."

기베의 말투는 어쩐지 퉁명스러웠다.

이어 우리들은 아카이 루미에게 얘기를 듣기로 했다. 본채로 돌아가 응접실에서 기다리는데 누군가가 들어왔다. 나는 그 인물을 보는 순간 소파에서 굴러 떨어질 뻔했다. 덴카이치에게 복도로 나오라고 눈짓했다.

"이봐, 저게 아카이 루미야?"

"그렇습니다."

"그렇습니다, 라니. 잘도 그런 진지한 표정으로 말하는군. 이봐, 나는 알아차렸어. 이번 소설의 트릭은 저거야."

"그래요, 그거예요."

덴카이치도 동의했다.

"하지만 그녀를 본 순간 트릭을 알아차렸다고 말하면 안 됩니다."

"왜?"

"그렇잖아요. 저 역시 이번 소설의 도입부에서 그녀를 보자마자 '아, 이번 소설의 트릭은 이거구나.' 하고 알아차렸어요.

하지만 도입부에서 트릭을 밝혀 버리면 소설 자체가 성립되지 않잖아요. 그래서 애써 모른 척했던 겁니다."

"그런 거야? 거 안됐군. 그럼 나도 모른 척하고 있어야 하는 건가?"

"물론입니다."

"어이구, 이거 죽겠구먼."

우리들은 응접실로 돌아가 아카이 루미에게 얘기를 들었다. 소설을 완성시키기 위해 아무것도 모르는 척했지만 솔직히 너무 괴로웠다. 옆에 있던 야마다 순경은 터져 나오는 웃음을 참느라 죽을 고생을 하고 있었다.

센스 있는 독자라면 이번 트릭이 무엇인지 이미 알아차렸을 것이다. 또 나와 덴카이치가 주고받은 말이 무엇을 뜻하는지도 이해했으리라.

이번 소설의 트릭은 사실 독자에게는 불공정한 것이다. 그 트릭이 성립하는 것인지 아닌지 독자는 판단할 수 없기 때문이다.

아직 소설의 트릭을 간파하지 못한 사람은 이제부터 시작될 수수께끼 풀이 과정을 지켜보면 해답을 얻게 된다. 그리고 아마도…… 몹시 화가 날 것이다.

잠시 후, 본채 응접실에 모두 모였다. 기베는 없지만, 그래도 상관없다고 덴카이치가 주장했기 때문에 '모두 모였다'고 표현한 것이다. 덴카이치는 이번 사건의 수수께끼를 푸는 역할을 맡았다. 사건 발생 이후 아직 서너 시간밖에 흐르지 않았다.

"자,"

덴카이치가 입을 뗐다.

"수수께끼를 풀기 전에 확실히 해 둘 것이 있습니다. 이번 사건의 핵심은 범인이 어디로 사라졌는가 하는 점입니다."

내 말에 아오노가 불만을 터뜨렸다.

"무슨 말을 하는 겁니까. 그걸 모르니까 지금 문제가 되고 있는 것 아닙니까. 범인은 사라져 버린 겁니다. 그건 선생도 잘 아시지 않습니까?"

"물론입니다. 하지만 사람이 드라이아이스도 아닌데 어떻게 사라집니까. 그렇다면 이렇게 묻겠습니다. 범인은 집 밖으로 나간 걸까요?"

아오노가 "나가지 않았습니다. 그건 확실합니다."라고 대답했다.

덴카이치도 "네, 저 역시 그렇게 생각합니다."라고 되받고는 말을 이었다.

"그렇다면 이렇게 생각하는 것이 가장 타당합니다. 범인은 아직 집 안에 있다."

"넷?"

"설마……."

모두들 긴장한 표정으로 주위를 돌아봤다.

"하지만 숨을 곳은 없습니다."라고 덴카이치가 말했다.

"그렇다면 남는 가능성은 단 하나. 범인은 우리들 가운데 있다는 것입니다."

"말도 안 돼. 그게 어떻게 가능한가요?"

마치코 부인이 떨리는 목소리로 물었다. 그녀의 몸도 가냘프게 떨리고 있었다.

"하지만 그렇게밖에는 생각할 수 없습니다."

덴카이치가 침착한 목소리로 말했다.

"하나 더 추가하자면 범인은 남자입니다. 그건 제가 직접 목격한 것이기 때문에 분명합니다."

"그래, 알았어. 범인은 이 녀석이야."

내가 아오노의 팔을 잡았다. 아오노가 아우성쳤다.

"무슨 짓입니까. 내가 왜 하이다를 죽인단 말입니까?"

"하지만 남자라면 자네밖에 없잖나."

"잠깐만요, 경감님. 아오노 씨는 범인이 아니에요. 남자가 또 한 명 있지 않습니까."

"뭐?"

나는 아오노의 팔을 놓고 어리둥절한 표정을 지었다.

"또 한 명이라면, 설마······."

"바로 그 설마가 정답입니다. 범인은 기베 야이치로 씨입니다."

"헉." 하고 마치코 부인이 비명을 질렀다.

"무슨 망발이에요. 제 남편이 범인이라니. 머리가 어떻게 된 거 아닙니까. 아니면 날 놀리는 건가요."

"진지하게 말씀드리는 겁니다. 기베 씨는 유산을 독점하기 위해 이번 계획을 세운 겁니다."

"하지만 기베 씨는 몸이 불편하잖아."

내가 말했다.

"그건 거짓말이에요."

"하지만 기베 씨에겐 알리바이가 있어요."

아오노가 반박했다.

"총성이 울리기 직전에 덴카이치 씨가 별채 2층 창문을 통해 기베 씨와 인사를 나눴다면서요."

"맞습니다. 하지만 대화를 나누진 않았습니다. 기베 씨와는 눈인사를 했을 뿐입니다. 왜 그는 말을 하지 않았을까요. 그건 그 사람이 진짜 기베 씨가 아니었기 때문입니다."

"진짜가 아니라니. 그럼 누군가 기베 씨로 변장했다는 말인가."

내가 과장되게 놀란 표정을 지었다.

"그렇습니다. 마치코 부인이 변장했던 거지요."

덴카이치가 부인을 가리켰다. 부인은 입술을 깨물며 거칠게 머리를 흔들었다.

"아니에요. 저, 저는 그런 짓을 한 적이 없어요."

"딴청 부려도 소용없습니다. 부인 방을 조사하면 금방 드러날 일이에요. 남자 가발과 변장 도구가 나올 겁니다."

덴카이치의 추궁에 더는 부인할 수 없다고 생각했던지 마치코는 그 자리에 주저앉아 울음을 터뜨렸다.

이제 독자 여러분도 알아차렸을 것이다. 이번 소설의 트릭은 변장, 즉 '1인 2역' 장르다. 덴카이치가 소설 도입부에서 장르를 밝히지 못했던 이유도 아셨으리라.

하지만 물론 얘기가 여기서 끝나지는 않는다.

덴카이치가 말했다.

"물론 얘기가 여기서 끝나는 것은 아닙니다. 그렇다면 기베 씨는 하이다 씨를 살해한 뒤 어떻게 자취를 감춘 걸까요. 그것이 바로 이번 소설의 중심 트릭입니다."

"어떻게 한 거지?"

내가 능청스럽게 물었다.

"그건 간단합니다. 범인은 자취를 감춘 것이 아닙니다. 저와 아오노 씨가 범인을 쫓고 있을 때에도 범인은 늘 우리들 옆에 있었습니다. 바로 당신 말입니다."

덴카이치가 가리킨 사람을 보고 나와 야마다 순경, 그리고 아오노는 "억" 소리를 내며 경악했다. 그 사람은 바로 아카이 루미였다. 아니 정확히 말하자면 자신이 아카이 루미라고 주장하는 인물이었다.

"무슨 말씀이에욧. 저는 아무것도 몰라요."

자신이 아카이라고 주장하는 인물이 몸을 비꼬며 머리를 가로저었다.

"그래 봐야 소용없습니다. 당신의 정체는 기베 야이치로가 분명합니다."

덴카이치가 엄중한 말투로 단정했다.

"당신의 계획은 이런 것이었습니다. 이 집에 아카이 루미가 온 것을 제3자인 나에게 보여 준 뒤 하이다 씨를 살해했습니다. 그 뒤 아카이도 죽일 생각이었지요. 그렇게 하면 모두들 아카이가 하이다를 살해한 뒤 도주했나 보다고 생각할 것이기 때문입니다. 하지만 총소리를 들은 제가 2층에서 떨어지면서 계획이 어긋나기 시작했습니다. 만일 제가 총소리를 듣고 계단으로 내려오면, 그 사이에 창문을 통해 빠져나온 뒤 별채로 돌아가려던 계획이 틀어진 거지요. 당신은 하이다의 방을 나와 옆방으로 뛰어들어 다시 아카이 루미로 변장해야만 했습니다. 그런데 여기서 한 가지 의문이 남습니다. 어떻게 그렇게 짧은 시간에 변장이 가능했을까요. 그건 바로 당신의 취미가 가부키의 여자 역할을 하는 것이었기 때문입니다. 단 몇 초 만에 변장하는 것도 당신에게는 식은 죽 먹기였겠지요."

마치코를 제외한 모든 사람의 시선이 아카이 루미라고 주장하는 인물로 모아졌다. 마침내 그녀, 아니 그가 바닥에 주저앉았다.

"역시 쉽지 않군."

그는 남자의 목소리로 말했다.

"도산을 막으려면 아버지가 남긴 유산을 모두 쏟아 부어야 했습니다. 그래서 이런 계획을 세웠어요."

"진짜 아카이 루미는 어디 있나요?"

"다른 장소에 감금했어요. 사건이 일단락되면 죽여서 숲 속에 버릴 생각이었습니다."

"어떻게 그런 생각을……."

괴로움에 가득 찬 아오노의 목소리가 들렸다.

"말해 주게, 덴카이치."

여장한 기베 야이치로가 말했다.

"내가 변장했다는 사실을 어떻게 알아차렸나? 난 완벽하다고 생각했는데."

"거의 완벽에 가까웠습니다. 99퍼센트까지는요. 하지만 나머지 1퍼센트를 저는 추리를 통해 발견해 냈지요."

덴카이치는 자신이 1인 2역의 트릭을 간파해 낸 과정을 장황하게 설명하기 시작했다.

그런 덴카이치를 보며 나는 본격 추리 소설의 탐정도 참 고생이 많다는 걸 절감했다. 이런 경우에조차 논리적으로 설명하지 않으면 안 되는 것이다.

만약 기베 야이치로가 나에게 "변장한 사실을 어떻게 알아냈느냐"고 물었다면 난 단 한 마디로 끝내 줬을 것이다.

"어떻게 알았냐고? 그거야 변장한 당신 모습을 보면 단번에 알 수 있지. 이 바보야."

밥맛 떨어지게 여장을 한 중년 남자에게 너무도 진지하게 논리적인 설명을 계속하는 덴카이치를 바라보면서 나는 남몰래 한숨을 쉬었다.

9

죽이려면 지금이 기회 — 동요 살인

그 외딴섬에 가기 위해 두 시간이나 배에서 흔들려야 했다. 그것도 낡은 어선을 아주 약간 개조한 정도의 낡아 빠진 배에서. 나는 물론이고 부하들도 몇 번이나 바다를 향해 입을 벌리고 신음했다.

겨우겨우 오토쓰 섬에 도착하니 남자 몇 명이 마중 나와 있었는데 맨 앞쪽에 수염을 살짝 기른 뚱뚱한 남자가 서 있었다.

"지방 경찰청 본부에서 왔습니다. 오가와라 반조라고 합니다. 경감이고, 그러니까, 저⋯⋯ 제가 책임자입니다."

내 위상을 확실히 밝혀 두면 대접이 달라진다.

"아이고, 경감님. 먼 곳까지 와 주셨군요."

뚱뚱한 몸집에 수염을 살짝 기른 남자는 악수하는 손에 힘을 줬다. 마치 관광객을 맞이하는 듯한 태도다.

"저는 촌장 구지라즈카입니다."

"이렇게 마중 나와 주셔서 감사합니다. 현장은 어디입니까?"

내 질문을 듣자 자신이 처한 상황이 떠올랐는지 구지라즈카의 얼굴에 그늘이 비쳤다.

"이와시라는 작은 산의 기슭에 있는 신사(神社)입니다. 제가 자동차로 안내하겠습니다."

"네, 부탁합니다."

우리들은 자동차 몇 대에 나눠 타고 현장으로 향했다.

이와시 신사의 경내는 인파로 가득했다. 우리들이 도착하자 마치 모세가 바다를 가르듯 군중이 두 갈래로 갈라졌다. 그 사이를 걷는다는 것은 실로 기분 좋은 일이었다.

시체는 시주함 앞에 쓰러져 있었다. 양복을 입은 젊은 남자였다. 뒤에서 누가 목을 졸랐다는 것은 목에 감겨 있는 줄만 보아도 익히 알 수 있었다. 하지만 단순한 교살 사체가 아님을 감지하게 만드는 부분이 눈에 띄었다. 위쪽을 보고 누운 남자의 입에 뭔가가 물려 있었던 것이다. 가까이 다가가 보니 그것은 만두처럼 보였다.

"뭐죠, 이게?"

"그러니까, 공양용 만두 같습니다만."

"그건 알겠는데, 왜 이런 것이 시체의 입에 박혀 있는 겁니까?"

"저희도 그 점이 참 이상하다고 생각하고 있습니다."

구지라즈카 촌장은 머리를 절레절레 흔들며 말했다.

나는 시체를 맨 처음 본 사람을 만나 보기로 했다. 매일 아침 신사에 참배하러 오는 할머니였다. 할머니는 시체를 본 뒤 신고하러 파출소까지 한걸음에 달려갔는데, 그 때문에 허리를 다쳐 병원 신세를 졌다고 한다.

칠십 평생 살면서 그렇게 놀란 적은 없었다는 할머니는 시체에 대해 이렇게 묘사했다.

"눈을 부릅뜨고 이를 악문 채…… 정말로 무서운 얼굴로 죽어 있었어."

"이를 악물었다고요?"

그 부분이 마음에 걸렸다.

"만두가 입에 처박혀 있었는데?"

할머니는 무슨 말이냐는 듯한 표정을 지었다.

"만두, 무슨 만두?"

할머니가 처음 시체를 봤을 때는 그렇지 않았다는 것이다. 할머니의 신고를 받고 현장으로 달려간 순경의 얘기도 들어 보기로 했다. 순경은 자신이 현장에 갔을 때 입에 만두가 가득 박혀 있었다고 말했다.

"그렇다면 만두를 입에 박은 사람은 범인이 아니란 말인가. 아니야. 범인도 아닌 사람이 그런 짓을 할 리 없어. 범인이 뭔가 이유가 있어 나중에 만두를 처박았을 거야. 하지만 뭣 때문에……."

나는 중얼거렸다. 하지만 중얼거린다고 사건이 해결되지는 않는다. 우선 피살자의 신원을 조사하기로 했다. 그것은 이내 판명됐다. 10년 전쯤에 섬을 떠난 가이모토 마키오라는 남자였다.

"왜 10년 만에 돌아왔을까요?"

내 질문에 구지라즈카 촌장은 다음과 같이 대답했다.

"이 섬에는 다코다 가문과 우오사와 가문, 이렇게 양대 가문이 있는데 얼마 전 두 가문의 남녀가 결혼하기로 결정했어요. 오랜만에 섬에서 벌어지는 큰 행사라 섬을 떠나 있던 사람들까지 모두 돌아오게 된 겁니다."

"그러면 살해된 가이모토는 두 가문과 인연이 있는 사람인가요?"

"어떻게 보자면 두 가문 모두와 관련이 있지요. 왜냐하면 이 섬 전체가 하나의 가족이라고 해도 과언이 아니거든요."

촌장은 자랑스러운 듯 말했다.

두 가문을 찾아가 보기로 했다. 먼저 간 곳은 다코다 가문. 그런데 그곳에 도착하니 문 앞에서 실랑이가 벌어지고 있었다. 낡아 빠진 체크무늬 양복을 입고 머리가 헝클어진 남자가 가정부인 듯한 중년 여성에게 뭔가를 사정하고 있었다. 집안 어른을 만나게 해 달라는 것 같았다.

나는 남자의 어깨를 툭 치며 말했다.

"뭐하나, 여기서."

뒤돌아보던 남자의 얼굴이 일그러지며 안경 속 눈동자가 예리하게 빛났다.

"앗, 경감님."

"설마 여기서까지 탐정 노릇을 하려는 건 아니겠지."

"노릇이라니요. 이건 제 직업이라고요."

그러더니 작은 목소리로 덧붙였다.

"하지만 이번에는 의뢰인이 없어요. 어제 우연히 이곳에 놀러 왔다가 사건을 알게 되었죠. 그래서 이번 사건은 순수하게 지적 호기심으로 한번 풀어 보려고 합니다."

"이봐, 생초보 탐정이 얼쩡거리면 수사하는 데 어려움이 많아."

"저, 경감님, 이분은?"

구지라즈카 촌장이 수상하다는 듯 남자를 보며 물었다.

"인사드리겠습니다. 제가 그 유명한 두뇌 명석, 박학다식, 다재다능⋯⋯."

"뛰어난 행동력의 명탐정, 덴카이치 다이고로겠지. 이제 귀에 딱지가 앉을 지경이야."

"요즘엔 거기에 개성적이고 매력적이라는 표현을 추가하고 있습니다."

"참 내, 도대체 무슨 짓거리야."

"어쩔 수 없잖아요. 이 소설의 작가에겐 주인공을 개성적이고 매력적으로 묘사할 만한 문장력이 없는걸요."

"아, 아, 됐네, 됐어."

나는 한숨을 내뱉었다.

다코다 가문의 주인 하치로는 유난히 으스대는 남자였다. 딸 노리코 역시 가시가 돋친 듯한 인상으로 혐오감을 주는 여자였고, 그녀의 어머니는 돌아가셨다고 했다.

두 사람 모두 피살된 가이모토와는 교류가 없었다고 단언했다. 살인 사건이 이번 결혼식과 관련이 있는 것처럼 비치는 것에 대해 노골적인 불쾌감을 나타냈다.

"섬의 양대 가문 사이의 결혼식이라고 들었습니다."

듣기 좋은 말로 아첨해 봤지만 하치로의 불만 가득한 얼굴에는 변화가 없다.

"그렇게 말하는 사람들도 있지만, 이쪽과 저쪽은 전통만 놓고 봐도 비교가 되지 않아요. 무엇보다 우리 쪽은 이 섬에 사람이 살기 시작했을 때부터 이루어진 가문이오. 그런데 저쪽에서 하도 사정을 하는 바람에 할 수 없이 허락한 거지. 나는 저 집 아들 나베오라는 녀석에게서 조금이라도 마음에 들지 않는 점이 발견되면 그 즉시 이번 혼사를 없던 일로 할 거요."

하치로는 큰소리치며 품속에서 담뱃갑을 끄집어냈다. 그때 종잇조각 하나가 바닥으로 떨어졌다.

덴카이치가 집어 들며 물었다.

"이게 뭡니까? 숫자가 적혀 있는데요."

"아, 아무것도 아니오."

종잇조각을 빼앗듯 낚아채 간 하치로는 그것을 갈기갈기 찢어 쓰레기통에 버렸다.

하치로의 집을 나와 우오사와 가문으로 향하는데 구지라즈카 촌장이 목소리를 낮추어 말했다.

"다코다와 우오사와 가문은 예전부터 견원지간이었어요. 섬의 지배권을 둘러싸고 다툼이 있었거든요. 그런데 최근 들어 두 가문 모두 세력이 약해지자 손을 잡으려 한 겁니다. 권력을 잃는 것보다는 나눠 갖는 것이 낫다고 생각한 거겠지요."

"누가 중매를 섰습니까?"

덴카이치가 물었다.

"접니다. 중책을 맡았지요."

구지라즈카가 한숨을 내쉬었다.

우오사와 집안은 다코다 가문과는 반대로 남편이 세상을 떠난 관계로 우오사와 히레코라는 안주인이 도맡아 혼례 준비를 하고 있었다. 그 아들 나베오는 멍청해 보이는 녀석으로, 모든 것을 어머니에게 의지하는 느낌이었다. 우오사와를 '엄마'라고 부르는 것도 몇 번이나 들었다.

"다코다 가문을 도와주는 셈 치고 결혼을 승낙했지요."

우오사와 히레코는 그렇게 말하며 "호호호호호" 웃었다.

"생각해 보세요. 그 집안은 경제적으로 상당히 어렵다고 하거든요. 우리로서는 꼭 다코다 집안이 아니어도 상관없지만, 그쪽에서 워낙 결혼하자고 간청해서 타협이랄까 뭐랄까, 별수 없었지요."

가이모토에 대해서는 이름도 모르고 만난 적도 없다는 것이 어머니와 아들의 대답이었다.

별다른 수확 없이 첫째 날 수사가 끝났다. 우리 팀은 섬에 하나밖에 없는 여관에 묵었다. 덴카이치 역시 그 여관에 들었다. 그리고 다음 날.

"큰일입니다. 큰일 났어요."

다급한 목소리가 복도를 타고 날아왔다. 잠시 후 방문이 열리고 순경이 뛰어 들어왔다.

"경감님, 큰일입니다. 두 번째 희생자입니다."

"뭐라고?"

나는 자리에서 벌떡 일어났다.

현장은 해안가 구석진 바위 근처였다. 살해된 사람은 에비하라 우니코라는 미망인. 시체의 상태로 볼 때 독살이 분명했다. 하지만 쓰러져 있는 상황이 특이했다. 몸에 낡은 이불이 덮여 있고 머리 밑에는 베개가 놓여 있었다.

"뭐야, 이거. 누가 이렇게 한 거야?"

내가 고함쳤다.

"혹시……."

덴카이치가 중얼거리며 낡아 빠진 양복 안주머니에서 너덜너덜한 책자를 끄집어내서 뒤적거렸다.

"역시 그렇군. 생각대로야."

"뭐가?"

"이것 좀 보세요."

덴카이치가 펼쳐서 내민 것은 '오토쓰 섬의 역사'라는 제목의 책이었다. 펼쳐진 페이지에는 '오토쓰 섬의 자장가'가 실려 있었다. 이런 내용이다.

열 명의 아이 밥을 먹는다. 한 명이 목이 막혀 아홉 명이 됐다.
아홉 명의 아이 밤을 샜다. 한 명이 늦잠을 자 여덟 명이 됐다.
여덟 명의 아이 배를 타고 나갔다. 한 명이 돌아오지 않아 일곱
명이 됐다.
…….

아이들 수는 일곱 명에서 여섯 명, 다섯 명으로 줄어 가더니 마지막에는 이렇게 끝났다.

한 명의 아이 홀로 산다. 하지만 결혼식을 올려 모두 사라졌다.

나는 책에서 얼굴을 들고 덴카이치를 바라봤다.

"이봐, 자네 혹시……."

"그래요."

탐정이 고개를 끄덕였다. 그의 눈이 빛나고 있었다.

"살인은 이 가사대로 벌어지고 있습니다. 이번 사건은 동요(童謠) 살인입니다!"

동요 살인. 이런 표현이 적절한지는 모르겠다. 하지만 지금까지 쓰인 추리 소설 중에는 이런 패턴의 작품이 몇 편 있다. 이 패턴의 소설은 동요나 숫자풀이 노래, 시의 내용 그대로 살인이 벌어진다.

"일본에서 유명한 것은 '악마의 ××노래'지요."

덴카이치가 다시 소설 세계에서 벗어난 말투로 말했다.

"이런 패턴의 작품에서는 작가가 직접 가사를 만들기도 합니다. 그럴 경우 스토리에 맞게 가사를 만들기만 하면 됩니다. 뭐니 뭐니 해도 어려운 것은 기존에 있는 유명한 노래의 가사를 사용하는 경우지요. 악마의 ××노래를 만든 작가의 '오쿠×시마'가 그것에 해당됩니다. 세계적으로 유명한 모 여류 작가의 작품에서는 '머더 구스(Mother Goose's)'가 사용됐지요. 섬에 모인 사람 열 명이 노래 가사대로 살해되고, 결국 아무도 남지 않는다는."

"음, 맞아. 그 머더 구스의 가사와 이번 자장가가 흡사하군."

"알아차리셨네요."

덴카이치가 빙긋 웃었다.

"아무래도 작가가 표절한 것 같아요."

"형편없는 녀석이군."

나는 짜증스런 표정을 지으며 고개를 절레절레 저었다.

"하여간 이번 사건이 동요 살인이라는 건 놀라운데요."

"음, 이런 패턴은 나중에 그럴듯한 설명을 만들어 내기가 어렵지."

"그렇죠. 왜 가사대로 살인했느냐, 그 점에 대해서 말이죠. 작가로서는 이야기의 흥미를 높이기 위해 이런 형식을 택했겠지만, 논리적인 설명이 부족하면 추리 소설 자체가 성립되지 않지요."

"다른 작품들은 어떤 논리를 내세웠지?"

"살인의 목적이 여러 가지이고 그 대상이 여러 명일 경우, 앞으로 죽이려는 상대에게 공포감을 주는 수단으로 사용된 경우가 있어요. 이때 노래는 범인과 피해자에게 중요한 의미를 갖습니다. 관계없는 사람들은 모르지만, 피해자들은 자신이 표적이 될 것이란 사실을 미리 안다는 구조지요. 아니면 엉뚱한 사람에게 의혹이 쏠리도록 하는 데 노래를 이용하기도 합니다. 노래와 관련이 깊은 사람을 범인으로 착각하게 만들기 위해서요."

"그렇군. 그런 이유라면 어느 정도 논리를 갖추었다고 할 수 있겠어."

나는 팔짱을 끼고 고개를 끄덕인 뒤 턱수염을 만지작거렸다.

"하지만 아무래도 어려운데."

"어렵지요."

덴카이치도 동의했다.

"가사대로 살인을 저지르거나 시체를 처리하는 것이 보통 어려운 일이 아니기 때문이죠. 잘못하면 범행 과정에서 발목이 잡혀요. 그렇게 위험 부담이 큰 데 반해 범인에게는 이점이 너무 적죠. 솔직히 말해 쓸데없는 고생을 한달까요."

"그렇게까지 말하는 건 너무 노골적이잖아."

나는 머리를 긁적였다.

"그런데 이번엔 괜찮을까? 독자들이 납득할 만한 멋진 이유를 만들어 낼까?"

"글쎄요……."

덴카이치는 그다지 기대하지 않는 눈치였다.

"하여간 분명한 건 앞으로도 살인이 계속된다는 사실이죠. 이번 자장가 가사는 10절까지 있으니까요."

"앞으로 여덟 번이나 더 일어난다는 말이군."

동요 살인의 경우 노래가 몇 절까지 있느냐에 따라 피해차

수를 추정할 수 있다는 단점이 있다.

"정말 지겹군. 갈 길이 멀어."

우리들은 마주 보며 고개를 끄덕였다.

나와 덴카이치가 소설의 세계를 떠나 얘기한 대로, 그 뒤로도 살인 사건이 이어진다. 우선 오이소 스나히코라는 카메라맨이 바다에 떠 있던 어선 안에서 칼에 찔린 채 발견됐다. 이는 앞에서 소개한 노래의 3절 가사와 일치한다. 이어 하마오카 구리코라는 주부가 도끼에 머리를 맞아 죽은 채 발견됐다. 4절 가사는 이런 것이다.

일곱 명의 아이 장작을 팬다. 한 명이 머리가 깨져 여섯 명이 됐다.

이어 미나토카와 미즈이치로라는 남자가 독주사를 맞아서 죽었고, 다카나미 우즈코란 여자가 육법전서를 안은 채 절벽에서 떼밀렸다. 5, 6절 가사는 각각 다음과 같다.

여섯 명의 아이 벌집을 건드린다. 한 명이 쏘여 다섯 명이 됐다.

다섯 명의 아이 법률을 공부한다. 한 명이 도망가 네 명이 됐다.

나머지를 일일이 나열할 필요는 없으리라. 이런 식으로 다시 일곱 번째, 여덟 번째 피해자가 나왔다. 그사이 경찰 측 대표인 나는 무엇을 했을까. 관례대로 본질과 무관한 수사를 반복했다. 범인을 잡는 것은 이 소설에서 내가 할 수 있는 일이 아니기 때문에 어쩔 수 없다.

괴로운 사람은 역시 덴카이치일 것이다. 명탐정이라는 캐치프레이즈를 내걸고 있지만, 피해자가 여덟 명이 될 때까지 사건의 실마리조차 잡지 못했기 때문이다. 아니 정확히 말하자면 그는 아직 사건을 해결해서는 안 될 시점에 있다. 도중에 범인을 잡았다가는 작가가 가사를 10절까지 준비한 의미가 없어지기 때문이다. 이는 동요 살인에만 국한되는 얘기가 아니다. 연쇄 살인을 다룬 본격 추리 소설에서도 곧잘 있는 일이다. 너무 빨리 해결해 버리면 스토리 자체가 성립하지 않는다. 하지만 10절은 지나치게 많다는 느낌이다. 탐정이 범인에게 선수를 빼앗겨 두 명이나 세 명이 살해되는 것은 용납할 수 있다. 하지만 일곱 명, 여덟 명까지 계속 살해되면 지겨워진다. 덴카이치는 사건이 일어날 때마다 "앗, 실수닷. 또다시 범인에게 당했다."라고 말하는데, 그 대사도 이제 신물이 난다.

하지만 마침내 그런 고생도 종착역에 온 듯하다. 덴카이치가 마침내 움직이기 시작한 것이다. 어떻게 움직이는지는 우리 경찰들도 모른다. 그가 자신의 추리 내용을 우리에게 얘기해 준다면 효율적으로 수사할 수 있고 사건도 빨리 해결될 것이다. 하지만 그런 공조가 이뤄지지 않는 것이 이런 소설에 등장하는 탐정들의 공통점이다.

그가 어디론가 사라지기 전에 마침내 아홉 번째 피해자가 나왔다. 피해자가 잠든 틈을 타서 휘발유를 뿌리고 불을 붙여 태워 죽인 것이다. 굳이 아홉 번째 가사를 소개할 필요는 없으리라. 독자들이 적당히 상상해 주길 바란다.

"음, 이건 도대체 어떻게 된 거야. 이번 사건은 정말, 뛰어난 경찰인 나조차 감당할 수 없어."

검게 탄 시체가 실려 나가는 것을 보면서 나는 언제나처럼 판에 박은 듯한 대사를 읊었다.

"아아, 도대체 어떻게 된 거야. 왜 하필 내가 촌장을 맡고 있을 때 이런 일이 일어나는 거야. 나는 정말 운도 없는 놈이야."

구지라즈카가 땅바닥에 무릎을 꿇고 머리를 쥐어뜯기 시작했다. 주변에 있던 구경꾼들도 한마디씩 해 댔다.

"아홉 명이나 살해되다니……."

"같은 사건이 계속 이어지네."

"더구나 모두 기괴한 방식으로 살해됐어."

"정말 그러네. 한 사람 한 사람 살해 방법이 달라. 규칙성이 전혀 없어."

거기까지 듣고서 나는 군중을 향해 외쳤다.

"뭐야, 당신들 아직 눈치 채지 못한 거야?"

"뭘 말입니까?"

젊은 남자가 대표라도 되는 듯 나서서 물었다.

"이번 살인은 모두 이 섬에서 전승되는 자장가의 가사대로 벌어지고 있어. 그런 사실은 이미 소문으로 퍼졌을 텐데."

내 말에 구경꾼들이 수런대기 시작했다.

"자장가? 맞아, 그런 게 있었어."

"자장가란 말이지. 맞아, 그래."

"그랬었군."

"아홉 번째 가사까지는 이미 살인에 적용됐단 말이지?"

"이제 남은 것은 하나뿐이군."

그 뒤 그들이 취한 행동은 참으로 수상했다. 모두들 말없이 슬금슬금 흩어지는 것이었다.

덴카이치가 돌아온 것은 그날 밤이었다.

"도대체 지금까지 어디 있었나."

나의 초조한 마음이 목소리에 그대로 실려 나왔다. 덴카이치는 내 물음에 의미심장한 웃음을 지었다.

"이것저것 알아볼 게 있어서 도쿄에."

"도쿄? 알아보다니, 뭘?"

"그건 지금부터 말씀드리지요."

그러고는 두리번거리며 말했다.

"다코다와 우오사와 집안 사람들은 다 어디에 있죠?"

"내일 있을 결혼식 준비 때문에 다코다 집에 모여 있네."

"마침 잘됐네요. 경감님, 저희도 그리로 가죠."

내 대답도 듣지 않고 덴카이치는 총총 걷기 시작했다. 나는 서둘러 그의 뒤를 좇았다.

다코다 집에 도착하니 가정부가 나와서 거만한 말투로 "지금 결혼 준비로 바쁘니까 수사에 관한 질문은 다음에 해 주시죠."라고 했다.

"그럼 이렇게 전해 주세요, 범인이 누구인지 알아냈다고."

덴카이치의 말에 중년인 가정부의 안색이 변했다. 나도 놀라서 탐정의 얼굴을 쳐다봤다.

"이봐, 정말인가, 범인을 찾아냈다는 말이?"

"네."

덴카이치는 자신만만한 얼굴로 고개를 끄덕였다. 나는 주위를 둘러보며 그의 귀에 속삭였다.

"범인이 자장가 가사를 이용한 이유도 그럴듯하겠지?"

"물론이지요."

"독자들도 납득할 수준이겠지?"

이번엔 더욱 작게 속삭였다.

"그건……,"

덴카이치가 얼굴을 찌푸렸다.

"뭐라고 말씀드리기 곤란하네요."

"뭐라고? 이봐."

내가 정색을 하는데 가정부가 돌아왔다. 안으로 들어오시라는 것이었다. 좀 전과는 태도가 180도 바뀌어 있었다.

우리 둘은 응접실로 안내되었다. 다코다 집안 부녀와 우오사와 집안의 모자, 그리고 중매를 선 구지라즈카 부부가 고급스런 소파에 앉은 채 우리를 맞았다.

"범인이 누군지 알아냈다고 들었습니다."

다코다 하치로가 무거운 목소리로 물었다.

"네, 알아냈습니다."

덴카이치가 한발 앞으로 나섰다. 그리고 심호흡을 한 번 한 뒤 천천히 얘기를 시작했다.

"이번 사건은 실로 난해했습니다. 기괴한 사건을 수도 없이 겪어 온 저로서도 이렇게 복잡하게 얽히고설킨 실타래를 푼다는 것은 쉬운 일이 아니었습니다. 끈질긴 조사와 사소한 모순도 놓치지 않는 관찰력, 거기에 통찰력, 그리고 어느 정도의 운이 갖춰지지 않았다면 불가능했을 겁니다. 하여간 수수께끼를 풀려면 다양한 요소들을 서로 균형을 맞추어 융합해야 하며……."

명탐정의 강의는 이후로도 면면히 이어지지만 독자 여러분이 짜증스러우실 테니 생략한다. 듣고 있는 우리들도 하품을 참느라 고생이 이만저만 아니었다.

"그럼 먼저 첫 번째 사건부터 설명드리겠습니다. 그날 밤 피해자인 가이모토 씨는 누군가를 만나기 위해 신사에 갔습니다. 거래를 하기 위해서였습니다."

"거래라고, 무슨 거래?"

내 질문에 덴카이치는 다코다 하치로를 쳐다봤다. 그리고 시선을 다시 그 옆으로 옮겼다.

"딸 노리코의 비밀을 지키고 싶다면 돈을 내놔라. 정확히 이런 표현이었는지는 자신 없지만 그런 의미의 말을 가이모토 씨가 했다는 것만은 분명합니다."

"말도 안 돼. 그럼 마치 내가 가이모토를 만난 것처럼 들리잖아."

"그렇습니다. 당신이 가이모토 씨를 만났습니다. 그리고 죽였지요."

"이봐, 무슨 근거로 그런 말을……."

다코다의 얼굴이 문어처럼 빨개졌다.

"당신의 담뱃갑에서 떨어진 작은 종잇조각이 증거입니다. 당신이 찢어서 버린 그 종잇조각을 제가 주워 다시 맞춰 봤습니다. 거기에는 숫자 몇 개가 적혀 있더군요. 전화번호였을까요? 아닙니다. 그건 은행 계좌 번호였습니다. 더구나 가이모토 씨의 것이었지요. 왜 당신이 그걸 가지고 있었을까요. 답은 명확합니다. 당신은 가이모토 씨로부터 그 계좌에 돈을 입금하라는 지시를 받았던 것입니다. 딸 노리코의 비밀을 지키기 위한 거래였지요."

다코다는 뭔가 말하려 했으나 입이 열리지 않는 듯했다. 얼굴은 점점 붉어졌다. 그와 대조적으로 노리코는 점점 창백해져 갔다.

"저, 노리코의 비밀이란?"

촌장 구지라즈카가 조심스럽게 물었다.

"그건, 노리코 씨가 과거 도쿄에 있을 때 가이모토 씨와 관계했다는 것입니다. 아니, 그뿐이 아니죠. 그의 아이를 낙태한 일도 있습니다. 낙태 수술을 한 산부인과도 알아냈습니다."

"어머, 어머."

시어머니가 될 뻔했던 우오사와 히레코의 입이 쩍 벌어졌다.

"말도 안 돼."

신음하듯 다코다 하치로가 외쳤다.

"너무해요."

그렇게 외친 노리코가 울기 시작했다. 그러나 자세히 보니 눈물은 흐르지 않았다.

"하지만 두 번째 사건에서 다코다 씨는 알리바이가 있어."

나는 수첩을 뒤적이며 말했다.

"물론 그럴 겁니다. 왜냐하면 두 번째 사건의 범인은 다코다 씨가 아니기 때문입니다."

"뭐라고?"

"두 번째 사건의 범인은 첫 번째 사건이 발생한 걸 알고는 계획을 하나 세웠습니다. 그것을 이용해 자신의 방해물을 제거하기로 한 것입니다. 하지만 경찰이 범인을 동일인이라고 생각하게 하려면 두 사건 사이에 공통점이 있어야 했습니다. 그래서 이용한 것이 바로 그 자장가였습니다. 두 번째 사건의 범인은 가이모토 씨의 시체가 발견된 직후, 그리고 아직 사람들이 살인 현장에 모여들기 전에 한 가지 조작을 했습니다. 입에 만두를 처박아 놓은 겁니다."

"그랬군. 최초 발견자는 피해자의 입에 만두가 없었다고 말했지."

나는 손뼉을 치며 끄덕였다.

"그래서, 제2의 범인은 누군가?"

"바로 이 사람입니다."

탐정이 가리킨 사람은 우오사와 히레코였다. 우오사와는 잠시 멍한 얼굴로 있다가 눈을 치켜뜨고 "오호호호호" 웃기 시작했다.

"제정신이에요? 왜 내가 그런 짓을. 아, 우스워."

"시치미 떼도 소용없어요. 이전부터 당신은 에비하라 씨를 죽일 생각이었어. 왜냐하면 그녀가 당신의 아들 나베오의 비밀을 알고 있기 때문이지."

"뭐?"

나는 뒤로 몸을 빼며 "이번엔 또 무슨 비밀이야?"라고 물었다.

"다소 특이한 취미가 있다는 거지요."

"취미?"

"말하기 좀 뭐한데⋯⋯."

덴카이치는 심호흡을 한 뒤 말을 이었다.

"나베오 씨는 여자 어린이에게 관심이 굉장히 많습니다. 아니, 관심을 갖는 데 그친다면 그래도 괜찮지만, 그, 저⋯⋯ 즉, 실제로 희롱까지 한다는 데에 문제가 있습니다."

"아동 취미군."

나는 큰 소리를 내고 말았다. 그러자 어머니 옆에 말없이 앉아 있던 나베오가 금방이라도 울음을 터뜨릴 듯한 표정이 되어서는 "엄마⋯⋯." 하고 한심한 소리를 내뱉었다. 우오사와는 아들의 손을 잡고 덴카이치를 노려봤다. 그녀의 눈이 충혈돼 있었다.

"증거가, 증거가 어디 있단 말이에용?"

"에비하라 씨의 딸이 증언해 줬습니다. 그녀는 지금 도쿄의 친척 집에 있습니다. 이제 중학교 1학년이에요. 처참한 과거를 다시 떠올리는 것이 괴로웠겠지만, 그럼에도 얘기를 해 줬지요. 제가 도쿄에 간 것은 그 사실을 확인하기 위해서였습니다. 당신은 에비하라 씨가 그 일을 이야기할까 봐 항상 조마조마했지요. 그래서 이번 기회를 이용해 살해한 겁니다. 자장가 가사대로 이불과 베개까지 준비해서요."

반박할 말이 없는지 우오사와는 입을 다물었다. 그러자 다코다가 신음하듯 내뱉었다.

"당신이 그런 짓을……."

"그럼 세 번째 사건은?"

내가 물었다.

"그건 다코다 씨가 범인입니다."

덴카이치가 대답했다.

"두 번째 사건이 일어난 뒤, 사건이 자장가 가사와 일치한다는 점을 알아차린 다코다 씨는 회심의 미소를 지었겠지요. 그리고 이번 기회에 또 한 사람의 눈엣가시를 제거하기로 했습니다. 바로 오이소 씨였습니다. 오이소 씨 역시 과거에 노리코와 사귀었고, 그녀의 나체 사진을 들이대며 다코다 씨를 협박해 왔지요."

"아니, 그럼 네 번째 사건은?"

"우오사와 씨 짓입니다. 사건이 점차 미궁으로 빠져드는 걸 이용해 이번 기회에 또 한 명을 죽이기로 한 겁니다. 하마오카 씨의 딸도 나베오의 성희롱 대상이었고, 그래서 우오사와 씨는 입막음조로 매달 많은 돈을 주고 있었지요."

"다섯 번째는?"

"다코다의 범행."

덴카이치는 이제 귀찮아졌는지 내뱉듯 말했다.

"미나토카와 씨 역시 노리코의 연인이었고, 노리코 씨가 직접 작성한 혼인 신고서를 갖고 있었습니다."

"그럼 순서상 여섯 번째는 우오사와가 범인이겠군."

"역시 똑똑하시군요. 다카나미 씨는 에비하라 씨와 친했고, 나베오의 취미에 대해 어렴풋이 알고 있었습니다."

이제 독자 여러분도 나머지 내용을 눈치 챘을 것이다. 이런 패턴으로 다코다와 우오사와가 번갈아 살인을 저지르는 것이다. 이제 누가 누구의 범행을 이용해 자신에게 거치적거렸던 인물을 제거했는지 헷갈릴 정도다.

아홉 번째 범행이 다코다가 저지른 것이라는 설명으로 덴카이치의 수수께끼 풀기는 일단 막을 내렸다.

나는 다코다 부녀와 우오사와 모자를 번갈아 바라보며 말했다.

"어때, 하고 싶은 말이나 반론할 것이 있나?"

먼저 고개를 치켜든 것은 다코다였다. 덴카이치의 논리를 반박하려는 줄 알았는데 그게 아니었다. 그는 맞은편에 앉아 있는 우오사와 모자를 노려봤다.

"제길, 그랬단 말이지. 저런 변태 자식을 우리 딸과 결혼시키려 했단 말이지."

우오사와가 그 말을 듣고 가만있을 리 없었다.

"뭐야? 당신 딸이야말로 닳고 닳은 여자 아니야?"

"아니, 이 주름투성이 할망구가."

"뭐, 이 올챙이배에 대머리가."

갖가지 욕이 난무하는 싸움이 시작됐다. 나는 경찰을 불러 양측을 제압했다. 수갑이 채워진 뒤에도 두 사람은 독 오른 고양이처럼 씩씩댔다.

나와 덴카이치는 구지라즈카 부부와 함께 집을 나왔다.

"멋진 추리였어요. 자장가 살인의 배후에 그런 사실이 숨어 있었다니."

구지라즈카 촌장은 거듭거듭 감탄했다.

"사건을 이용할 가능성에 착안했다는 것이 핵심이었지요. 알리바이는 아무런 의미가 없었습니다."

덴카이치도 기분 좋은 듯 말했다.

"그래요. 하지만 사건을 이용한 사람이 그 두 사람으로 그쳐서 정말 다행이었어요. 자장가 살인에 다른 사람들까지 편승했을 가능성도 있었으니까요."

"맞습니다. 바로 그렇습니다."

구지라즈카의 말에 덴카이치도 맞장구쳤다. 그 순간 나는 멈칫하고 걸음을 멈췄다.

"왜 그래요, 경감님?"

덴카이치가 나를 돌아봤다.

"분명 아직 열 번째 가사가 남아 있지."

"네, 한 명의 아이 홀로 살다 결혼식 올리고 모두 사라졌다, 이거지요. 그런데 왜요?"

"음."

기분 나쁜 예감이 들었다. 그리고 그 예감은 적중했다. 다음 날 섬 이곳저곳에서 살인 사건이 일어난 것이다. 그 각각의 사건에는 한 가지 공통점이 있었다. 그것은 모든 시체에 혼례복이 입혀져 있었다는 사실이다. 결혼식 때 사용하는 술잔이 손에 쥐인 채 발견된 시체도 있었다.

나는 이 소설의 제목이 의미하는 바를 깨닫고 깊은 한숨을 내쉬었다.

'죽이려면 지금이 기회.'

10

내가 그를 죽였다 — 불공정 미스터리

"경감님, 살인 사건입니다."

서류를 작성하고 있는데 부하가 헐레벌떡 들어왔다.

"어딘가?"

"오쿠로가입니다. 집주인 이치로가 살해됐습니다."

"오쿠로 이치로라면 유명 인사 아닌가. 서둘러야겠는걸."

나는 윗도리에 팔을 집어넣으면서 일어섰다.

오쿠로 이치로는 의약계의 중하위급인 오쿠로 제약 사장이다. 회사는 한때 경영난을 겪기도 했지만 최근 재기한 것으로 알려져 있었다.

오쿠로의 저택은 외벽에 백색 타일이 붙은 동화풍의 건물이었다. 2층에 있는 아치형 발코니에 디즈니 영화의 백설 공주가 등장할 것만 같은 분위기였다. 하지만 현관에 쓰레기봉투가 방치된 채 놓여 있는 것을 보니 역시 뭔가 비정상적인 일이 일어났음에 틀림없었다.

50세 정도 된 마른 체격의 가정부가 우리들을 맞이했다. 가정부는 이름이 곤노 미도리라고 했다. 그녀가 겁에 질려 있다는 것이 떨리는 목소리를 통해 전해졌다.

"피해자는?"

"이쪽입니다."

가정부를 따라 드넓은 거실로 들어섰다. 한가운데 놓인 거대한 소파 바로 옆에 한 남자가 쓰러져 있었다. 그 옆에는 중년의 여인과 젊은 남자, 그리고 의사로 보이는 하얀 가운을 입은 남자가 있었는데, 중년 여인은 소파에 얼굴을 파묻은 채 흐느끼고 있고 젊은 남자와 의사는 침통한 표정으로 앉아 있었다.

나는 간단하게 내 소개를 한 뒤 그들의 신원을 확인했다. 중년 여인은 피해자의 부인인 오쿠로 노부코, 젊은 남자는 아들 오쿠로 지로, 의사 이름은…… 뭐, 아무래도 상관없다.

시체는 물색 가운을 입고 있었다. 발버둥 치다 죽었는지 가슴 부분의 옷이 벌어져 있었다.

"독살이군요. 틀림없습니다."

의사가 시체를 내려다보며 단언했다.

"저건 뭐지?"

나는 테이블 위를 가리켰다. 거기에는 네모난 상자가 하나 열려 있었는데, 그 안에 초콜릿이 줄지어 들어 있었다.

"오늘 아침에 배달된 것 같습니다."

아들 지로가 말했다.

나는 의사에게 물었다.

"그럼 이 초콜릿에 독이?"

"아마 그럴 겁니다. 먹다 남긴 초콜릿이…… 아, 저겁니다."

의사가 바닥을 가리켰다. 반 정도 먹다 남긴 초콜릿이 옅은 자주색 양탄자 위에 떨어져 있었다. 나는 끄덕이며 감식 요원을 불렀다.

현장 감식이 진행되는 동안 이치로의 서재에서 관계자들에게 사건에 관한 얘기를 듣기로 했다. 우선 아들인 지로의 얘기는 다음과 같았다.

"누군가 아버지의 목숨을 노렸다는 건 상상도 할 수 없습니다. 결코 남에게 원한을 살 만한 일을 할 분이 아닙니다."

지로는 미간을 좁히며 무거운 말투로 얘기했다.

'그런 인간일수록 아무 거리낌 없이 나쁜 짓을 저지르는 법이지.'라는 말이 목구멍까지 기어 나왔다.

이어 가정부 차례. 초콜릿이 배달되었을 당시의 정황을 물었다.

"사장님은 초콜릿을 엄청 좋아했어요. 이번에 배달된 초콜릿 상자에는 전혀 알지 못하는 발송인 이름이 적혀 있었거든요. 그런데도 사장님은 "누가 보낸 거지?" 하면서 초콜릿을 우적우적 드셨어요. 저는 독이 들어 있으리라곤 꿈에도 생각 못한 채 홍차를 타 드리려고 주방으로 갔지요. 그때 갑자기 신음 소리가 들려서⋯⋯."

가정부는 거기까지 말하고 흐느끼기 시작했다.

부인 노부코는 아직 조사에 응할 만한 상태가 아니어서 자신의 방에서 쉬고 있다고 했다. 이 집에는 이들 외에 아들 오쿠로 지로의 부인 다카코, 살해된 오쿠로 이치로의 동생 오쿠로 가즈오, 운전사 사쿠라다가 살고 있었다. 모두 외출 중이어서 그들이 돌아올 때까지 현장을 좀 더 살펴보기로 했다.

"이보세요, 들어가면 안 됩니다. 뭐하시는 분입니까."

그때 현관에서 고함 소리가 들렸다. 서둘러 그쪽으로 가 보니 낡아 빠진 양복에 더부룩한 머리의 남자가 내 부하에게 목덜미를 잡힌 채 서 있었다.

"뭐야, 자네 덴카이치 아닌가."

"앗, 경감님."

덴카이치는 나를 보며 반가운 표정을 지었다.

"이번 사건을 맡으셨군요."

"아시는 분입니까?"

부하의 질문에 "아는 사이라고 할 정도는 아니네. 하지만 경찰 관계자라면 그를 아는 사람이 많지."라고 대답했다.

"특히 오가와라 경감님의 신세를 많이 지고 있지요."

덴카이치가 가슴을 폈다. 쓸데없는 말만 하는 녀석. 나는 헛기침을 두어 번 한 뒤 물었다.

"자네 여기에는 왜 또 나타났나?"

그러자 한쪽에서 누군가의 목소리가 들렸다.

"제가 불렀습니다."

곧이어 진한 화장에 액세서리를 주렁주렁 단 젊은 여자가 들어왔다.

"당신은?"

"오쿠로 다카코예요."

"아, 지로 씨의 부인이시군요. 그런데 왜 덴카이치 탐정을?"

"그거야 사건이 발생했기 때문이지요. 친구한테 덴카이치 탐정 얘기를 들었어요. 두뇌 명석, 박학다식, 다재다능, 뛰어난 행동력의 명탐정이라고."

"과찬이십니다."

덴카이치가 모처럼 수줍어했다.

"덴카이치 탐정이라면 이번 사건을 해결할 수 있을 것이라고 생각했습니다. 그래서 제가 와 달라고 부탁한 거예요. 경찰은 사건 해결에 별 도움이 되지 못할 게 뻔하니까."

다카코는 자신이 이야기하는 상대가 경찰관이라는 사실을 깜빡했다는 표정을 짓곤 "어머, 실례."라며 손으로 입을 가렸다.

나는 다시 한 번 헛기침을 한 뒤 탐정을 쳐다봤다.

"굳이 그렇게 하시겠다면야…… . 하지만 이봐 탐정, 경찰 수사에 방해가 되어서는 곤란해."

"알겠습니다."

덴카이치가 꾸벅 머리를 숙였다.

나는 골치 아픈 녀석이 나타났다며 짜증을 냈다. 물론 이 소설은 덴카이치 탐정이 주인공이기 때문에 그의 등장은 처음부터 예정된 일이지만, 내 입장에서는 그런 태도를 취해야 한다.

탐정과 함께 다시 현장을 조사하게 됐다. 주목해야 할 것은 물론 초콜릿이다.

"이건 유명 과자점의 초콜릿이군요. 어느 가게에나 있는 것이 아닙니다. 만약 이삼 일 안에 구입한 것이라면 가게 점원이 기억하고 있을지도 모릅니다."

덴카이치가 포장지를 보며 말했다.

"그거야 개나 소나 다 아는 사실이지. 그러니까 그게…… 말이지, 부하를 과자 가게에 보내려는 참이었어."

나는 태연을 가장하며 말했다.

그러자 덴카이치는 이번엔 마구 찢긴 소포의 포장지를 집어 올렸다.

"녹색 볼펜으로 주소가 적혀 있군요. 녹색 잉크로 쓴다는 건 이별의 암시라고들 하는데, 그것과 관계가 있나? 아무튼,

보낸 사람 이름은 나라시노 곤베에로 되어 있군요."

"처음 듣는 이름입니다."

언제부터인가 옆에 와 있던 지로가 말했다.

"그렇겠지요."

덴카이치가 말했다.

"이건 익명을 풍자적으로 표현할 때 사용하는 이름이지요."

"아, 그런가요."

지로가 다소 무안한 표정을 지었다.

"그거 이리 좀 줘 보게."

나는 덴카이치에게서 포장지를 빼앗았다.

"흠, 나라시노 곤베에라. 주소도 적혀 있긴 한데, 아마 가짜겠지. ……어?"

"왜 그러십니까?"

나는 우표의 소인을 가리키며 말했다.

"이것 봐. 소포를 발송한 우체국이 이 집 부근이야."

"네?"

그 자리에 있던 모든 사람, 아니 정확히 말하자면 덴카이치를 제외한 모두가 포장지를 든 내 손을 바라봤다.

"진짜네."

"어떤 의미일까."

모두들 수군거렸다.

"음."

나는 신음 소리를 내며 오쿠로 집안 사람들에게 말했다.

"죄송하지만, 여러분들은 모두 별실에서 기다려 주십시오."

"어머, 왜죠?"

오쿠로 다카코의 눈썹이 올라갔다.

"수사에 대해 우리끼리 할 얘기가 있습니다. 잠깐이면 됩니다."

"그래요?"

다카코를 비롯해 오쿠로 집안의 가족이 사라지자 나는 부하들에게 지시했다.

"녹색 볼펜을 찾아봐. 집 안에 있을 수도 있어."

"네? 그 말씀은……."

부하 하나의 표정이 굳어졌다.

"그래, 범인은 가족 중 한 사람일 가능성이 높아. 그렇기 때문에 가까운 곳에 있는 우체국을 이용한 거야."

"그렇군요."

내 추리에 부하들이 감탄한 듯 머리를 끄덕였다.

"정말 그럴까요."

떨어져서 얘기를 듣고 있던 덴카이치가 고개를 갸우뚱거렸다.

"너무 안이하게 생각하는 것 아닐까요. 범인이 가족 중 한 사람이라면 그렇게 쉽게 들통 날 방식으로 하진 않았을 텐데요."

"닥치고 있게. 생초보 탐정이 뭘 알겠나. 이건 나의 오랜 경찰 생활에서 오는 직감이야."

나는 다소 과장된 어조로 고함을 질렀다. 안이한 추리라는 것쯤 나도 모르는 바 아니다. 하지만 이렇게 단언해야 스토리가 제대로 흘러가는 것이다.

혼이 난 덴카이치는 입을 다물었다. 나는 재차 부하들에게 녹색 볼펜을 찾으라고 명령했다. 부하들은 서둘러 사방으로 흩어졌다.

약 30분 뒤, 형사 두 명이 긴장된 얼굴로 돌아왔다. 그중 하나가 돌돌 만 손수건을 내밀며 말했다.

"이치로의 서재 쓰레기통에 이게 떨어져 있었습니다."

그는 내 눈앞에서 손수건을 펼쳤다. 그 속에는 녹색 볼펜이 들어 있었다.

"잘했어. 이제 다 해결된 거야."

나도 모르게 박수를 쳤다.

"가족 모두 들어오라고 해."

때마침, 살해된 오쿠로 이치로의 동생 가즈오와 운전사 사쿠라다도 귀가하는 참이었다. 그들과 오쿠로 노부코, 지로와 다카코 부부, 그리고 가정부 곤노 미도리 등 여섯 명이 거실에 모였다. 그들은 볼펜을 발견했다는 내 설명을 듣고는 안색이 변했다.

"그럴 리가, 범인이 우리 중 한 명이라니……."

"이건 아니야. 뭔가 잘못됐어."

"지금 제정신입니까?"

"미쳤어."

다들 나를 비난해 댔다. 나는 "조용히 하시오!"라고 위엄 있는 목소리로 좌중을 제압했다.

"여러분의 심정은 잘 압니다. 하지만 이건 분명하고 객관적인 사실입니다. 지금부터 여러분 중 누구 한 사람도 집 밖으로 나가서는 안 됩니다. 우리들은 최선을 다해 범인을 찾아낼 것입니다. 협조를 부탁드립니다."

오쿠로 가족의 거센 불만에도 나는 그들에게 금족령을 내렸다. 부하들에게는 오쿠로 가문의 인간관계를 상세히 조사하도록 지시했다.

"에…… 또."

사람들이 모두 사라진 후 덴카이치에게 말을 걸었다.

"이제 소설의 전반부가 끝났어. 이번 소설의 트릭은 과연 뭘까? 아직까지는 트릭다운 트릭이 감지되지 않는데."

그러자 덴카이치는 지저분한 머리를 긁적이며 한심하다는 표정을 지었다.

"그야 뻔하지 않아요? 아마 독자들도 이미 눈치 챘을걸요."

"그래? 그럼 어디, 설명해 보게."

"유감스럽게도 지금은 안 돼요. 전에도 얘기했잖아요. 미스터리의 트릭에는 밀실이나 거짓 알리바이같이 트릭의 종류를 미리 알려 줘도 문제가 없는 것과 알아 버리면 흥미가 반감되는 것이 있어요. 이번 트릭은 후자의 것입니다."

"그래? 그럼 별수 없군. 나중에 천천히 즐기기로 하지."

내 말을 들은 덴카이치는 어쩐 일인지 한숨을 쉬며 "즐기시겠다고요?"라고 되물었다.

"그래, 뭐가 불만이야?"

"솔직히 불만이 이만저만 아니에요. 저는 이 덴카이치 시리즈만은 이런 트릭을 사용하지 않을 줄 알았어요."

"뭘 가지고 그러나?"

"독자들이 보고 있으니 구체적으론 말 못합니다. 하지만 우선 이 트릭은 독창성이 전혀 없어요. 밀실이나 거짓 알리바이 같은 트릭은 같은 종류의 트릭이라도 작가의 독창성을 발휘할 수 있지요. 예를 들어 어떤 작가는 물리적 장치를 사용해 밀실 트릭을 완성하려 하고, 또 다른 작가는 착각을 이용해 밀실을 만들어 냅니다. 한마디로 다양한 밀실을 창조할 수 있어요. 하지만 이번 트릭은 일부 예외를 제외하면 오로지 한 종류밖에 없어요. 즉 이 트릭을 사용한 기념비적인 첫 번째 소설 이후의 작품은 몽땅 모조품이라 할 수 있어요."

덴카이치는 흥분한 나머지 옆에 있던 대리석 테이블을 발로 차더니 이내 발을 붙잡고 신음했다. 그리고 얼굴을 찡그리며 일어섰다.

"아니, 몽땅 모조품이라는 말은 좀 심했습니다. 여러 작가가 다양한 버전을 생각해 내어 걸작이라 불릴 만한 것을 만들어 내기도 했지요. 하지만 저는 이런 패턴의 트릭을 이용해 의외성만을 노리려는 작품을 높이 평가하고 싶지 않네요."

"이 소설이 그런 부류인가?"

"그래요. 심지어 좀 더 악질일지도 몰라요."

"왜?"

"불공정하기 때문이죠. 불공정의 표본이라 해도 좋아요."

"말이 좀 지나치군."

나는 귓구멍에 손가락을 집어넣고 후볐다.

"부탁이 하나 있는데요."

"뭔가?"

"누가 범인인지 모르는 독자가 혹시 있을 수도 있습니다. 그런 독자들에게 힌트를 주고 싶어요. 이대로 진행한다는 건 양심에 찔려서……."

"자네가 왜 그런 걸 신경 쓰고 그래. …… 흠, 알았네. 좋도록 하게."

"네, 그러면,"

덴카이치는 몸을 빙그르르 돌려 독자들을 향했다.

"이 소설 시리즈의 등장인물인 저와 오가와라 경감은 결코 범인일 수 없습니다. 하지만 그 이외의 인물에 대해선 모든 가능성을 열어 두시기 바랍니다. 선입견을 버리세요."

그리고 다시 몸을 원위치로 돌렸다.

"그걸로 충분한 거야?"

"좀 더 구체적으로 설명드리고 싶지만, 더 말하면 비밀을 폭로해 버리는 꼴이 되지요. 이런 사기 사건의 공범이 되다니……"

덴카이치는 머리를 감싸고 쪼그려 앉았다.

"그만 중얼거리고 소설의 세계로 돌아가지."

나는 그의 목덜미를 잡고 억지로 일으켜 세웠다.

그날 밤 나는 부하들에게 집 주변을 감시하도록 지시했다. 그리고 나 역시 오쿠로 저택에 머물기로 했다. 교대로 잠을 자는 형사들과 함께 거실에서 새우잠을 자기로 한 것이다. 덴카이치는 무슨 술수를 부렸는지 독실을 제공받았다.

나도 이따금씩 일어나 저택 내부를 둘러봤다. 이렇게 고생해 봤자 사건 해결의 실마리를 잡을 수 없다는 것쯤은 안다. 하지만 이렇게 의미 없는 수사를 계속하는 것이 또 이 소설에서 나의 역할이다.

몇 번 집 안을 둘러본 뒤 거실로 돌아와 보니 부하 형사가 덴카이치와 이야기를 나누고 있다.

"왜, 무슨 일 있나?"

"가슴이 뛰어서 잘 수가 없어요. 그런데…… 경감님, 혹시 독이 든 초콜릿이라도 먹고 오셨나요?"

"무슨 쓸데없는 소리야. 집 안을 한 바퀴 둘러보고 왔어."

그때 형사가 주저주저하며 말했다.

"덴카이치 탐정은 범인이 집안사람이 아니라고 하는데요."

"그래?"

나는 생초보 탐정을 바라봤다.

"왜 그렇게 생각하지?"

"오쿠로 이치로가 죽어도 득을 볼 사람이 없으니까요."

"그럴 리 없지. 엄청난 유산을 누군가는 상속받지 않겠어?"

"과거의 이치로 씨였다면 그랬겠지요. 하지만 회사 사정이 나빠지면서 재산이 거의 남지 않았어요. 심지어 빚까지 있고. 아마도 상속세를 내고 나면 땡전 한 푼 안 남을걸요."

"보험은 어떤가. 생명 보험에 가입하지 않았나?"

형사에게 물었다.

"가입했어요. 수령자는 부인 노부코입니다."

형사가 수첩을 보며 말했다.

"그럼 그녀가 범인이군."

나는 한 치의 망설임도 없이 말했다.

"이제 끝났어."

하지만 덴카이치는 고개를 저었다.

"보험금이 1,000만 엔이라네요. 서민에게야 큰돈이겠지만, 노부코가 지금의 안정된 생활과 바꿀 만큼 많은 액수일까요?"

나는 또 신음했다. 그리고 형사에게 물었다.

"원한 쪽은 어때. 여자관계는?"

형사는 머리를 긁적였다.

"그게 말이죠, 지금까지 조사한 바로는 별게 없어요. 그저 평온무사한 인생이었던 것 같습니다."

"그럴 리가. 이런 부잣집에 원한이나 여자 문제가 없을 리 없어. 다시 조사해 봐."

내 스스로 무리한다고 생각하면서도 부하들을 닦달했다. 그들은 말은 "알겠습니다."라고 했지만 맥이 풀린 표정이었다.

그때 딸각, 문 열리는 소리가 들렸다. 거실 입구에 가운을 입은 오쿠로 다카코가 서 있었다.

"어쩐 일이십니까, 이렇게 야심한 시각에."

"남편이……, 남편 모습이 보이지 않는데 혹시 어디에 있는지 아시나요?"

"지로 씨가요? 저도 보지 못했습니다만."

그러면서 부하를 쳐다봤지만 그 역시 모른다는 대답이었다.

"언제부터 보이지 않았나요?"

덴카이치가 물었다.

"그게, 좀 전에 잠에서 깼는데 옆에 없는 거예요. 화장실에 갔나 싶어 기다렸는데 돌아오지 않아서요. 걱정돼서 나왔습니다."

낮에는 그토록 드세 보이던 다카코의 눈에 불안이 가득했다.

"자,"

나는 자리에서 일어나며 "다 같이 찾아봅시다."라고 말했다.

우리들은 다카코와 함께 이 방 저 방을 찾아 다녔다. 또 자고 있던 집안사람들까지 깨워 협조를 부탁했다. 하지만 지로의 모습은 어디에도 보이지 않았다.

밖에 있던 형사들에게도 물어봤지만 집에서 나간 사람은 없다는 게 그들의 대답이었다.

"다른 방은 없습니까?"

나는 집안사람들에게 물었다. 그때 이치로의 동생 가즈오가 "아!"하고 소리를 질렀다.

"뭡니까?"

"혹시…… 지하실에 있을지도."

그 말에 가족 모두 눈을 번쩍 뜨며 놀란 표정이 됐다.

"지하실이라니요?"

덴카이치가 물었다.

"대피 시설입니다. 형은 유사시에 대비해 지하에 대피 시설을 만들었습니다. 솔직히 필요도 없는 거였지만 그냥 내버려 뒀어요."

"안내해 주십시오."

덴카이치가 무거운 얼굴로 말했다.

2층으로 올라가는 계단 뒤쪽에 지하실로 향하는 입구가 있었다. 얼핏 보기엔 계단 아래 부분을 이용한 창고 같았지만 문을 열자 지하로 내려가는 계단이 나타났다.

"이 방의 존재는 이 집 사람들만 알고 있습니다."

가즈오가 말했다.

계단을 다 내려가자 사방이 콘크리트로 둘러싸인 방이 나왔다. 그 한가운데에 누군가가 위를 향해 쓰러져 있었다. 다카코가 비명을 지르더니 그대로 실신했다.

"여러분, 움직이지 마세요."

나는 그렇게 말한 뒤 시체에게 다가갔다. 오쿠로 지로였다. 가슴에 등산용 칼이 꽂혀 있었지만 피는 그다지 많이 흘리지 않은 상태였다. 부하를 불러서는 이렇게 속삭였다.

"제길, 당했다."

경찰이 경계를 선 상태에서 발생한 살인 사건이었기 때문에 우리는 체면이 바닥으로 떨어졌다. 경찰서로 돌아온 나는 오쿠로 저택의 거주자들을 불러 가능한 한 가장 험악한 표정을 지으며 한 명 한 명 조사했다. 그중에서도 가장 심혈을 기울인 것은 오쿠로 가즈오였다. 이치로와 지로 부자가 사라지면 그가 회사의 실권을 장악하게 되기 때문이다. 그 한 가지 사실만으로 나는 그를 가장 유력한 용의자로 지목했다.

"자백하지. 자네가 두 사람을 죽였지?"

"아닙니다. 저는 아닙니다. 죽일 이유가 뭐가 있겠어요."

울상이 된 가즈오는 극구 부인했다.

아무리 찾아도 결정적인 증거가 나오지 않는 바람에 그를 체포할 수가 없었다. 나는 팔짱을 끼고는 이렇게 말했다.

"음, 범인은 지로 자신이었을 수도 있어. 모종의 이유로 아버지를 죽이고 나서 죄책감 때문에 자살했을 수도 있지. 맞아, 바로 그거야. 틀림없어. 앞뒤 논리가 딱 들어맞는군."

내 추리에 부하들도 감동하고 있는 찰나 덴카이치가 나타났다.

"아니요, 틀렸어요. 범인은 다른 사람입니다."

"이봐, 자네. 여기는 수사본부야. 경찰도 아니면서 어딜 들어와."

"지금 저와 함께 오쿠로 저택으로 가시지요. 범인이 누구인지 밝혀 드리겠습니다."

"생초보 탐정이 건방지게……. 좋아, 흥미롭긴 하군. 자네가 어떤 추리를 전개했는지 한번 들어나 볼까."

나는 부하들을 데리고 오쿠로 저택으로 향했다. 그 집의 넓은 거실에 모두를 집합시킨 덴카이치는 천천히 한발 앞으로 나서며 말했다.

"자."

탐정은 그렇게 시작했다. 추리 소설에 흔히 나오는 장면이다.

"이번 사건에 대해 명탐정인 저도 고민을 많이 했습니다. 가장 큰 이유는 범인의 모습이 잘 떠오르지 않았기 때문입니다. 어떤 인물인지, 노리는 것이 무엇인지 전혀 감이 잡히질 않았습니다. 그래서 저는 범인의 조건으로 합당한 사람은 어떤 사람일지 생각해 봤습니다. 그건 크게 세 가지로 모아졌습니다. 첫째, 오쿠로 저택 내부 사정에 밝은 사람일 것. 이치로 씨가 초콜릿을 좋아한다거나 지하실이 있다는 사실을 안다는 점에서 그렇습니다. 둘째, 지로 씨가 살해되던 날 밤 이 집에 있었던 사람일 것. 셋째, 녹색 볼펜을 이치로 씨의 서재 쓰레기통에 버린 사람일 것. 범인은 이 세 가지 조건을 만족시키는 사람입니다."

"무슨 말이야. 그건 이 집에 사는 사람 모두가 해당되잖아."

내가 거칠게 이의를 제기하자 덴카이치는 대답했다.

"분명 첫 번째와 두 번째 조건은 그렇지요. 하지만 세 번째 조건은 그렇지 않습니다."

"어떻게?"

"이건 가정부인 곤노 씨도 몰랐던 사실이지만, 그날 아침 이치로 씨는 직접 서재 쓰레기통을 비웠어요. 쓰레기를 비닐 봉투에 담아 현관에 내놓았는데, 봉투 속에 찢어진 편지들이 많이 들어 있었습니다. 아마도 편지가 공개되는 걸 꺼려서 평소에는 하지 않던 행동을 한 것 같습니다."

"아아."

나도 모르게 탄성이 터져 나왔다. 그러고 보니 처음 이 집에 왔던 날, 현관문 옆에 쓰레기봉투가 있었다. 그게 오쿠로 이치로가 직접 내놓은 거란 말인가.

"따라서 그 시점에서 쓰레기통은 텅 비어 있어야 합니다. 즉 볼펜은 그 후에 집어넣었다는 얘기지요. 그게 가능한 사람은 누구일까요. 당시 외출 중이었던 동생 가즈오와 운전사인 사쿠라다 씨는 불가능합니다. 또 부인 노부코 씨와 아들 지로 씨 부부, 가정부인 곤노 씨는 식당에 함께 있었습니다. 그 뒤에 초콜릿이 배달됐고 참사가 일어났습니다. 그리고 이치로 씨가 쓰러질 때까지 아무도 2층에 올라가지 않았다고 여러분이 말씀하셨습니다."

"그렇다면 우리들 중 그 누구에게도 기회가 없었다는 말이 되네요."

가즈오가 말했다.

"그렇습니다."

덴카이치가 받았다.

"그럼 어떻게 된 건가. 여기 모여 있는 사람들 속엔 범인이 없다는 말이잖아."

나는 그의 옆얼굴을 쳐다보며 말했다.

"아니요. 범인은 이 중에 있습니다."

"하지만 자네 얘기대로라면……."

"경감님."

덴카이치가 나를 뚫어져라 쳐다봤다.

"제가 말씀드린 조건을 충족하는 인물이 딱 한 사람 있습니다."

"누군가, 그게?"

내가 물었다.

"누굽니까?"

"누군가요?"

오쿠로 저택의 사람들도 일제히 탐정을 쳐다봤다.

덴카이치는 숨을 깊이 들이마셨다가 서서히 내뱉으며 입술을 핥았다.

"아무런 의심도 받지 않고 저택 안팎을 돌아다닐 수 있는 사람, 더구나 볼펜을 이치로 씨 서재 쓰레기통에 버릴 수 있었던 사람. 그건 바로 당신입니다. 경감님!"

그가 나를 가리켰다.

모두 눈을 크게 뜨고 외마디 소리를 질렀다.

"뭐라고? 이 바보 같은 자식이."

"경감님, 포기하세요."

그가 말했다.

"당신은 사건 조사를 빙자해 이치로 씨의 서재에 들어가서
는 몰래 볼펜을 버렸어요."

"내가 그런 짓을 할 이유가 도대체 뭐란 말인가."

"부인해도 소용없습니다. 제가 다 알아봤어요."

"웃기지 말게. 뭘 조사했다는 건가?"

"범인이 초콜릿을 산 가게를 알아냈죠. 종업원에게 당신 사
진을 보여 줬어요. 당신은 마스크를 쓰고 있었지만, 종업원은
당신 이마에 난 상처가 기억난다고 증언했습니다."

덴카이치의 말에 나도 모르게 이마를 만져 봤다. 분명 상처
가 있었다. 젊은 시절 범인의 칼에 베인 상처다.

"증거가 하나 더 있습니다. 지로 씨가 살해되던 날 밤의 일
입니다. 집을 둘러보고 돌아온 당신에게 제가 독이 든 초콜릿
이라도 먹고 오셨냐고 물었지요? 그건 말이죠, 경감님의 와이
셔츠에 초콜릿으로 보이는 작은 얼룩이 묻어 있었기 때문입
니다. 지금 생각해 보니 그건 초콜릿이 아니라 핏자국이었을

거예요. 그때 입었던 셔츠를 조사하면 분명해지겠지요."

"음……."

반박할 말이 생각나지 않았다.

"이런 말도 안 되는. 경감님이 설마. 어떻게 그런 심한 말을."

오쿠로 노부코가 그렇게 말하며 머리를 옆으로 돌렸다.

나는 그녀의 잘 정돈된 얼굴을 노려봤다.

"어떻게 그런 심한 말을 하냐고? 심한 짓을 저지른 사람은 당신이야. 당신이 바로 살인자야."

"뭐라고요, 내가 왜 사람을 죽였단 말인가요?"

"이런 뻔뻔한. 하나코의 일을 잊었단 말인가."

"하나코? 앗!"

오쿠로 노부코의 얼굴이 일그러졌다.

"당신이 그 사람의……."

"그래, 아버지닷!"

나는 눈을 부릅떴다.

그랬다. 내 딸 하나코는 오쿠로 지로와 사귀고 있었다. 결혼까지 약속한 사이로, 종종 오쿠로 집에 놀러 가기도 했다. 그런데 오쿠로 지로가 돌연 하나코를 버리고 거래처 사장의 딸인 다카코와 결혼해 버렸다. 물론 오쿠로 이치로와 노부코가 아들에게 정략결혼을 강요했을 것이다. 충격을 받은 하나코는 지난달 자살했다. 그때부터 나는 오쿠로 가문에 대한 복수를 계획했다.

"하나코가 자살을……. 그랬군요. 전혀 몰랐어요."

노부코는 고개를 숙였지만 이제 와서 반성해 봤자 때는 늦었다.

"역시 제 생각대로였습니다."

덴카이치가 말했다.

"독이 든 초콜릿을 보낸 범인이 내부에 있다고 단언한 것은, 수사를 이용해 당신 자신이 이 집 안을 자유롭게 돌아다니기 위해서였습니다."

"그래, 맞네."

"이치로 씨가 초콜릿이라면 사족을 못 쓴다는 사실과 지하실의 존재 등은 딸에게 들어서 알고 있었던 거죠?"

나는 고개를 끄덕였다.

부하 형사들이 무거운 발걸음으로 내게 다가와서는 조심스럽게 수갑을 채웠다. 믿을 수 없다는 표정들이었다.

"어떻게 이런 일이."

돌연 덴카이치가 머리를 쥐어뜯기 시작했다.

"마침내 해 버리고 말았어. '내'가 범인이라는 흔하디흔한 패턴. 아무나 만들 수 있는 의외성. 멋도 없고 기교도 없는."

"너무 그러지 말게."

나는 그를 위로했다.

"이런 의외성에 푹 빠지는 팬들도 있어."

"그건 진정한 팬이 아닙니다."라고 그는 말했다. 그리고 다시 독자들을 향해 몸을 돌린 뒤 머리를 숙였다.

"죄송합니다. 이번 스토리는 불공정합니다. 언페어! 죄송합니다."

그때 문이 벌컥 열리며 남자 하나가 헐레벌떡 들어왔다. 콧수염을 기른 그 남자는 헉헉 가쁜 숨을 쉬며 주위를 돌아본 뒤 머리를 긁적이며 말했다.

"늦어서 죄송합니다. 다른 사건이 발생해서."

콧수염의 남자, 그는 오가와라 경감, 즉 나였다. 오가와라 경감이 내 쪽을 보더니 눈이 휘둥그레졌다.

"왜 그래요, 가네다 경감. 얼굴색이 안 좋네요."

11

목 없는 시체 ─ 해서는 안 될 말

네모진 1층을 제외하면 그 탑은 하얀 원주형이었다. 곳곳에 창문만 있고 탑의 옆면에 튀어나오거나 움푹 들어간 곳은 전혀 없다. 온기라고는 찾아볼 수 없는 건축물이다.

오랫동안 올려다보고 있으려니 목이 아파 왔다. 나는 오른손으로 목 뒤를 가볍게 탁탁 두드렸다.

"높이가 60미터나 되네요."

옆에서 부하 형사가 말했다. 그는 아직도 위를 쳐다보고 있다. 콧구멍 속으로 코털이 몇 가닥 보였다.

"직경은 6미터라고 합니다."

"등대라도 만들 생각이었나."

농담으로 말했는데 형사는 진지한 표정으로 고개를 저었다.

"아닐 겁니다. 이런 육지 한가운데에 등대를 만들어서 뭐 하겠습니까."

"아, 알았다. 화재 감시용 망루군."

"저, 주제넘은 말씀이지만, 요즘 시대에 화재 감시용 망루라니요."

아직도 내 말이 농담인 걸 눈치 채지 못한 모양이다.

"그러니까,"

나는 헛기침을 한 뒤 물었다.

"이 탑은 뭐하는 데 써먹는 거야?"

"이 건물 관계자에 따르면 명상하는 장소라고 합니다."

"명상, 웬 명상?"

"집주인 아메무라 씨는 인간 사회의 번잡함에 혐오감을 느끼곤 했다고 합니다. 그럴 때면 이곳에 올라 마음을 다잡았다는군요."

"흠, 부자들도 나름의 고민이 있나 보군."

주위를 둘러보니 탑의 남쪽에는 유럽의 귀족이라도 살 듯한 대저택이 있고, 북쪽은 나지막한 언덕이었다. 서쪽은 숲이고 동쪽은 전용 골프장. 이 모든 것이 아메무라의 저택 부지 내에 있다니, 돈은 몰리는 곳에만 몰리는 법인가 보다.

"어젯밤 아메무라의 저택에 있었던 사람은?"

"지금까지 파악한 바로는, 저택에서 마침 홈파티가 열려서 친척과 지인 23명이 있었다고 합니다."

"가자마 다이스케도 파티에 갔나?"

"아닙니다. 가자마는 가지 않았습니다. 그는 파티는 물론, 저택에도 들어가지 않았습니다."

"저택에 들어가지 않았다, 그게 무슨 뜻인가?"

"그러니까, 저택에 가지 않고 곧바로 이 탑으로 왔다는 얘
깁니다."

"흠."

다시 한 번 탑을 올려다봤다.

"일단 들어가 보지."

아침인데도 탑 내부는 어둑했다. 1층 입구로 들어서니 맞은
편 관리인실에서 깡마른 노인이 TV를 보고 있다. 노인은 우
리를 보자 서둘러 안경을 쓰고 가볍게 인사했다.

"저 사람이 가자마 씨를 목격했답니다."

형사가 말했다. 관리인에게 당시 상황을 물어보았다.

"가자마 씨가 여기 온 것이 밤 열 시쯤이었을 겁니다. 들어
와서는 아무 말 없이 바로 계단을 올라갔습니다. 가자마 씨는
이곳에 자주 오셨기 때문에 좀 늦은 시간이긴 했지만 크게 신
경 쓰지 않았습니다."

늙은 관리인은 자꾸 안경 위치에 신경을 쓰며 말했다.

"분명 가자마 씨였나요?"

내가 재차 확인했다. 아무래도 이 노인네의 시력에 믿음이
가지 않아서였다.

관리인은 불쾌한 표정을 지었다.

"가자마 씨였습니다. 틀림없어요. 며칠 전 안경도 새로 맞

쳤는걸요."

그러면서 관리인은 렌즈가 두꺼운 안경을 벗어 보였다.

"복장은?"

"검은색 턱시도였던 것 같습니다."

그렇다면 파티에 참석할 생각이었을까.

"가자마 씨보다 먼저 탑에 올라간 사람은 없었어요?"

"네, 없습니다."

노인이 단언했다.

"가자마 씨 다음에는요?"

"없습니다."

"틀림없어요?"

"틀림없습니다. 시간이 상당히 지났는데도 가자마 씨가 내려오지 않아 이상하다고 생각하고 있는데, 열두 시 반쯤 돼서 비서가 찾아왔습니다."

"아메무라 씨가 없어져서 찾고 있다고 했겠지요?"

"네, 사장님이 이곳에 왔느냐고 물었습니다. 사장님은 오시지 않았지만 가자마 씨는 위쪽에 계시다고 하니까 비서가 고개를 갸우뚱거리며 위로 올라갔어요."

"그래서 발견했단 말이죠?"

"그런 것 같습니다."

옆에 있던 형사가 대답했다.

"알았어. 하여간 올라가 보지. 엘리베이터는?"

"없습니다."

관리인이 대답했다.

"계단으로 가셔야 합니다."

"뭐, 60미터 높이를 계단으로 오른다고요?"

"예."

관리인이 끄덕였다.

나는 죄지은 표정으로 서 있는 형사를 흘낏 쳐다보고는 다시 관리인에게 눈을 돌렸다. 한숨이 절로 나왔다. 하는 수 없이 벽 안쪽을 따라 놓인 나선형 계단을 오르기 시작했다. 소유자인 아메무라조차 단번에 오르긴 벅찼던 듯, 계단 중간 중간에 의자가 놓여 있었다. 의자 위에는 창문들이 있었는데, 벽에 고정된 채 열리지 않는 것들이었다.

"가자마는, 헉헉, 탐험가였다면서."

숨을 헐떡이며 형사에게 물었다.

"네. 학학, 아메무라 씨는, 헉헉, 가자마의, 힉힉, 스폰서였습니다."

"왜, 핵핵, 아메무라가, 핵핵, 스폰서를?"

"두 사람은 고등학교 동창생으로, 그 인연으로, 그렇습니다, 캑캑."

비틀거리며 마침내 가장 높은 곳에 도착했다. 철문을 열고

밖으로 나가니 원형 전망대가 있었다.

"앗, 오가와라 경감님. 고생 많으십니다."

먼저 올라와 있던 부하가 인사를 했다. 그를 포함해 네 명의 수사 요원이 파란 비닐 시트를 둘러싸고 서 있다. 시트 한쪽 끝으로 구두를 신은 다리 두 개가 비어져 나와 있었다.

"피해자의 시신이군."

나는 누구나 알 만한 사실을 말했다.

"그렇습니다. 보시겠어요?"

부하가 물었다.

"그래야지. 시트를 벗겨 내게."

내 말에 부하들이 모두 어두운 표정이 되었다. 결국 한 사람이 엉거주춤 허리를 숙여 시트 한쪽을 잡은 뒤 확 열어젖혔다. 턱시도를 입은 시체가 그대로 드러났다.

"음……."

신음이 절로 나왔다. 기분이 나빠지긴 했지만 지금까지 시체를 수도 없이 봐 온 덕분에 구토를 하는 일은 없다. 다만 얼굴을 찌푸리는 것까지 피할 수는 없었다. 시체엔 머리가 없었던 것이다.

할 말을 잃은 채 서 있는데 등 뒤에서 발소리와 헉헉대는 소리가 들렸다. 돌아보니 덴카이치 다이고로가 예의 그 낡아 빠진 양복 차림으로 올라오고 있었다.

"하아, 후우, 앗, 오가와라 경감님."

나를 본 탐정은 반가운 표정을 지었다.

"뭐하러 왔나."

"뭐하러, 라니요. 일 때문 아니겠습니까? 목 없는 시체가 발견됐다지 않습니까. 앗, 저게 바로 그 시체로군."

시체를 발견한 덴카이치는 나를 밀치며 비닐 시트 쪽으로 다가섰다.

"우엑."

"흥, 뛰어난 탐정님도 이번에는 별수 없나 보군."

"그, 그러게요. 그런데 경감님, 피해자의 신원은 밝혀졌나요?"

"가자마 다이스케. 탐험가."

나는 관리인에게 들은 정보를 포함해 사건에 관한 세세한 내용을 덴카이치에게 설명했다. 경찰이 생초보 탐정에게 수사상 얻은 정보를 누설하는 것은 현실에서는 있을 수 없는 일이지만, 그런 원칙을 지키다가는 이야기에 진전이 없기 때문에 마구 얘기해 버리는 것이다.

"그랬군요. 그러면 수수께끼가 한두 가지가 아니네요."

덴카이치가 말했다.

"또 당연한 말만 하는군. 정황상 타살이라는 것은 분명해. 그런데 탑에 올라온 건 가자마뿐이야. 범인이 어디서 와서 어디로 사라졌느냐, 이게 우선 풀어야 할 수수께끼지."

"수수께끼는 또 있어요. 왜 범인이 목을 잘랐는가, 그리고 머리는 어디로 사라졌는가."

"본격 추리 소설 팬들이라면 군침을 질질 흘리겠군."

"소설을 위한 재료들은 모두 갖춰진 셈이지요."

나는 탑을 내려가 저택으로 향했다. 어젯밤부터 행방불명 된 아메무라에 대해 조사하기 위해서였다. 덴카이치도 내 뒤를 따라왔다.

우선, 시체를 처음 발견한 비서 기리노를 만나 보았다. 그는 마른 체형의 젊은 남성으로, 충격이 너무 큰 나머지 여태까지 자리에 누워 있었다고 한다. 3년째 아메무라의 비서를 하고 있다고 했다.

"어젯밤에 사장님 여동생의 생일 파티가 있었습니다. 참석 한 손님들은 대부분 열 시쯤 돌아가고 남은 사람은 여동생 부부와 절친한 친구 분들뿐이었습니다. 그분들은 이곳에서 묵으셨지요. 열 시 이후에 손님들은 각자의 방으로 돌아가거나 남아서 술을 좀 더 마셨습니다. 손님들이 사장님의 모습이 보이지 않는다고 말한 것은 밤 열두 시 조금 못 미쳐서의 입니다. 아무리 찾아봐도 안 계셔서 혹시나 하는 생각에 탑에 가 보았습니다. 하지만 설마 이런 일이 일어났을 줄이야……."

당시의 상황이 생각나는지 기리노의 얼굴이 더 창백해졌다.

"가자마 씨도 파티에 초대받았나요?"

"아니요. 가자마 씨가 오신다는 얘기는 못 들었습니다."

"마지막으로 아메무라 씨를 본 사람은 누구입니까?"

"그걸 잘 모르겠습니다. 하지만 열 시쯤 손님들을 배웅하던 모습은 모두들 기억하고 있습니다."

이때 덴카이치가 질문을 던졌다.

"그때 아메무라 씨의 복장은 어땠나요?"

"검은색 턱시도 차림이었습니다."

"그렇군."

탐정은 알겠다는 듯 머리를 끄덕였다.

그다음으로 아메무라의 여동생 부부를 차례로 만났다. 여동생 구모야마 유키코는 자신이 잘 알지도 못하는 탐험가가 죽은 것보다는 유일한 육친인 아메무라가 사라진 것이 더 큰 일이라고 여기는 듯했다. 오빠를 찾아 달라고 재촉하면서 이런 말을 덧붙였다.

"가자마 씨 살인 사건과 관련해 오빠를 의심하신다면 그건 큰 오해입니다. 오빠는 그런 짓을 할 사람이 아니에요."

"저희도 오빠를 의심하고 있지는 않은데, 왜 그런 말씀을 하시는 거죠?"

"그렇잖아요. 가자마 씨가 살해됐고 동시에 오빠도 사라졌으니, 오빠를 범인이라고 생각할 수도 있지 않나요."

나는 덴카이치를 봤다. 덴카이치는 복잡한 표정으로 머리를 숙인 채 쓴웃음을 짓고 있었다.

이어 만난 유키코의 남편 구모야마 고로는 네모난 얼굴에 성실해 보이는 남자로 몇 개의 회사를 경영하고 있다고 했다. 물론 레저 산업과 부동산으로 막대한 재산을 축적한 아메무라만큼 부자는 아닌 듯했다. 그에게 사건에 대해 짐작 가는 점이 없느냐고 물었다.

"없습니다. 저는 가자마 씨에 대해 잘 모르기도 하고."

그는 점잖은 목소리로 그렇게 말했다.

"경감님, 한 가지 마음에 걸리는 일이 있는데요."

구모야마 부부의 얘기를 듣고 난 후 저택을 나와 걸어가고 있는데 갑자기 덴카이치가 걸음을 멈추며 물었다.

"뭐야. 수사와 관련된 의견이라면 거절하겠네. 생초보 탐정의 지시를 받을 정도로 형편없는 경찰은 아니거든."

"수사와는 관계없는 얘기예요."

덴카이치가 고개를 저었다.

"소설의 흐름에 관한 건데요."

"무슨 불만이라도 있나."

나는 급히 소설의 세계에서 빠져나와 물었다.

"저는 어느 정도 해답이 엿보이는 트릭은 받아들일 수 있습니다. 하지만 이번 소설은 너무해요. 대부분 독자가 이미 눈치 채 버린 부분이 있습니다. 그걸 어떻게든 해결해야 합니다."

"하하, 그거 말이지."

"맞아요, 그겁니다. 이 시점에서 목 없는 시체가 가자마라 고 생각하는 독자는 성격이 너무 안이한 사람이거나 이 소설 을 제대로 읽지 않은 사람, 둘 중 하나입니다."

"그래."

나도 동의했다.

"시체가 아메무라라는 사실 따위는 초등학생이라도 이미 알아차렸겠지."

"목 없는 시체가 나오면 그 시체는 다른 사람의 것이라고 생각하는 게 추리 소설의 기본이죠. 범인과 피해자가 뒤바뀌 는 소설은 하늘의 별보다 많아요. 그렇게 뻔한 걸 정답이랍시 고 소설의 끝에 가서 거드름 피우며 밝히는 짓만은 절대로 하 고 싶지 않아요."

"우히히히히히."

나는 웃었다.

"그건 걱정 마. 요다음 단계에서 피해자가 아메무라라는 사 실을 밝히도록 되어 있어. 과학 수사를 우습게 보면 안 되지."

"그렇다면 안심이네요. 자, 이제 수수께끼의 알맹이는 아메 무라가 언제 탑 위에 올라갔는지, 누구에게 살해당했고 왜 목이 잘렸는지, 그리고 가자마 다이스케는 어디로 사라졌는지 등이 되겠군요."

"그렇겠지. 그중에서도 핵심은 역시 범인이 아메무라의 목을 자른 이유라고 할 수 있겠지."

"다른 수수께끼도 모두 그 한 가지 이유로 수렴되겠군요."

"범인이 시체의 목을 자르는 이유로는 어떤 것들이 있나?"

"목만 자르는 것은 시체를 모조리 토막 내는 것과는 의미가 조금 다르지요. 얼굴을 감춘다는 것이 가장 큰 이유일 겁니다. 완전히 감추는 것은 불가능해도 신원이 밝혀질 때까지 시간을 벌 수 있습니다."

"현실적이지만 흥미롭진 않군. 그게 이유라면 추리 소설 마니아들은 크게 실망할걸."

나는 얼굴을 찡그렸다.

"뭔가를 감추기 위해서일 수도 있습니다. 범인이 권총으로 피해자의 얼굴을 쐈는데 총알이 머리에 박혀 버렸다. 그래서 총알이 발견되는 것을 막기 위해 목을 베어 머리를 숨겼다든가……."

"그것도 나쁘진 않지만, 여전히 평범하군."

"그럼 이건 어떻습니까. 사람이 죽기 직전에 본 장면은 망막에 남겨진다는 이야기, 혹시 들으신 적 있나요?"

"아니, 없는데. 정말로 그렇다는 건가?"

나는 놀라서 물었다. 처음 듣는 얘기였다.

"아니요."

덴카이치가 한 치의 망설임도 없이 대답했다.

"하지만 그런 속설을 믿는 사람이 범인이라면 어떨까요. 죽이기 직전에 피해자가 자신의 얼굴을 봤다. 이대로 놔두면 범행이 들통 난다. 그래, 목을 잘라 버리자. 이럴 수도 있지 않을까요?"

"그걸 독자가 양해해 줄까?"

"글쎄요, 작가의 능력에 달렸겠죠."

"그렇다면 이번 소설에서는 그 트릭을 사용할 수 없어. 이 작가에겐 그만한 능력이 없거든."

"그렇죠?"

덴카이치가 히죽거렸다.

"의외로 단순한 이유 때문일 수도 있어. 단지 분위기를 엽기적으로 만들고 싶어서인지도 모른다네."

"만약 그런 식으로 결론 난다면 작가를 흠씬 두들겨 줄 겁니다."

우리들은 얼굴을 마주 보며 고개를 끄덕였다.

내가 덴카이치에게 예언했던 것처럼 시체는 가자마 다이스케가 아니라 아메무라 고이치로인 것으로 밝혀졌다. 줄곧 가자마의 시체라는 전제 아래 수사를 해 왔기 때문에, 수사를 처음부터 다시 시작해야 했다. 또 하나, 시체에서는 강력한 식물의 독이 검출됐다.

오빠가 살인 용의자로 지목될 것을 염려하던 여동생 구모야마는 돌연 피해자 가족으로 신분이 바뀌었다.

"이럴 수가……. 오빠가 살해당하다니. 더구나 저런 모습으로."

그녀는 남편에게 안긴 채 울음을 멈추지 않았다.

"시체는 보셨나요?"

내가 그녀에게 물었다.

"일부분만 봤습니다. 유감스럽게도 오빠가 맞아요. 요즘 갑자기 살이 쪄서 배가 더 나왔지만 오빠가 분명해요. 도대체 누가 이런 짓을."

"짐작 가는 사람이 없단 말이지요?"

"전혀요. 오빠가 원한을 살 만한 일을 할 리 없습니다."

그토록 돈 많은 부자가 원한 살 일을 하지 않았다는 말이 믿기지 않았지만, 구모야마 유키코가 히스테리를 일으킬 것 같아 잠자코 있었다.

처음에는 피해자로 보였던 가자마 다이스케가 이제는 거꾸로 용의자가 되었다. 수사 결과 아메무라가 가자마에 대한 지원을 중단하려 한 사실이 드러났다. 가자마가 이를 막기 위해 아메무라를 살해한 것으로 단정한 나는 경찰력을 총동원해 가자마 체포에 나섰다.

하지만 설사 가자마를 찾아낸다 하더라도 해결해야 할 문제는 한두 가지가 아니다. 그 후 계속된 수사에서 탑 부근의 땅에 혈액이 상당량 스며들어 있는 것이 발견됐다. 그리고 목을 자를 때 사용한 것으로 보이는 톱도 찾아냈다. 아마도 범인은 탑 아래에서 목을 자른 것 같았다. 그렇다면 목 없는 시체를 어떻게 탑 위까지 운반했을까, 그것이 의문이었다. 한 가지, 가자마가 탑에서 어떤 방법으로 모습을 감추었는지는 어느 정도 파악이 됐다. 가자마가 스카이다이빙 면허를 소유한 것으로 밝혀졌기 때문이다. 탐험가로서는 당연한 일인지도 몰랐다.

"아마 낙하산을 타고 탑에서 뛰어내렸을 거야. 그 시간에는 저택 내부를 제외하고 여타 부지 내에는 사람이 아무도 없었어. 유유히 도망치는 것도 어려운 일은 아니었겠지."

나는 수사 회의에서 이런 멋진 추리를 내놓았다.

"하지만 관리인에 따르면 가자마는 그렇게 큰 물건을 갖고 있지 않았다고 합니다."

풋내기 형사가 건방지게도 반론을 제기했다. 그는 또 다른 가능성을 제안했다.

"줄을 타고 내려온 것 아닐까요?"

"관리인의 증언은 믿을 수 없어. 최근 들어 안경을 새로 맞췄다고 했잖아. 그 전에는 거울에 비친 자신에게 인사를 할 정도로 눈이 좋지 않았다고 하더군. 더구나 탑 위에는 로프를 묶을 만한 곳도 없어. 역시 낙하산이야."

강력히 주장하고 있는데 형사 하나가 회의실로 뛰어 들어 왔다.

"큰일 났습니다."

"뭐야, 왜 난리야."

"가, 가, 가, 가자마의 시체가 발견됐습니다."

"뭐얏."

자리에서 튕겨나듯 일어나다가 나는 그만 정강이를 테이블 다리에 부딪히고 말았다.

가자마의 시체가 발견된 곳은 탑 서쪽에 있는 숲이었다. 나뭇가지에 줄을 걸어 목을 맨 채 숨겨 있었다.

"음, 가자마 녀석, 도망치기 힘들다고 판단해 자살했구먼."

가자마의 시체와 함께 비닐에 든 아메무라의 머리도 발견됐다. 머리를 발견한 젊은 경찰은 쉴 새 없이 토악질을 해 댔다.

"경감님, 저쪽 숲 속에 이런 것이 떨어져 있었습니다."

부하가 검은색 물체를 내밀었다.

"뭐야, 이거. 라디오 같은데."

"사건과 관계있는 것 아닐까요."

"관계없을 거야. 누군가 버린 거겠지."

"아니요, 관계가 아주 많아요."

뒤에서 목소리가 들려와 돌아보니 덴카이치가 지팡이를 돌리며 다가오고 있었다.

"자네, 수사에 방해되는데."

"방해할 생각 없습니다. 오히려 저는 이번 사건의 수수께끼를 풀어 드리려고 왔습니다."

"수수께끼를 푼다고? 미안하지만 보다시피 범인은 자살했고, 사건은 종결됐어."

"아니요. 진실은 아무것도 밝혀지지 않았습니다. 경감님, 죄송하지만 관련된 사람들을 모두 모아 주시겠습니까. 탑 아래, 시체 절단이 행해졌던 곳에서 만나지요."

사건 관련자들이 모두 모이자 덴카이치는 크게 심호흡을 했다. 드디어 우리는 이 소설의 클라이맥스에 다다랐다.

"우선, 아메무라 씨를 살해한 사람은 가자마입니다. 이것은 틀림없는 사실입니다. 가자마는 파티가 끝난 뒤 이 탑 옆에서 아메무라 씨와 만나기로 되어 있었습니다. 그리고 그에게 독을 먹여 살해했습니다. 그 후 가자마는 탑 속으로 들어가 관리인이 지켜보는 가운데 계단을 올라갔습니다."

"이봐, 시체를 그냥 놔둔 채로 말인가?"

내가 물었다.

"그렇습니다. 시체는 아래에 둔 채로. 그런데 여기서 한 가지 예상치 못한 일이 벌어지고 말았습니다. 관리인이 가자마를 알아본 것입니다. 가자마는 시력이 안 좋은 관리인이 자신을 알아보지 못할 것이라고 믿었지만 관리인은 새로 맞춘 안경을 쓰고 있었거든요."

"그랬지."

"다만, 가자마는 그런 사실을 알지 못했습니다. 미리 계산한 대로 탑 정상까지 올라간 뒤 시체를 기다렸습니다."

"시체를 기다리다니, 그게 무슨 소리야?"

"공범이 시체를 가지고 올라오길 기다렸던 것입니다."

"뭐, 공범이라고?"

나는 소리를 지르고 말았다.

"공범이 있었단 말인가."

"그렇습니다. 숲 속에서 발견된 가자마의 시체 옆에 작은 라디오 같은 것이 떨어져 있었지요? 그건 라디오가 아니라 무전기입니다. 가자마와 공범자는 탑의 위아래에서 무전기로 교신하고 있었던 것입니다."

"누구야, 그 공범자가."

나는 탑 밑에 모인 사람들을 하나하나 돌아봤다. 모두들 불안한 표정으로 서로를 바라보고 있었다. 덴카이치는 유키코

옆에 서 있던 남자를 가리켰다.

"공범자는 당신입니다, 구모야마 씨."

"뭐라고요?"

유키코가 소리를 질렀다.

"뭐, 뭐라고? 당신 대체 무, 무슨 말을 하는 거야."

구모야마는 얼굴 근육을 부들부들 떨었다.

"이미 다 알아냈습니다. 당신네 회사는 최근 경영난에 빠졌죠. 당신이 의지할 곳은 처남인 아메무라 씨뿐이었어요. 하지만 요즘 와서 아메무라 씨는 당신을 멀리했죠. 당신에게 애인이 있다는 사실을 알게 되었기 때문입니다."

"뭐욧?"

유키코의 눈이 날카로워졌다.

"당신, 정말이야?"

"마, 말도 안 돼. 그럴 리가 있겠어?"

"하지만 유감스럽게도 사실입니다. 아메무라 씨가 친한 친구에게 당신의 불륜을 얘기한 적이 있습니다. 아메무라 씨는 여동생 유키코와 당신을 이혼시키는 방법도 생각하고 있었습니다. 그렇게 되면 당신은 위기에 빠지겠죠. 이를 타개할 방법은 오로지 하나, 아메무라 씨를 죽이는 것뿐이었습니다. 그래서 자신과 처지가 비슷한 가자마와 손을 잡았던 것입니다."

"아니야, 거짓말이야. 이건 모략이라고."

구모야마가 울부짖었다.

"탐정님, 제 남편이 대체 무슨 일을 했다는 말인가요?"

유키코는 감정을 억누르며 물었다.

"구모야마 씨는 무전기로 가자마의 연락을 받자 자신의 차를 타고 탑 뒤편, 즉 이곳까지 왔습니다. 그리고 아메무라 씨의 시체를 찾아내어 탑 위로 옮길 준비를 했습니다."

"그래, 바로 그 점이야."

내가 끼어들었다.

"그 무거운 시체를 어떻게 탑 위까지 운반했단 말인가?"

"방법은 간단했습니다. 이걸 사용했던 겁니다."

덴카이치가 옆에 있던 자동차 트렁크를 열었다. 그 속에는 여러 겹으로 접힌 고무 시트와 함께 큼직한 가스통이 놓여 있었다. 덴카이치가 시트를 펼치자 그것은 거대한 원형이 됐다. 아니, 원형이라는 표현은 적절치 않다. 공을 찌그러뜨린 형태라고 하는 편이 옳다.

나도 모르게 헉, 소리가 나왔다.

"혹시 저것은……."

"그렇습니다. 거대한 풍선입니다. 이건 가자마가 다음번 탐험에 사용하려고 고무 회사에 주문해 둔 것 중 하나입니다. 범행에 사용한 것도 같은 것이었을 겁니다."

그러면서 덴카이치는 풍선 끝에 붙어 있는 고리를 내 바지

벨트에 걸었다.

"아, 뭐하는 거야."

"구모야마 씨는 이렇게 시체의 벨트에 풍선을 걸었습니다. 그리고 풍선에 헬륨을 주입했습니다."

덴카이치가 가스통 밸브를 열자 가스가 튜브를 통과해 풍선 속에 차오르기 시작했다. 점점 커져 가던 풍선은 마침내 하늘로 둥실 떠올랐다. 덴카이치는 계속해서 가스를 주입했고 마침내 부풀어 오른 풍선이 내 몸을 끌어 올리기 시작했다.

"사, 살려 줘!"

서 있는 것조차 힘들어진 나는 손발을 파닥거렸다.

"이제 아셨죠. 이런 방법으로 시체를 공중에 띄운 겁니다. 하지만 그냥 띄우면 바람을 따라 멋대로 날아가 버리기 때문에, 아마도 탑 위에서 가자마가 끈을 내려 거기에 시체를 묶었던 것 같습니다. 가자마는 시체가 떠오르자 그것을 자기 쪽으로 잡아당겨 탑 위에 내려놓은 뒤 이번에는 자신이 풍선을 타고 탈출했습니다."

"그런 거였군."

나는 상당히 거북한 표정으로 말했다.

"그런데 목은 왜 자른 건가?"

"그건 처음에는 계획에 없었습니다. 애초의 계획은 아메무라 씨의 시체를 탑 위에 올려놓는 것으로 끝이었습니다. 아까 말씀드렸듯이 범인들은 관리인이 탑 위로 올라간 사람의 얼굴을 구별하지 못할 거라고 생각했기 때문이죠. 당초 계획대로 범행이 진행됐다면 어떻게 됐을까요. 경찰은 탑으로 올라간 사람이 아메무라 씨이고, 그가 탑 위에서 자살했다고 생각하지 않았을까요."

"그랬겠지. 아메무라 씨가 고민거리가 생길 때마다 탑에 올라가곤 했다는 건 모두들 알고 있는 사실이니 말이야. 음. 정말 천재적인 악질이군. 하지만 왜 목을 잘랐는지 갈수록 의문인데."

"그게 핵심입니다. 주범인 가자마는 그런 식으로 범행을 저지를 계획이었습니다. 그런데 공범 구모야마가 가자마를 배신했습니다. 시체의 목을 잘라 버리면 자살설은 사라집니다. 그러고 나서 가자마를 죽여 버리면 모든 죄를 가자마가 뒤집어쓰게 되는 거죠. 아메무라 씨가 사라진 시점에서 구모야마에게 유일한 방해 요소는 가자마였습니다."

"아닙니다. 그렇지 않아요."

난동을 부리는 구모야마를 경찰이 진압했다.

"우겨도 소용없어요. 당신 집을 수색하면 금방 드러날 겁니다. 아마도 가스통이나 풍선이 나오겠지요."

"그래, 빨리 수색을 시작하도록."

나는 풍선에 매달린 채 지시했다.

"당신, 도대체 무슨 짓을 한 거야. 이 살인마야, 우리 오빠를!"

겨우겨우 평정을 유지하던 유키코가 소리소리 지르다 그대로 실신했다.

"아니에요. 제가 죽인 게 아닙니다. 전 그 누구도 죽이지 않았어요."

구모야마가 흐느끼면서 주장했다.

"그만 하시지. 아메무라 씨를 직접 죽인 사람은 물론 가자마지만 그 가자마를 죽인 사람은 당신이야."

"아니라니까요. 그 녀석이 타고 가던 풍선이 착륙에 실패해 줄이 나뭇가지에 걸렸는데, 재수 없이 그 줄에 목이 걸려 죽은 겁니다. 제가 갔을 때는 이미 숨이 끊어져 있었어요. 불가능하다는 것을 알면서도 풍선을 타고 도망치다 그렇게 된 겁니다."

"줄이 나뭇가지에 걸렸다고? 그런 말도 안 되는."

덴카이치가 눈썹을 치켜떴다.

"정말이에요. 제발 믿어 주세요."

"그럼 왜 아메무라 씨의 목을 자른 건가."

내가 물었다.

"가자마에게 모든 죄를 뒤집어씌우려던 거 아니야?"

"아니라니까요. 목을 자른 건, 불가피한 사정이 있어섭니다."

"그게 뭔데?"

"저, 사실은,"

구모야마는 흐르는 눈물 콧물을 옷소매로 닦은 뒤 말했다.

"뜨지 않아서요."

"뭐라고?"

"뜨지 않았어요. 헬륨을 아무리 넣어도 시체가 뜨지 않았습니다. 체중을 다 계산해서 준비했다고 생각했는데, 처남의 몸무게가 최근에 급격히 늘어났다는 사실을 몰랐던 거죠. 가스를 더 넣었다간 풍선이 터질 지경이었습니다. 그때 저는 말할 수 없이 초조했습니다."

"혹시, 그래서……."

덴카이치가 불안한 듯 말했다.

"그렇습니다. 인체에서 가장 무거운 부분이 어딘가 생각하다가 그만."

"음……."

"음……."

나와 덴카이치는 한참을 그저 신음만 했다. 그러다 덴카이치가 뭔가 생각난 듯한 표정으로 물었다.

"하지만, 그렇다면 왜 톱을 갖고 갔나. 이상하잖아."

"아, 그건 말이죠, 마침 자동차 트렁크에 들어 있었습니다. 운 좋게도 말이죠."

"운이 좋긴 뭐가 좋다는 거야."

마침내 덴카이치가 폭발했다.

"이런 적당주의자 같으니라고. 당신은 매사를 그렇게 적당적당히 처리하나!"

"하지만,"

구모야마가 덴카이치를 흘끗 본 뒤 내 쪽으로 얼굴을 돌리고는 머리를 긁적이며 말했다.

"적당주의는 트릭 소설에 늘 나오는 것 아닌가요?"

"앗."

"헉."

덴카이치의 얼굴색이 변했다. 아마 내 얼굴도 마찬가지였을 것이다.

"무, 무, 무, 무슨 말이얏."

목소리가 떨렸다.

"이런 무례한."

"건방지게."

"그런⋯⋯."

"해서는 안 될 말을."

우리들은 구모야마의 머리통을 사정없이 쥐어박기 시작했다.

12

흉기 이야기 — 살인의 도구

캔 맥주를 마시며 〈오니헤이한카초〉(이케나미 쇼타로가 지은 무협소설의 제목─옮긴이)를 읽다가 졸려서 잠자리에 들었다. 막 잠이 들려고 할 때 노크 소리가 나서 스탠드를 켜고 시계를 보니 새벽 한 시를 지나고 있다. 머리를 긁적이며 문으로 갔다.

"누구세요?"

"죄송합니다. 마치다입니다."

문을 여니 마치다 세이지가 미안한 표정으로 서 있다.

"마치다 씨, 이 시간에 웬일로."

"엄청난 사건이 발생했습니다. 어쩔 줄 몰라 하고 있는데, 집사람이 오가와라 경감님과 상의하는 것이 좋을 것 같다고 하더군요. 저……, 그러니까 오가와라 선생님은 도쿄의 유명한 경감님이라고 들었습니다."

"아니, 뭐 별로 유명한 건 아니고. 그런데 엄청난 일이란 게 뭔가요?"

"그게……."

마치다는 마른침을 삼킨 뒤 말했다.

"저희 형이 죽었습니다."

나도 모르게 온몸이 쫙 펴지며 2센티미터쯤 위로 튀어올랐다.

"뭐라고요, 어딥니까?"

"안마당입니다. 와 주실 수 있나요?"

"물론입니다. 우선 옷 좀 갈아입고요."

침대로 가서 폴로셔츠와 바지를 갈아입으며 속으로 투덜거렸다.

'이거 참 짜증나네. 쉬러 와서까지 사건에 휘말리다니. 재수가 없으려니 원.'

옷을 다 갈아입은 나는 마치다를 따라 계단을 내려갔다.

나의 유일한 취미는 여행이다. 그래서 수사가 일단락되고 운 좋게 연휴를 얻으면 홀연히 야간열차를 타고 여행을 떠난다.

이번 연휴에는 이분도게라는 곳을 찾았다. 주위가 온통 산으로 둘러싸인 곳인데, 그 산들이 아주 높지는 않아도 만만한 높이들은 아니다. 그래서 외부에서 식재료를 싣고 오는 트럭도 일주일에 한 번밖에 들르지 않을 정도였다. 일반 관광객은 거의 찾아볼 수 없고 이곳에 있는 유일한 산장의 고객이라고는 모두 단골들뿐이다. 그들은 이렇게 세상과 격리된 환경을 사랑하는 사람들처럼 보였다.

나 역시 이 '로노지칸' 산장의 단골이다. 밤낮으로 수사에 시달리다 보면 문득 이런 곳에서 나 자신을 세탁하고 싶어지는 법이다.

이 산장은 원래 세이이치로라는 사람이 별장으로 지은 것이라고 한다. 그런데 교통이 불편해 자주 이용하지 못하게 되자 잘 지은 별장을 놀리는 것이 아까워 동생 부부를 관리인으로 내세우고 운영해 온 것이다. 그 동생이 바로 마치다였다.

아마 로노지칸이라는 산장 이름이 기이하다고 생각하는 독자도 적지 않을 것이다. 하지만 영어 '로지(lodge. 산장)'의 발음에서 따온 이름은 아니다. 이 건물을 위에서 보면 가타카나의 '로(ㅁ)' 자로 보이기 때문에 그렇게 지은 것이라고 들었다. 한가운데에 안마당이 있고, 그 안마당을 네모 모양으로 둘러싸는 듯한 형태로 방이 들어서 있었다. 1층에는 관리인 부부의 방과 식당, 라운지 등이 있고 2층에는 손님용 방이 여덟 개 있다. 3층에도 방이 있지만 그 방은 별장 주인이 왔을 때만 사용한다고 한다.

마치다 세이지와 함께 1층으로 내려가 보니 어둑한 라운지에 놓인 의자에 누군가가 앉아 있었다. 혹시 저것이 시체인가 생각했지만 아니었다. 그 그림자가 내 쪽을 돌아봤던 것이다.

"야스코, 그사이 별일 없었지?"

마치다가 물었다.

"네."

야스코가 고개를 저으며 대답했다. 그러고는 나를 바라보며 "정말 난처한 일이 생겨 버렸네요."라고 말했다.

"세이이치로의 시체는요?"

"저깁니다."

마치다가 플래시를 비추자 거기서 흘러나온 빛이 먼 곳을 향했다. 빛이 가는 곳을 따라 시선을 옮기니 그 끝이 안마당에서 멈춰 있었다. 유리창 너머로 관엽 식물들과 그 옆에 쓰러져 있는 한 남자가 보였다. 벗어진 머리에 스모 선수를 연상시키는 뚱뚱한 몸집. 그건 분명 마치다 세이이치로였다. 그가 입은 파란 가운의 곳곳이 검게 물들어 있었다. 아마도 피가 묻은 듯했다. 잘 살펴보니 주위에 유리 파편도 흩어져 있다. 사망했음을 한눈에 알 수 있었다.

"누가 시체를 발견했습니까?"

부부에게 물었다.

"접니다."

마치다가 대답했다.

"산장을 둘러보다가 발견했습니다."

"몇 시쯤이었죠?"

"그러니까 그게……."

그는 자신의 손목시계에 플래시를 비췄다.

"한 시쯤이었던 것 같습니다."

"무슨 소리라도 들었습니까?"

"아니요."

"한 시 이전에는 언제 이곳을 지나갔나요?"

"열두 시쯤입니다. 그때는 아무것도 없었습니다. 한번 휙 둘러보고 나서 보일러를 점검했는데, 돌아가다 보니……."

시체가 있었다는 말인 듯했다.

"좀 더 살펴봐야겠는데, 안마당으로 들어갈 수 있나요?"

"물론입니다."

마치다는 허리춤에 찼던 열쇠 꾸러미를 빼 들고 복도 쪽으로 걸어갔다. 안마당과는 유리창으로 격리돼 있었는데, 그 한쪽 끝에 알루미늄 섀시 문이 있었다. 마치다가 열쇠로 문을 열었다.

"두 분은 여기 그대로 계십시오."

나는 마치다에게 플래시를 빌려 안마당으로 들어갔다.

세이이치로는 수영의 배영 자세로 쓰러져 있었다. 가운이 열려 있어 불룩한 배가 그대로 드러났다.

언뜻 보기에 외상은 모두 세 곳이었다. 가슴, 오른쪽 넓적다리, 왼 손바닥. 세 군데 다 예리한 칼로 찔린 것 같은 자국이 나 있었는데 특히 왼 손바닥은 관통된 모습이었다.

"잔인하군."

머리 위에서 목소리가 들려 움찔하며 올려다보니 2층 난간 뒤로 덴카이치가 이쪽을 내려다보고 있었다.

"아니, 자네 언제부터 거기……."

"그렇게 떠들썩하게 수사하시니까 대체 무슨 일이 일어났는지 궁금해서 나오게 된 겁니다."

"뭐야? 방으로 들어갓."

"무슨 말씀을. 그렇게는 안 되지요. 저 지금 내려갑니다."

덴카이치의 얼굴이 금세 난간에서 사라졌다. 아, 저 골칫덩어리, 나는 그런 표정을 지어야 했다. 또 생초보 탐정이 막무가내로 덤벼들려고 한다.

이런 외딴 산장에 덴카이치 다이고로가 있다는 사실에 놀라지는 않았다. 그도 그럴 것이 그와 이곳에 함께 왔기 때문이다. 내가 이 산장에 묵을 것이라는 정보를 어디선가 듣고 찾아와서는 자기도 꼭 한번 가 보고 싶었다며 데려가 달라고 떼를 쓰는 바람에 하는 수 없이 같이 온 것이다.

"칼에 찔려 죽었군요."

덴카이치가 그렇게 말하며 안마당으로 들어섰다.

"흉기는 발견되었나요?"

"없어. 이 주위에 놓아둔 것 같지는 않아."

나는 주위를 플래시로 이리저리 비추며 말했다.

"살인 현장은 어딥니까?"

"잠이 덜 깬 거야 뭐야. 당연히 여기지. 이 피가 튄 모습을 좀 보라고. 이건 위장이 아니야."

"그럴지도 모르겠네요."

덴카이치는 팔짱을 낀 채 뻥 뚫린 하늘을 올려다봤다. 그리고 걱정스러운 듯 바라보고 있는 마치다에게 질문을 던졌다.

"문들은 다 잠겨 있습니까? 열린 곳은 없나요?"

"다 잠겨 있습니다. 아까 둘러봤을 때, 비상구와 현관 모두 잠겨 있었습니다."

"열쇠는 어디 있었습니까?"

"저희 방에요."

"하지만 형 세이이치로 씨도 열쇠를 갖고 있었겠지요, 오너니까?"

"아니요. 형은 귀찮다며 열쇠를 갖고 다니지 않았습니다. 자기 방 열쇠만 지니고 있었어요."

"그래요?"

덴카이치는 재미있게 됐다는 듯 빙긋 웃었다.

"저, 이제 어떻게 해야 하나요?"

마치다가 걱정스러운 듯 묻는다.

"그야 뻔하지요. 빨리 경찰에 신고하세요."

내가 말했다.

"아, 네, 네."

마치다는 비틀거리며 라운지를 지나 신고를 하러 갔다.

이어 마치다의 부인 야스코가 얼굴을 내밀었다.

"다른 손님들에게 알리지 않아도 될까요?"

덴카이치 쪽으로 고개를 돌리자 그는 내게 다가와 귓가에 대고 "범인이 이 산장에 있는 것이 확실합니다."라고 속삭였다. 나는 야스코에게 말했다.

"손님들을 모두 깨우십시오. 그리고 라운지로 모이라고 하세요."

그날 로노지칸 산장에는 나와 덴카이치 외에 다섯 명의 투숙객이 더 있었다. 회사원 미야모토 오사무와 약혼녀 사토 리카, 수필가 A, 일본 일주 여행 중인 학생 B, 그리고 화가 C. 이 중에서 사건과 관련됐을 가능성이 있어 보이는 사람은 미야모토뿐이었다. 그가 근무하는 회사가 바로 세이이치로가 경영하는 제약 회사였기 때문이다. 세이이치로는 이 산장을 회사의 연수원으로도 사용하고 있었고 사원들도 가끔 이 산장을 이용했다고 한다. 사토 리카는 미야모토의 약혼녀이므로 간접적으로 관련이 있으니 주요 등장인물에 포함시켜도 좋을 것이다. 남은 A, B, C는 분명, 작가가 독자들을 교란하기 위해 등장시킨 인물일 것이다. 소설의 핵심 내용과는 관계없는 인물들로, 그런 사실은 독자들도 한눈에 알 수 있을 테니까 없는 편이 낫다고 생각할 수도 있지만, 투숙객이 너무 적으면 상황이 부자연스러울 것이라고 생각한 작가가 억지로 출연시켰음에 틀림없다. 이런 인물들은 이름을 붙일 가치도 없기 때문에 그냥 알파벳으로 처리해 버린 것이다.

아 참, 알파벳을 사용해야 하는 인간은 몇 명 더 있다. 요리사 E, 그리고 아르바이트 종업원인 F와 G. 그들은 별채에 묵고 있어서 범행이 물리적으로 불가능하다는 정도로 정리해 두겠다.

이들 외에 또 한 사람의 투숙객이 있었다. 세이이치로의 젊은 연인 모모카와 요시미. 세이이치로는 10년 전 부인과 사별한 바 있다. 요시미는 3층의 주인 전용실에서 세이이치로와 함께 묵고 있었다.

당연히 가장 의심스러운 사람은 모모카와였다. 나와 덴카이치는 그녀를 별실로 따로 불러 자세한 얘기를 듣기로 했다.

"세이이치로 씨가 이곳에 온 뒤 특이한 점은 없었습니까?"

"전혀 없었어요. 섹스도 힘이 넘쳤는걸요."

모모카와는 그런 얘기를 아무런 거리낌 없이 했다.

"잠자리에 들기 전에는 무슨 얘기를 했나요?"

덴카이치가 물었다.

"좋아하는 음식 얘기하고, 반지를 사 주겠다는 얘기요."

그러고는 이내 얼굴을 찌푸렸다.

"그런데 죽어 버렸으니, 반지는 못 받게 되는 거겠죠."

"세이이치로 씨는 바로 잠들었나요?"

덴카이치가 질문을 계속했다.

"글쎄요, 잘 모르겠어요. 내가 먼저 잠들어 버렸으니까. 아, 하지만 왠지 시간에 신경을 쓰는 것 같았어요. 자꾸만 시계를 들여다보더라고요."

"시계를?"

덴카이치가 나를 보며 고개를 갸우뚱거렸다.

모모카와가 나가자 나는 한숨을 쉬며 말했다.

"그녀가 맡은 캐릭터를 볼 때 범인은 아니야. 그런데 후원자가 죽었는데도 전혀 슬퍼하는 것 같지 않아. '비즈니스 라이크'한 관계였기 때문이겠지?"

"아니오, 치밀하게 계산된 연기일 수도 있습니다."

덴카이치가 내 말에 반론을 폈다.

"지나치게 슬퍼하면 오히려 의심받을 것이라고 계산했을 가능성도 충분히 있습니다."

"흠, 그렇게까지 머리가 좋아 보이지는 않는데."

나는 헛기침을 두어 번 한 뒤 목소리를 낮춰 말했다.

"그런데 이번 사건은 어떤 범주에 드나?"

"아, 그거요?"

덴카이치가 히죽거렸다. 소설 주인공의 얼굴에서 구경꾼의 표정으로 바뀌었다.

"글쎄요, 뭘까? 덴카이치 시리즈도 한 회 한 회 거듭되면서 서서히 아이디어가 고갈되어 가는 것 같네요."

"이봐, 잘난 체하지 말라고. 다 알면서. 역시 폐쇄 공간에서의 범인 찾기인가?"

"그런 요소도 있지만 핵심 트릭은 다른 것일 거예요. 범인이 누구건, 의외의 인물이 될 가능성은 그리 많지 않으니까요."

"핵심 트릭 말이군. 그러니까 시체가 사방의 문이 열쇠로 잠긴 안마당에서 발견됐으니 역시 그…… 뭐랄까, 자네가 싫어하는……."

나는 말을 하다가 말고 입을 다물었다.

"밀실 트릭은 아닙니다."

덴카이치가 노골적으로 언짢은 표정을 지었다.

"1층에서 보면 안마당이 유리창으로 막혀 있지만 2, 3층에서는 완벽히 열려 있다는 걸 잊지 마시길."

"그랬었지. 시체가 발견된 장소가 기발하기는 해도 불가능 범죄라고 하기는 힘들지. 그렇다면 핵심 트릭이 뭘까?"

"아마도,"

덴카이치가 집게손가락을 치켜세웠다.

"흉기겠지요."

"흉기?"

"경감님은 왜 범행 현장에 흉기가 없다고 생각하시나요?"

"흉기를 보면 범인이 누구인지 알 수 있기 때문 아닐까?"

"네. 흉기가 의혹을 풀어 줄 최대의 실마리이기 때문이죠. 반대로 흉기가 발견되지 않으면 수사는 미궁으로 빠집니다. 어떻게 살해했는지 설명하지 못하면 아무리 의심스러워도 체포할 수 없지요."

"그럼 이번 사건에선 흉기를 찾아내기가 힘들겠는걸."

"그럴 겁니다. 그걸 추리해 내는 것이야말로 이번 소설의 주제입니다."

"휴우."

나는 깊은 한숨을 쉬었다.

"이번 소설은 칼로 살해한 사건이야. 손과 발, 가슴의 세 곳 모두 날카로운 것에 찔렸어."

"과도나 가느다란 식칼 같은 것 말이죠. 하지만 실제로 그런 흉기일 가능성은 적습니다."

"거기에 범인의 작전이 숨어 있겠군."

"그렇습니다."

그런 얘기를 나누고 있는데 마치다가 나타났다.

"저, 경찰이 도착했습니다."

"마침내 왔군."

나는 자리에서 일어났다.

10여 명의 수사 요원을 지휘하는 사람은 유행에 한참 뒤처진 양복을 입은 경찰서장 다니야마로, 얼굴에 촌티가 줄줄 흐르는 인물이었다. 그가 만면에 아첨 가득한 미소를 지으며 내게 다가왔다.

"아이고, 도쿄의 경감님이 와 계신다는 얘기를 듣고 안심했습니다. 이런 깡촌에는 사건다운 사건이 일어난 적이 없어서요. 더구나 살인 사건은 경찰서가 생긴 이래 처음입니다. 솔직히 아무런 대책도 없이 달려왔습니다."

"그럼 제가 지원해 드리는 형식으로 수사에 참여해도 상관없을까요?"

"아이고, 그렇게만 해 주신다면야. 지원이 아니라 마음껏 지시를 내려 주십시오. 하여간 이런 사건, 저는 처음입니다."

굳이 설명할 필요도 없겠지만, 현실 세계의 경찰은 이렇지 않다. 예를 들자면 경찰은 자신의 관할 구역을 벗어나면 일반인과 신분이 같아진다. 더구나 경감 따위는 지방 공무원에 불과해서 수사에 조금이라도 개입할라치면 꺼지라는 현지 경찰의 호통을 듣게 된다.

하지만 그런 식으로 현실에 충실하다가는 소설이 한 발자국도 앞으로 나아갈 수 없다. 그래서 다니야마 서장의 요청을 받아들여 내가 지시를 내리게 된 것이다.

"우선 산장 내부를 철저하게 조사해 주십시오. 범인은 아직 이 산장을 벗어나지 못했을 겁니다. 또, 어딘가에 흉기도 있을 거고요."

"흉기 말이죠. 알겠습니다."

다니야마는 서둘러 부하들에게 숙박객의 방부터 조사하라고 지시했다.

그로부터 두 시간이 지난 시각. 덴카이치의 예상대로 흉기는 나오지 않았다.

"가장 유명한 흉기 트릭은 역시 얼음으로 만든 단검이지요."

관리인실에서 커피를 마시며 덴카이치가 말했다.

"혹은 드라이아이스 단검. 시간이 지나면 녹아 사라진다는 이점이 있죠. 이번 사건에서도 우선 그 트릭을 염두에 둬야 합니다."

"드라이아이스는 아닐걸. 산장에 오기 전부터 준비해 가지고 와야 하는데, 범행을 저지를 때까지 언 상태를 유지하기가 힘들 거야. 방에 냉장고가 있으니 얼음 칼이라면 가능할 수도 있지."

"하지만 얼음은 녹아 물이 되고 시체의 옷도 젖게 되지요."

"음, 세이이치로의 가운은 젖어 있지 않았어. 그러니 얼음은 아니군."

"골치 아프게 됐네요. 흉기가 대체 어디로 사라진 걸까요."

말은 그렇게 했지만 덴카이치는 즐거운 것 같았다.

"얼음이나 드라이아이스 외에 또 어떤 흉기 감추기 트릭이 있나?"

"유리 단검도 있습니다. 물속에 던져 버리면 찾기가 쉽지 않지요. 단검에 철사를 달아 화살처럼 쏴서 죽인 뒤 철사를 당겨 칼을 회수하는 트릭도 있었습니다. 원격 살인 트릭이지요. 그리고 소금으로 총알을 만드는 트릭도 있습니다. 피해자 몸에 박힌 총알은 그대로 녹아 혈액에 흡수됩니다. 하지만 현실적으로 가능한지는 의문입니다. 007 시리즈 〈뷰 투 어 킬〉에서 본드가 진짜 총알 대신 소금 총알을 쏘는 장면이 있는데, 소금이 날아 흩어져서 상대에게 그리 큰 타격은 주지 못했어요."

본격 추리 소설의 탐정이 스파이 소설 주인공의 이름을 언급하다니, 나는 조금 황당했다.

"칼로 국한하지 않을 경우 흉기 트릭은 꽤 다양하겠군."

"그럼요, 많아요. 기계적인 트릭이란 것은 대체로 이 범주에 포함됩니다. 미국 추리 소설 작가인 존 딕슨 카가 애용했지요."

나는 "제목은 잊어버렸지만……"이라고 전제한 뒤 "흉기를 먹어 버림으로써 은폐하는 트릭도 있었어."라고 말했다.

"식품이 흉기였던 거지."

"네, 있었지요. 대표작이라 할 만한 것이 일본과 다른 나라에 각각 하나씩 있어요. 둘 다 거장으로 불리는 작가의 단편이었고, 함정까지 같았죠. 다만, 사용된 식품에서 음식 문화의 차이를 엿볼 수 있어 흥미로웠습니다."

"이런 식의 트릭은 앞으로도 효과가 보장돼 있다고 봐야 하지 않을까?"

내 말에 덴카이치는 동의할 수 없다는 표정을 지으며 고개를 삐딱하게 기울였다.

"글쎄요. 앞으로도 새로운 소도구가 등장하겠지요. 하지만 하이테크 기계를 사용하는 복잡한 트릭의 경우 감동이나 충격은 오히려 줄어들지 않을까요?"

"그럴지도 모르지. 리모컨으로 조작하는 나이프 따위가 등장하면 흥미가 반감될 거야."

"발상의 전환이 만들어 내는 트릭이야말로 우리 탐정들의 입장에서는 도전할 만한 가치가 있고 보람도 크지요."

"그럼, 그럼. 문명의 발달과 함께 우리들 본격 추리 소설의 등장인물들도 활동의 폭이 좁아지고 있어."

한숨을 내쉬는데 문을 두드리는 소리가 들렸다. 열어 보니 다니야마 서장이 서 있었다.

"모두 라운지에 집합시켰습니다."

"아, 그래요."

나는 앉아 있는 덴카이치를 향해 말했다.

"자, 가지."

"예, 가시지요."

그도 자리에서 일어났다.

"명탐정이 수수께끼를 풀어 가는 장면 따위는 앞으로 점점 줄어들 거예요. 뭐, 어쨌건 우리 같은 사람들은 소설의 재미를 유지하기 위해 최선을 다하는 수밖에 없겠지요."

"자……."

투숙객들이 지켜보는 가운데 덴카이치가 입을 열었다.

"무엇보다 먼저 생각해야 할 것은, 범인이 어떤 방법으로 세이이치로를 살해했느냐 하는 점입니다. 이것만 밝혀낸다면 범인이 누군지는 저절로 드러나게 돼 있습니다."

"아 참, 약 올리지 말고 빨리 말하세요."

모모카와가 입을 뾰쪽하게 오므리며 말했다.

"약 올린 적 없는데요."

덴카이치가 집게손가락을 까딱, 흔들었다.

"당신은 세이이치로 씨가 시간에 신경 쓰는 모습을 보았다고 했지요."

"그래요. 연거푸 시계를 보던걸요."

"그건 누군가와 만날 약속이 있었다는 의미입니다. 모모카와 당신이 잠든 걸 확인한 뒤 그 사람의 방을 찾아간 겁니다."

"그게 누굽니까?"

미야모토가 물었다.

덴카이치는 "아, 아." 하며 달래는 듯한 손짓을 했다.

"그 방 안에서 어떤 일이 벌어졌는지는 모르지만, 아마도 범인은 처음부터 세이이치로를 살해할 계획이었을 겁니다. 그래서 틈을 보아 흉기를 끄집어낸 후 그의 가슴을 찌른 것입니다. 시체 상태로 판단컨대 피해자는 즉사한 것으로 보입니다. 하지만 범인은 그것만으로는 성에 차지 않은 듯 제2, 제3의 흉기로 손과 발을 또 찔렀습니다."

"제2, 제3이라고? 그러면 범인은 흉기를 세 개나 준비하고 있었다는 말인가?"

"그렇습니다."

"왜죠?"

"하나만 준비해서 찔렀다가 죽지 않을 경우 흉기를 빼내어 다시 찔러야 하기 때문이죠. 하지만 흉기를 뽑으면 피가 뿜어져 나와 사건 현장은 피범벅이 될 겁니다. 그래서 만일에 대비해 두 개를 여분으로 준비해 뒀던 것입니다."

"칼을 뽑지 않으면 피가 많이 나오지 않는다는 얘기는 저도 들은 적이 있어요."

마치다가 무릎을 치며 흥분했다.

"그렇다면 흉기 세 개는 모두 시체에 박혀 있었습니까?"

"그렇습니다. 범인은 그 상태의 시체를 방 밖으로 운반해 산장 가운데의 빈 공간인 1층 안마당으로 던진 것입니다."

"오!"

여기저기서 감탄사가 터져 나왔다. 피투성이가 된 장면을 연상했는지 마치다와 야스코는 동시에 얼굴을 찡그렸다.

"그렇다면 그 흉기는 뭐였나?"

내가 물었다.

"그리고 흉기는 어떻게 회수했지? 또, 회수해서 처리는 어떻게 했고. 자네는 중요한 걸 놓치고 있어. 사방팔방에 피가 뿌려져 있단 말이지. 만일 흉기가 꽂힌 채였다면 그런 식으로 유혈이 낭자해서는 안 되는 것 아닌가."

이 질문에 덴카이치가 빙긋 웃었다. 드디어 실력을 보여 줄 때가 왔다는 표정이다.

"자, 그럼 질문에 답변을 드리지요. 우선, 흉기는 회수하지 않았습니다. 범인은 흉기를 시체에 그대로 남겨 뒀습니다."

"그럴 리가. 현장에는 아무것도 없었어."

"그렇게 보일 뿐입니다. 사실 흉기가 있었습니다. 형태를 바꿔서."

"형태, 어떻게?"

"녹은 겁니다. 범인이 준비한 것은 얼음 단검이었던 겁니다."

"얼음? 말도 안 돼. 그건 불가능하다고 처음부터 얘기했었 잖아. 시체의 가운에도, 주변 흙에도 물에 젖은 흔적은 전혀 없었어."

"아, 실례. 얼음이란 표현은 잘못됐습니다. 어떤 액체를 얼린 것인데, 그 액체가 물은 아닙니다."

"물이 아니라면 뭐지?"

덴카이치가 쿡쿡 웃더니 말했다.

"방금 경감님이 말씀하시지 않았습니까. 현장 곳곳에 핏자 국이 흩어져 있었다고."

"뭐라고?"

"그게 흉기의 정체였던 겁니다."

그러면서 덴카이치는 투숙객 쪽으로 몸을 돌렸다.

"범인은 피를 얼려 단검을 만든 뒤 세이이치로 씨를 살해했 습니다. 그 단검은 범인이 시체를 안마당으로 떨어뜨렸을 때 의 충격으로 산산조각이 나면서 흩어졌습니다. 그것이 녹아, 마치 시체에서 뿜어져 나온 것처럼 보인 겁니다."

덴카이치의 목소리가 안마당에 울려 퍼지는 가운데 투숙객 들은 얼이 빠진 듯한 표정으로 서 있었다. 마침내 마치다가 입을 열었다.

"음, 그렇게 된 거였어. 설명을 들으니 이해가 가는군."

그 말을 신호로 모두들 수군거렸다.

"역시 명탐정이야."

"대단해."

"정말 놀랐어요."

사람들의 칭찬에 겸연쩍은 듯 덴카이치의 얼굴이 장밋빛으로 물들었다.

"쳇, 나도 말이지……."

나는 침통한 표정으로 내뱉듯 말했다.

"그 정도는 파악하고 있었어. 하지만 이번만은 자네에게 꽃다발을 안겨 주려고 그런 거야."

이렇게 억지를 쓰며 패배자의 분노를 표현하는 것도 이 소설에서 내가 맡은 역할이다. 사실 그때 나는 내심 안도하고 있었다. 이번 소설에서도 우리 주인공들이 그럭저럭 사건을 해결해 냈기 때문이다. 이제 남은 일은 범인이 누구인지 밝혀 내는 것. 그리고 나면 별문제 없이 막을 내릴 수 있을 것 같다.

그런 생각을 하고 있는데 관할 경찰서 형사가 다가와 나에게 메모를 건넸다. 형사는 난감한 표정을 짓고 있었다.

메모를 보니 이런 내용이 적혀 있었다.

'사체를 면밀히 조사한 결과, 세 곳의 상처는 모두 오른쪽 대퇴골 골절단(骨折端)에 의한 것으로 판명.'

골절단 때문이라니……. 아찔한 기분이 들었다. 골절단이란 부러진 뼈의 날카로운 조각을 의미한다. 특히 뼈가 찢어지듯 부러졌을 경우, 그 조각은 칼처럼 날카롭다. 조사 결과 세 곳의 찔린 상처가 모두 뼛조각에 의해 생긴 것이라고 밝혀진 것이다.

도대체 어떻게 된 일인가. 나는 안마당 위의 텅 빈 공간을 올려다봤다. 그 순간 모든 수수께끼가 풀렸다.

세이이치로는 3층 난간에서 떨어져 죽은 것이다. 그때 다리 가 골절됐고, 그 뼈가 오른쪽 대퇴부 근육을 찢고 튀어나와 왼손을 관통한 뒤 가슴에 박힌 것이다.

뼈에는 근육이 붙어 있기 때문에 세 곳을 찌른 뒤 그 뼈는 원래 위치로 돌아갔을 것이다. 흉기가 발견될 까닭이 없다. 흉기란 다름 아닌 세이이치로 몸속의 뼈이기 때문이다.

이런 현상은 법의학 쪽에서는 널리 알려진 사실이라고 한 다. 아, 당연히 눈치 챘어야 했는데……. 그렇다면 세이이치 로를 밀어 떨어뜨린 사람은 과연 누구일까.

아니, 아니야. 이건 타살이 아니다. 세이이치로 자신이 중심 을 잃고 떨어졌을 것이다. 집의 중심에 빈 공간을 만든 것은 별을 보기 위해서라고 언젠가 동생 마치다가 말한 적이 있다. 평소 별을 즐겨 보던 형 세이이치로는 지난밤에도 별을 보기 위해 난간에서 바깥쪽으로 몸을 내밀다가 떨어졌는지도 모른 다. 애인 모모카와는 세이이치로가 시간에 신경을 썼다고 했 는데, 그것 역시 별이 보이는 시각과 관련된 건지도 모른다.

실로 난감한 일이 벌어져 버렸다. '피의 단검설'은 말도 안 되는 망상에 불과한 것이다.

"그러면 범인이 누군지 말씀드리겠습니다."

고민에 빠진 나를 무시하듯 명탐정 덴카이치 다이고로가 힘주어 말했다.

"범인은 당신이에요."

그는 미야모토를 가리켰다.

"당신이 세이이치로를 살해했어요."

"뭐라고요?"

미야모토는 깜짝 놀라 몇 걸음 뒤로 물러섰다.

"당신은 부인이 병에 걸리자 세이이치로에게 휴가를 요청했어요. 하지만 중요한 교섭을 마무리하는 것이 우선이라며 세이이치로는 허락하지 않았지요. 부인은 그날 점심 무렵, 즉 당신이 회사에서 일하는 동안 숨을 거뒀습니다. 만약 옆에서 지켜 줬다면 살았을지도 모른다고 생각한 당신은 그날 이후 세이이치로에게 원한을 품게 됐지요."

도대체 언제 이런 조사까지 했단 말인가. 나는 믿어지지 않는다는 얼굴로 덴카이치를 바라봤다.

"아니야. 내가 아니라고."

미야모토가 강력히 부인했다.

"사장에게 원한을 품고 있었던 것은 사실이지만 죽이진 않

있어. 제발 믿어 줘."

"부인해도 소용없어요. 약품업체 연구원인 당신이라면 세 이이치로와 같은 혈액형의 피를 손에 넣는 것쯤은 식은 죽 먹기지."

"말도 안 돼. 나는 범인이 아니야. 나는 아무 짓도 하지 않았어. 하지 않았다니깐."

마침내 미야모토는 울기 시작했다.

'범인이 아닐 거야.'라고 나는 생각했다. 아니, 범인 따위는 애초부터 없었다. 하지만 일이 이렇게까지 커진 이상 별수 없다. 미야모토에게 범인 역할을 부여할 수밖에. 왜냐하면 이 소설의 주인공은 덴카이치이기 때문이다. 그가 '피의 단검'을 사용했다고 하면 사용한 것이다. 그의 말이 곧 진실이다. 그가 '범인은 미야모토'라고 하면 미야모토가 범인이어야 하는 것이다.

"음, 그렇게 된 거였군. 정말, 이번 사건에선 자네에게 두 손 두 발 다 들었어."

나는 늘 하는 대사를 읊으며 손에 쥐고 있던 메모를 조용히 찢어 버렸다.

에필로그

"경감님, 덴카이치 씨가 모두 모이라고 하는데요."

젊은 순경의 목소리에 잡념에서 깨어났다. 마을의 하나밖에 없는 파출소에서 무늬가 벗겨진 찻잔을 손에 든 채 그간 해결했던 사건들을 하나하나 되새기고 있던 참이었다.

"뭐, 그 탐정이 왜?"

"아무래도 이번 사건의 수수께끼를 푼 것 같습니다."

이번 사건이란 '헤비쿠비 마을 자장가 사건'이라 불리는 것이다.

"수수께끼가 풀렸다? 말도 안 돼. 하지만 생초보 탐정의 얘기를 들어 보는 것도 나쁘지만은 않지. 어디야?"

"만지가의 거실입니다."

새삼 말할 것도 없이 만지가는 마을에서 가장 관록 있는 대부호의 집안이다. 미망인은 없지만 아름다운 딸이 하나 있다. 하지만 그녀가 이번 소설의 범인은 아니다. 이런 설정은 독자를 오도하기 위한 하나의 재료에 불과하다.

만지가에는 사건과 관련된 사람들이 모두 모여 있었다. 넓디넓은 거실에 사람들이 디근자로 모여 앉아 있고 그 중심에 덴카이치 다이고로가 서 있었다.

전부터 불만이었는데, 이런 식의 무대 설정을 좀 바꿀 수는 없는 것일까. 왜 늘 이런 식으로 모두 모여 있어야 하나. 범인은 어차피 그들 중 단 한 사람이고, 그가 범행을 인정하기만 하면 되는 것 아닌가. 불필요한 사람들까지 어중이떠중이 모아 놓을 필요가 있을까. 물론 이런 설정이 없으면 왠지 허전하다고 투덜대는 독자도 있긴 하겠지만.

"경감님, 이쪽으로 오시죠."

나를 본 덴카이치가 자신의 옆 자리를 손으로 가리켰다. 언제나 내게 공을 돌리는 이 남자는 지금까지 예의에 벗어난 태도로 나를 대한 적이 없다.

"자네, 또 말도 안 되는 추리를 늘어놓아 우리들을 혼란스럽게 하려는 건 아니겠지."

'자네, 또'라고 말하긴 했지만 덴카이치 탐정이 말도 안 되는 추리를 늘어놓아 그로 인해 수사가 혼선에 빠진 기억은 없다. 그저 내가 매번 해야 하는 대사를 했을 뿐이다.

"문제없을 것 같습니다."

"홍, 그러길 바라네."

나는 언제나처럼 팔짱을 끼며 콧방귀를 날린다. 하지만 주의 깊은 독자라면, 늘 되풀이되는 이 같은 동작에도 각기 미묘한 차이가 있음을 알아차렸을 것이다.

"자, 여러분."

덴카이치가 언제나 그랬던 것처럼 입을 열었다. 모인 사람들의 얼굴에 긴장감이 감돈다. 이들을 잠시 응시한 후 덴카이치가 입을 열었다.

"이번 사건은 실로 난해했습니다. 이번 사건만큼 저를 괴롭힌 것도 없습니다. 귀왕사의 주지가 왜 목탁을 안고 죽었는지, 떡집 딸이 떡이 목에 걸려 죽은 것은 단순한 사고였는지, 그리고 일련의 수상스러운 사건이 자장가 가사대로 일어난 것은 과연 우연인지."

"우연일 까닭이 없지."

야스케란 남자가 자리에서 일어섰다.

"기오 님의 저주야. 분명해."

사람들이 "그래, 그래." 하며 웅성거린다.

"아닙니다. 이건 저주를 가장한, 실로 교묘한 살인이었습니다. 조사하면 할수록 범인의 냉철함과 명석함에 혀를 내두를 수밖에 없었습니다. 맨 먼저 주지가 살해된 사건은……."

자, 이제부터가 덴카이치 탐정의 수완이 드러나는 대목이다. 잘 짜인 트릭을 거침없이 파헤쳐 간다. 한 가지, 이 시점에서의 핵심은 범인의 이름을 공개하지 않는다는 점이다. 독자들을 최대한 약 올리겠다는 얘기다.

탐정이 논리 정연한 설명을 끝냈으나 예상대로 범인의 이름은 나오지 않았다.

"그렇다면 범인은 도대체 누구란 말인가?"

만지가의 집주인 이치노스케가 모두를 둘러보며 말했다.

"설명을 듣자 하니, 우리들 중에는 범인이 없는 것 같은데."

"아닙니다. 있습니다, 한 사람."

덴카이치는 단호한 어조로 말했다.

"저도 고민했습니다. 그러다가 처음에 전제를 세울 때 중요한 점을 간과했다는 사실을 알아차렸습니다. 이번 사건의 범인은……."

덴카이치는 잠시 뜸을 들이더니 나를 향해 고개를 돌렸다.

"당신입니다, 오가와라 경감."

모두들 충격에 술렁거렸다. 이어 무거운 침묵이 찾아왔다.

나는 덴카이치의 눈을 바라보며 원통한 듯 눈썹을 찌푸리다가 고개를 꺾었다. 볼꼴 사납게 반론하지는 않는다. 덴카이치의 추리가 완벽함을 누구보다 잘 아는 사람으로서, 깨끗이 단념하는 쪽을 선택했다.

고개를 숙인 나를 옆에 둔 채 그는 수수께끼 풀이의 마무리 작업을 해 갔다. 동기는 내가 끔찍이 사랑하는 딸의 생명을 지키기 위해서였다는 것을 덴카이치는 간파하고 있었다.

"정말 대단하군. 역시 덴카이치다워. 어떻게 해 볼 도리가 없네."

고개를 들며 그에게 말했다.

"믿고 싶지 않았어요. 당신과 함께 좀 더 오래 일하고 싶었는데."

우리는 서로를 응시하다가 마침내 굳은 악수를 나누었다.

"자, 이제 데려가게."

내가 순경에게 말했다. 거실을 나서다가 덴카이치를 돌아보며 말했다.

"유감스럽게도 이것으로 덴카이치 시리즈도 끝이로군."

"시리즈는 계속될 겁니다."

"과연 그럴까."

나는 빙긋 웃었다. 당분간은 계속할 수도 있겠지. 하지만 그리 길지는 않을 거야. 왜냐하면 말이지, 시리즈의 주요 등장인물이자 가장 의외의 인물까지 범인으로 만들어 버렸거든. 별로 떠들어 댈 얘기는 아니지만, 이런 싸구려 방식으로 의외성을 만들어 내려는 작가는 머지않아 막다른 골목에 봉착하기 마련이다.

"앞으로도 시리즈는 계속됩니다."

덴카이치가 홀로 외쳐 댔다.

명탐정의 최후 — 마지막 선택

대형 크루저가 섬을 향해 힘차게 물살을 가르고 있다. 그 섬은 개인 소유의 무인도로 섬 주인의 이름은 니시노 게이코. 일본을 대표하는 거부이자 기인으로 유명한 사람이었다.

그가 오늘 자신의 무인도에 있는 별장에서 파티를 열기로 했다. 그러나 단순한 파티로 보이지는 않는 것이, 초대받은 사람이 열 명에 불과했던 것이다. 어떤 기준으로 손님을 초대했는지도 불분명하다.

"니시노 씨 말이에요, 도대체 무슨 꿍꿍이일까요?"

등 뒤에서 목소리가 들렸다. 갑판에 나와 있는 사람이 나 혼자밖에 없으니 내게 말을 거는 것이리라. 뒤돌아보니 네모난 얼굴의 중년 남자가 싱글거리고 있었다.

"아, 이거 실례했습니다. 저는 이런 사람입니다."

그가 내민 명함에는 법률 사무소의 이름이 적혀 있었다. 남자의 이름은 니노미야 긴지. 변호사인 듯하다.

"아, 예. 저는,"

나도 양복 윗주머니에 손을 집어넣었다. 하지만 거기에 명함 따위 들어 있지 않다는 것은 누구보다 내 자신이 가장 잘 안다. 요즘 명함을 새길 돈조차 없다.

"어이쿠, 이거 명함이 떨어졌네."

"상관없습니다."

니노미야가 손을 내저으며 말했다.

"선생님에 대해선 잘 알고 있습니다. 두뇌 명석, 뛰어난 행동력의 명탐정 덴카이치 다이고로 씨지요?"

"이거 송구스럽습니다."

나는 머리를 숙이며 '다재다능, 박학다식이 빠졌어, 이 명청아.'라고 속으로 중얼거렸다.

"니시노 씨와는 어떤 인연으로?"

니노미야가 물었다.

"인연이라기보다는, 전에 사건을 의뢰받은 적이 있습니다. 완전 범죄여서 경찰의 힘만으로는 도저히 해결할 수 없으니 도와 달라고요. 물론 수수께끼는 제가 멋지게 풀어냈습니다."

나도 모르게 콧구멍이 커진 것은, 내가 다룬 것 중 1, 2위를 다투는 난해한 사건이었다는 기억 때문이다.

"아, 네, 혹시 밀실 사건 아니었나요?"

"뭐, 그런 부류입니다."

"아!"

니노미야가 내 얼굴을 쳐다봤다. 그리고 "역시,"라고 말한 뒤 히죽히죽 웃었다.

'기분 나쁘네.'

"대단하시군요."

"그러시는 선생은 니시노 씨와 어떤 관계인가요?"

이번엔 내가 물었다. 니노미야는 가슴을 조금 젖히며 말했다.

"아, 네, 저도 선생과 비슷합니다. 니시노 씨의 친척이 살인 사건에 연루된 것이 계기가 되었습니다. 좀 더 정확히 말하자면 용의자로 지목된 사건이었죠."

"그렇군요."

"그 친척의 무죄를 증명해 달라는 것이 당시 니시노 씨가 제게 의뢰한 내용이었습니다. 저는 사건을 상세히 분석한 후 무죄를 입증하기 위해 법정에서 치열하게 싸웠습니다. 뿐만 아니라 진범을 찾아내는 데도 성공했습니다. '의족 살인 사건'이라는 이름으로 한때 화제가 되기도 했지요. 혹시 기억나시나요?"

"글쎄요, 잘 모르겠는데요."

"그렇군요."

니노미야는 약간 실망한 듯했다.

"하여간 그 재판 이후 무슨 일이 있으면 니시노 씨는 저에게 자문하곤 합니다."

"대단하시군요."

"아닙니다. 그리 대단한 일이…… 그런가요?"

그가 다시 가슴을 활짝 폈다.

그런 대화를 나누는 사이에 크루저가 섬에 도착했다. 선장은 손님들이 모두 상륙한 것을 확인하자 곧바로 뱃머리를 돌렸다. 우리들은 점점 작아지는 배의 모습을 선착장에서 지켜봤다.

"버려지는 느낌이군."

커리어 우먼의 전형으로 보이는 여인이 허리에 손을 얹은 채 말했다. 밤색 머리가 바람에 나부꼈다.

"앞으로 어떻게 해야 한담."

"초대장에 지도가 그려져 있더군요."

키가 크고 유난히 이마가 넓은 남자가 입에 파이프를 문 채 말했다.

"별장까지 걸어서 10분이라는 얘기도 쓰여 있던데."

"아무도 마중을 나오지 않은 건가?"

카메라 가방을 어깨에 멘 남자가 두리번거린다.

"안 온 것 같아. 도대체 어른을 공경할 줄 모르는 녀석들이군."

빈티 나는 얼굴의 할아버지가 콜록콜록 기침을 하며 말했다.

"어쩔 수 없지요. 느긋하게 걸어서들 가시죠."

차분한 분위기의 노부인이 할아버지를 달래듯 말했다.

"그러시죠. 불평을 늘어놓으면 뭐하겠습니까."

마른 몸집의 중년 남자가 그렇게 말하고는 앞서 걷기 시작했다.

이렇게 해서 별장을 향한 행진이 시작되었다. 나는 걸음을 옮기며, 도대체 이들이 어떤 자들일까 생각에 잠겼다. 아무래도 서로 알지 못하는 사이인 것 같았다.

별장은 바다에 접한 절벽 위에 있었다. 세련된 펜션 같은 건물을 기대했지만, 막상 가 보니 육면체의 소박한 건물에 지나지 않았다. 얼핏 보면 벽돌로 지은 것 같지만 아마도 벽돌 문양 타일을 붙였을 것이다. 그것은 형무소를 연상시켰다. 다만 창문에 창살이 없을 뿐이다.

"정말 무드 없는 건물이군."

초청객 중 나이가 제일 어려 보이는 여대생풍의 여자가 말했다.

철책의 문이 열려 있어 안으로 들어가니 현관문에 종이 한 장이 붙어 있었다. 거기에는 다음과 같이 적혀 있었다.

'환영합니다. 안으로 들어오십시오. 문은 열려 있습니다.'

종이에 적힌 대로 문이 열려 있었다. 우리들은 서로 양보해 가며 앞서거니 뒤서거니 안으로 들어갔다.

현관홀에 들어서자 정면에 양쪽으로 활짝 열린 여닫이문이

보였다. 그 안쪽은 커다란 테이블이 중앙에 놓인 것이, 아마도 식당인 것 같았다.

안으로 들어가 보니 원형으로 보였던 테이블은 9각형이었고, 그 위에 종이가 한 장 놓여 있었다. 그것은 손님들이 묵을 방을 표시한 배정표였다. 방은 2층에 있었는데 한 방에 한 사람씩 배정되어 있었다.

"그럼 우선 짐부터 놓고 올까요."

변호사 니노미야가 그렇게 말하며 먼저 계단을 오르기 시작했다.

식당 천장은 2층까지 뻥 뚫려 있어 2층 복도에서 식당을 내려다볼 수 있는 구조였다. 복도를 따라 방이 배치돼 있었다.

내게 배정된, 아마도 북동쪽 구석에 있는 듯한 방에 들어갔다. 방에는 침대와 작은 책상, 의자 외에는 아무것도 없었다. 창밖으로는 바다가 보였다.

짐을 풀어 놓고 다시 1층 식당으로 내려갔다. 다른 손님들도 이미 내려와 있었다.

"이상하네요."

커리어 우먼이 고개를 갸우뚱거렸다.

"의자가 아홉 개밖에 없네요."

"어, 정말이네."

"이상하군."

서로들 얼굴을 마주 본다. 지금 모여 있는 사람은 모두 아홉 명. 9각형 테이블에 아홉 개의 의자가 있으므로 지금으로선 개수가 딱 맞지만, 초청객 열 명이 모두 모이면 의자가 하나 모자라게 된다.

"그러니까 누가 아직 안 온 거지?"

"그 사람, 둥근 얼굴의 뚱뚱한 아저씨요."

여대생풍의 여자가 말했다.

"어쩐 일이지. 내가 보고 오지요."

니노미야가 의자에서 일어섰다. 나를 포함해 모두가 동시에 일어났다. 모두 같은 것을 예감한 듯했다.

니노미야가 방문을 노크했다. 대답이 없자 그는 문을 열었다. 둥근 얼굴의 뚱뚱한 남자는 침대 위에서 등에 나이프가 꽂힌 채 죽어 있었다.

우리는 우선 자기소개를 했다. 나와 니노미야 이외의 사람들은 다음과 같은 신분이었다. 이 소설에 등장한 순서라고 생각해도 별문제 없다.

- 미키 히로미: 여기자
- 시죠 히로유키: 추리 소설 연구가
- 고토 다이스케: 자유 기고가

- 로쿠다 진고로: 한가한 노인
- 나나세 토시: 한가한 노부인
- 야시로 신페이: 작가
- 고코노에 미로나: 여대생

　살해된 사람은 쥬몬지 다다후미라는 신부였다. 쥬몬지에 대해서는 미키와 시죠가 크루저를 타고 오면서 대화를 나누었기 때문에 어떤 사람인지 알고 있었다.

　"니시노 씨가 신부와 아는 사이였다는 건 의외로군. 니시노 씨는 불교 신자로 알고 있는데."

　야시로가 고개를 갸우뚱거렸다.

　"신앙과는 관계없지요."

　시죠가 말했다.

　"그 신부 얘기로는, 니시노 씨의 친구가 어떤 살인 사건에 말려들었을 때 지혜를 빌려 준 걸 계기로 알고 지내는 사이가 됐다고 합니다."

　모두가 놀란 표정을 짓는다.

　"그럼 나하고 같은 경우군."

　이렇게 말한 사람은 자유 기고가 고토였다.

　"나 역시 그런 인연으로 니시노 씨와 알게 됐지. 생각나네. 차스야마 살인 사건. 내가 나서지 않았다면 분명 미궁에 빠졌을 걸세."

"말씀 도중에 죄송하지만 저 역시 사건 해결에 결정적 기여를 했지요."

미키가 눈에 힘을 주며 말했다.

"어떤 사건을 취재하다가 모순점을 발견했고, 그걸 계기로 진짜 범인이 누구인지 밝혀낸 적이 있습니다."

"뭐야, 그렇다면 나도 참가할 자격이 있는 셈이군. 어떤 살인 사건과 관련해서 니시노 씨에게 조언을 해 줬고, 현장을 보지 않았지만 제공된 정보만으로 범인을 추리한 적이 있지. 더구나 그 추리가 멋지게 적중했어."

작가 야시로가 기염을 토했다.

"어머, 저는 말이죠."

나나세도 나섰다.

"뜨개질을 하다가 얘기를 듣고는 그날 중으로 추리해 낸 적도 있답니다."

"겨우 그 정도야? 나는 바에서 술 한잔 하는 그 짧은 시간에 미궁에 빠진 사건을 해결했지."

이건 로쿠다.

마침내 추리 소설 연구가인 시죠도 지지 않으려는 듯, 자신이 100퍼센트 추리만으로 진상을 밝혀낸 '사고의 기계'라며 자랑했고, 고코노에는 요염함과 행동력으로 범죄 조직을 궤

멸한 얘기를 늘어놨다. 이런 상황에서 니노미야가 입을 다물고 있을 수는 없는 노릇. 크루저에서 나에게 했던 얘기를 여기서 다시 한 번 반복했다. 나 역시 자랑할 기회를 가졌다.

"음, 아무래도."

야시로가 모두를 둘러보며 말했다.

"이 섬에 초청받은 사람들은 모두 살인 사건을 해결한 경험이 있는 듯하군."

"추리 소설로 말하자면 탐정 역할을 한 경험이 있는 자가 되겠군."

미키가 히죽거렸다.

"이거 재밌겠는데. 탐정이 열 명이라."

니노미야가 말했다.

"아홉 명이지요."

고토가 정정했다.

"한 명이 죽었으니 말이죠."

"벌써 사건이 시작됐다는 말이군요."

여대생 고코노에의 눈이 빛났다.

"니시노 씨의 꿍꿍이가 엿보이네요."

시죠가 침착함을 강조하려는 듯 차분한 목소리로 말했다.

"아무래도 우리들에게 추리 대결을 시키려는 것 같군요."

"재미있네. 요즘 추리할 일이 없어 따분했거든."

"저도 그래요. 호호호호호."

모두의 눈이 공중에서 격렬하게 부딪쳤다.

우리는 우선 저녁 식사 준비를 하게 되었다. 이번에도 부엌에 메모지가 붙어 있었다. '식재료는 냉장고와 창고에 충분히 있고 와인도 지하에 있다'는 내용이었다. 우리들은 식사 당번을 따로 정하지 않고 모두가 함께 저녁을 만들기로 했다. 하지만 주역은 역시 여자들이다. 미키와 나나세가 먼저 메뉴를 정하고, 그 메뉴에 따라 각자가 해야 할 일을 정해 줬다. 다만 고코노에는 요리와 인연이 없는 듯했다.

"이상하네."

테이블에 식기를 놓던 고토가 중얼거렸다.

"접시가 하나 부족한데."

사람들이 테이블을 주시했다. 전채용 접시가 여덟 개 뿐이었다.

"수프 접시도 부족해요."

미키도 말했다.

"수저도요."

나나세도 목소리를 높였다.

"커피 잔도 마찬가지야."

야시로의 말이다.

"잠깐, 여기 없는 사람 없습니까?"

니노미야가 물었다. 모두 잽싸게 서로를 확인했다. 한 명이 부족하다.

"추리 소설 전문가가 사라진 듯하네."

로쿠다 노인이 제일 먼저 알아차리고는 말했다.

"좀 전에 와인을 가지러 갔는데."

고코노에의 말에 모두 지하실로 향하는 계단으로 달려갔다.

두 번째 시체는 지하 와인 창고에서 목매단 상태로 발견됐다.

저녁은 구운 고기와 드레싱을 뿌린 야채샐러드 등으로 간단히 마련되었다. 다만 와인은 종류별로 다양하게 구비돼 있었으므로 각자 기호에 맞는 것을 골라 마셨다. 이미 두 건의 살인 사건이 발생했는데도 다들 유유히 저녁 식사를 하는 것을 보면 모두들 명탐정으로 활약한 바 있다는 말이 거짓이 아닌 것 같았다.

"그런데 신부와 추리 마니아가 먼저 살해됐군. 이걸 어떻게 받아들여야 하나."

로쿠다 노인이 스테이크를 우물우물 씹으며 중얼거렸다. 혼잣말을 가장하고 있지만 모두 들으라고 하는 말이다.

"첫 번째는 나이프로, 두 번째는 목을 졸라 죽였지. 목매달아 자살한 것처럼 보이지만 자살은 절대 아니야."

하지만 노인의 독백에 맞장구치는 사람은 아무도 없었다.

이미 각자 머리를 굴리며 추리 작업을 진행 중인 것이다. 라이벌에게 힌트를 주는 멍청한 짓은 결코 하지 않겠다고 다짐했으리라.

"그 두 사람을 먼저 죽인 것은, 작가의 입장에서 볼 때 정답이라고 생각되는군요."

고토가 무의식중에 소설의 세계를 벗어난 발언을 했다. 와인에 조금 취한 듯하지만, 연극일 수도 있다.

"그건 왜 그렇죠?"

나나세가 물었다.

"그 사람들이 살아 있더라도 앞으로 탐정 역할을 하는 일은 없을 것이기 때문입니다. 신부와 추리 마니아, 까마득한 옛날이라면 모르지만 이제는 시대착오적 설정이죠."

"신부는 그렇다 치고 추리 소설 전문가에게 탐정 역할을 맡기는 것도 시대착오란 말인가요?"

야시로가 동의할 수 없다는 표정으로 말했다. 그 역시 추리 소설도 쓰고 있는지 모른다.

고토가 크게 끄덕였다.

"전문 지식을 갖췄다고 해서 실제 상황에서 활용할 수 있다는 보장은 없지요. 그런 사람들은 백면서생인 경우가 많아요. 그래서 자기가 자신 있는 분야로 스토리를 억지로 끌고 가려고 해요. 그 바람에 진실에서 크게 벗어나는 추리를 전개하기도 하지요."

상당히 매서운 비평이다.

"이제는 행동파의 시대예요. 자신의 눈과 귀로 얼마나 많은 정보를 얻어 내느냐가 탐정의 능력을 좌우할 겁니다."

"그건 그래요."

미키가 고토의 말에 동조했다.

"머리로만 추리하는 탐정의 시대는 끝났다고 봐요. 발품이 따르지 않으면 통용되지 않는 시대예요. 그런 점에서 저같이 항상 정보를 접하는 사람이 탐정 역에 가장 적합하지 않을까요."

역시 자유 기고가와 신문 기자는 궁합이 맞는다. 하지만 머리로만 추리하는 '안락의자형' 탐정 팀도 지고 있을 수만은 없다. 로쿠다가 몇 개 남아 있지 않은 이를 드러내며 훗훗훗 웃었다.

"지혜가 부족한 자일수록 지혜를 무시하는 법이지. 살인 사건의 수수께끼를 푼다는 건 바로 인간의 수수께끼를 푸는 거야. 그렇다면 오랜 세월의 인생 경험에서 인간이란 무엇인지를 터득한 사람이야말로 탐정에 적합하다는 말이 된다네. 정보, 정보들 하는데, 진상을 꿰뚫는 데 필요한 정보는 사실 한 줌 분량도 되지 않아. 더구나 그것이 아무에게나 보이는 것도 아니고. 위대한 탐정은 쓸데없이 여기저기 뛰어다니며 팔과

다리를 혹사하지 않는다네."

이렇게 말한 노인은 동의를 구하는 듯 옆 자리의 나나세를 쳐다봤다. 금방이라도 "그렇지, 할멈?"이라는 대사가 튀어나올 듯한 분위기였다.

"진상 규명에 인생 경험이 필요하다는 건 진리라고 생각해요."

역시 할머니는 할아버지 편을 들었다. 하지만 결론은 조금 달랐다.

"그래도 말이죠, 불충분한 정보로 추리하는 건 죄악입니다. 저는 그런 식으로 하진 않아요."

할머니의 배신에 로쿠다 할아버지의 안색이 확 변했다. 하지만 그가 입을 열기 전에 변호사 니노미야가 질문을 던졌다.

"하하. 나나세 씨는 항상 충분한 정보를 확보하고 계시는 모양이죠?"

다분히 야유조였다.

"방에서 뜨개질이나 하시는 줄 알았는데."

"내 조카가 경감이거든."

나나세는 승리감에 가득 찬 목소리로 말했다.

"사건이 일어나면 여러 가지 정보를 가져다줘요. 조카도 내가 의지가 되는 모양이야."

"그런 식이었어요?"

니노미야는 짜증 난다는 표정을 지었다.

"추리 작가가 시리즈의 캐릭터를 급조하려 할 때 쓰는 상습적인 수법이지요. 친구가 경찰, 가족이 형사, 혹은 연인이나 배우자가 수사 1과 경감 따위. 이런 설정을 하면 손쉽게 사건에 관여할 수 있고 정보도 얻을 수 있거든요. 그런 경찰 친구, 경찰 가족, 경찰 연인들은 경찰의 힘만으로는 사건 해결이 불가능하다고 하소연하며 일반인에게 수사 기밀을 발설해 버립니다. 도대체 그런 경찰이 있을 수나 있을까요? 소설 밖의 현실 세계에 정말로 그런 경찰들이 존재하냐고요."

니노미야의 반격에 나나세는 눈을 찡그리며 입을 닫았다가 이내 반격에 나섰다.

"물론 다소 비현실적일 수도 있지요. 하지만 저는 제 추리 내용을 조카에게 말해 줄 뿐이니 그렇게 질이 나쁜 것은 아니지 않을까요? 진짜 심한 건, 가족이 경찰 요직에 있는 것을 빌미로 마치 자신이 암행어사나 된 듯 형사처럼 직접 수사하러 나서는 탐정 아니겠어요."

"아니, 그런 자가 있나요? 정말 창피한 줄을 모르는 사람이군요."

미키가 눈꼬리를 치켜세우며 말했다.

"네, 있어요. 당신 옆에."

모두의 시선이 미키 옆 자리에 앉은 고토에게로 향했다.

"아니, 왜들 그래요. 하하. 잠깐만요. 물론 제 형은 총경입니다. 하지만 말이죠, 형은 수사나 추리 모두 독자적으로 합니다. 제가 경찰 권력을 이용하는 일은 결코 없습니다."

고토는 미키의 시선에 신경 쓰면서 변명했다. 그녀에게 마음이 있는 건지도 모른다.

"과연 그럴까요?"

야시로가 담뱃불을 붙이며 말했다.

"암행어사의 마패가 나오는 순간을 일반 시청자들이 즐기는 것 같은데, 그런 걸 노리는 거 아닐까요?"

"바보 같은 소리. 그렇게 단순한 게 아니에요."

그러면서 고토는 뭔가 생각난 듯한 표정을 지었다.

"단순하기로 말하면 형사의 연인이니 뭐니 해서 아마추어 여성이 수사에 간섭하는 패턴도 지지 않아요. 일본 미스터리 소설의 발전을 가로막는다는 점에서 죄가 이만저만 무겁지 않습니다."

아무래도 고코노에를 지칭하는 것 같았다.

"잠깐만요. 그거, 혹시 저보고 하는 말씀인가요?"

예상대로 고코노에가 테이블을 치며 일어났다. 하지만 얼굴이 묘하게 창백한 것이 이상했다. 그녀의 모양새 좋은 입술에서 반론이 나오지 않는다. 대신 그녀는 얼굴을 찡그리며 괴로워했다. 그리고 모두가 당황하며 지켜보는 가운데 목숨을 잃었다. 독살임이 명백했다.

"큰일이야. 세 번째 살인이야."

야시로가 외쳤다. 동시에 모두가 소설 세계로 돌아왔다.

"우왁."

이번에는 이런 소리가 들렸다. 돌아보니 로쿠다 노인 역시 목을 움켜잡고 괴로워하고 있다. 급기야 그는 바닥에 쓰러졌고, 몇 초 동안 움직이지 않았다.

별장에 도착한 지 반나절도 지나지 않아 네 명이 살해됐다. 이건 누가 뭐래도 비상사태라 불릴 만한 상황이다. 생초보 탐정들은 의심에 휩싸인 등장인물을 연기하면서도 한편으로 자신만은 주인공 탐정 역할을 맡고 있다고 확신하고 있었다. 그래서 다음에 살해될 사람이 자신일지도 모른다는 공포심보다는 주인공으로서 범인을 찾아내야 한다는 의무감이 충만했다.

"지금까지 상황을 종합해 보면 '그리고 아무도 없었다' 패턴임이 분명합니다."

미키가 적막을 깼다.

"아무래도 그런 듯하네." 하고 야시로도 동의했다.

"범인은 당연히 우리들 중 한 명이지. 안 그러면 이상해. 외부인의 범죄로 드러난다면 독자들이 화낼걸."

"작가는 어떤 식의 결론을 준비하고 있을까요. 이런 패턴은 애거사 크리스티의 작품을 뛰어넘기 힘든데."

"뭔가 생각이 있겠지."

야시로는 의미 있는 미소를 지었지만 자신의 추리를 말하진 않았다. 다른 사람들도 입을 다물고 있었다.

"그런데 말이죠."

니노미야가 말했다.

"작가가 그 여대생을 초반에 제거한 건 현명한 조치였어요. 그녀는 본격 추리의 무대에는 어울리지 않았어요. 여대생이나 여고생을 탐정으로 등장시키는 가벼운 추리 소설로 여성 독자들을 노리는 건 이미 철 지난 수법이에요."

"값싼 문고판 소설에 많았지요."

나나세가 고개를 끄덕였다.

"뭐, 독자층 개척이라는 의미에서는 공헌한 바가 적지 않지만 지나치게 상업적으로 흐르면서 외면당하게 된 거지요. 요즘 시대에 그런 책을 써 봤자 독자의 호응이 있으리라고 기대하기는 힘들어요."

니노미야가 자신감 넘치는 말투로 단언했다.

"우리의 작가님도 그렇게까지 멍청한 짓은 안 하겠지."

야시로도 웃으며 말했다.

죽은 자는 말이 없다고 하지만, 이 자리에 없는 사람에 대한 비판에는 모두의 의견이 일치하는 듯했다.

"문고판 소설이라면……"이라고 말을 꺼내며 주위를 돌아
보던 니노미야가 놀란 듯 갑자기 입을 벌렸다.

"자유 기고가, 그가 없는 것 같은데."

미키가 그렇게 말했을 때 총성이 들렸고, 모두들 자리에서
벌떡 일어났다.

"욕실 쪽이야."

니노미야가 제일 먼저 달려갔다.

고토가 이마에 피를 흘린 채 욕실에 쓰러져 있었다.

"아, 지겨워."

니노미야가 말했다.

"관광 명소 살인 사건의 전문가도 이번에는 조연에 그친 모
양이군."

"총성이 들렸을 때 분명히 다들 테이블에 모여 있었지요."

미키가 말했다. 그러니 모여 있던 사람들 중에 범인은 없다
는 얘기였다.

"그런데 할머니가 안 왔네."

니노미야가 뒤를 돌아봤다.

"어, 작가도 없어."

"이거 큰일 났군."

"가 봅시다."

돌아가 보니 나나세는 테이블에 엎드린 채 죽어 있었다. 목

뒤에 얼음 깨는 송곳이 꽂힌 채였다. 야시로는 화장실 옆에 쓰러져 있고 손에는 피우던 담배가 들려 있었다.

"독이 든 담배 같군요."

"그런 것 같군."

니노미야가 끄덕였다.

"야시로는 좀 더 나중에 살해될 거라고 생각했는데."

"저는 알 듯해요. 추리 작가에게 탐정 역할을 맡긴다는 것이 작가로선 내키지 않는 일이지요. 추리 작가 따위는 현실 세계의 실제 사건에서는 도무지 추리력을 발휘하지 못한다는 걸 본인이 가장 잘 알고 있을 겁니다."

"하여간, 순식간에 우리 세 명만 남았네."

미키가 말했다.

"적절한 세 명이죠."

"과연 적절한 인물이라 할 수 있을지……. 사회 현상에 대한 추리라면 몰라도 본격적인 미스터리의 세계에서 신문 기자가 탐정 역할을 맡는다는 얘기는 별로 들어 보지 못했는데."

"뭐요?"

미키가 입을 실룩거렸다.

"그런 말을 법정 미스터리 세계에서 떼밀려 온 사람에게 듣고 싶진 않군요."

니노미야가 뭔가 반론하려 했을 때 방이 갑자기 캄캄해졌다.

"꺅."

"정전이다."

이어 총성이 두 번 연달아 울렸다.

전기가 끊긴 것은 불과 1분 정도였다. 방에 다시 불이 들어왔다. 변호사와 여기자가 사살된 모습으로 누워 있고 남자 하나가 내 눈앞에 서 있었다.

"범인은 당신이란 얘긴데."

나는 추리 소설 연구가를 향해 말했다.

그러자 시죠는 나를 보며 고개를 저었다. 그 얼굴은 뭐라 형언하기 어려운 표정이다. 웃고 있지만 깊은 슬픔이 느껴진다.

"나는 아니야, 덴카이치 군."

그가 말했다.

"내가 범인일 까닭이 없지 않은가."

"왜죠? 지금 여기, 이렇게 제 앞에 서 있다는 것이 무엇보다 확실한 증거지요. 당신은 두 번째 희생자였고 와인 창고에서 살해됐어요. 그런데 이렇게 제 눈앞에 있잖아요. 즉 당신은 살해당한 척한 거예요. 왜일까. 그건 당신이 범인이기 때문이야."

하지만 그는 내 말이 끝나기도 전에 머리를 좌우로 흔들기 시작했다.

"죽은 척 따위는 하지 않았어. 나는 이제부터 죽임을 당할 거야."

그렇게 말한 그는 파이프를 꺼내 불을 붙였다. 옅은 자주색 연기가 그의 입에서 뿜어져 나왔다.

"자네가 나를 죽일 거야."

그의 말에 나는 웃음을 터뜨리고 말았다.

"도대체 무슨 말입니까. 왜 제가 당신을 죽여야 하지요?"

그가 조용히 입을 열었다.

"자네가 범인이기 때문이지."

"무슨 소리예요. 절대로 있을 수 없는 일입니다."

"아니, 범인은 자네야. 그 이유는 자네가 방금 말한 걸 역으로 생각해 보면 설명이 되지. 자네는 분명 살해당했음에도 지금 여기에 있어. 그건 자네가 범인이기 때문이지."

"웃기지 마쇼. 제가 언제 살해됐다는 겁니까?"

"그것도 자네가 말하지 않았나. 두 번째로, 지하 와인 창고에서."

"거기서 살해된 사람은 당신 아닙니까?"

"아니, 내가 아니라 자네야. 믿지 못하겠다면 그 부분을 다시 한 번 잘 읽어 보게."

나는 소설 세계를 거슬러 올라가 와인 창고에서 시체가 발견되는 부분을 다시 읽었다.

"어떤가. 내 이름은 소설 그 어느 부분에도 나오지 않아."

시죠가 말했다.

"하지만 분명 추리 소설 전문가라고……."

"나는 추리 소설 연구가야. 전문가는 아니지. 전문가라면 덴카이치, 자네 외에는 없지 않은가."

"이런 말도 안 되는……."

"그리고 다른 부분도 다시 한 번 찬찬히 읽어 보게. 자네는 한 번도 발언한 적이 없고, 다른 사람과 같이 있음을 나타내는 표현도 없어. 소설이 시작되자마자 살해당한 자네가 은밀히 그들의 상황을 엿보고 있을 뿐이지."

"그렇다면."

나는 시죠의 코를 가리켰다.

"당신도 마찬가지 아닌가요. 당신도 발언한 적이 없고 일행과 함께 있었다는 증거도 없어요. 또 추리 소설 연구가를 전문가라고도 부를 수 있는 것 아닌가요."

그러자 시죠는 쓴웃음을 지으며 고개를 끄덕였다. 그러고는 다시 파이프를 물었다.

"사실 자네 말이 맞아. 그리고 이 시점에서는 누가 범인이라고 해도 이상할 것 없지. 누굴 범인으로 설정하더라도 이야기는 통해."

"그렇다면 당신이 범인이 되어야만 합니다. 왜냐하면 저는 탐정이니까요. 더구나 시리즈의 주인공이잖아요."

"문제는 그거야."

시죠가 정색했다.

"자네가 시리즈의 탐정 역할을 맡아 왔다는 것이 이번 얘기를 왜곡하는 최대 원인이야."

"왜곡했다고요?"

"그래. 사람들이 연속해서 살해되는 사건인데도 서스펜스 분위기가 무르익질 않아. 전혀 무섭지도 않고. 그건 자네가 이 소설 시리즈의 탐정이기 때문이야. 이번에 등장한 사람들은 이 시리즈가 아닌 다른 소설이라면 충분히 탐정 역할을 할 만한 사람들이야. 하지만 그들은 주인공이 되지 못했지. 왠지 아나? 주인공은 자네여야만 한다는 암묵의 약속 때문이야. 독자들은 자네만은 범인이 아니고, 더구나 살해되지도 않을 거라는 사실을 알고 있어. 거기다가 마지막에 수수께끼를 푸는 사람 역시 자네라는 것도 모두들 알고 있지. 이런 게 정상이라고 생각하나? 소설의 진정한 재미는, 앞으로 어떤 식으로 전개될지 아무도 모른다는 데 있는 것 아닐까."

"그렇게 말들을 하지요. 하지만 독자들이 원하기 때문에 소설의 흥미를 다소 희생하면서까지 시리즈 탐정이라는 존재를 존속시키는 것 아닐까요."

"독자들이 시리즈 탐정이 존재하길 바란다는 점은 인정하지. 하지만 그건 경우에 따라 달라. 무리하게 시리즈 탐정을 만들려고 하기 때문에 모든 것이 엉망이 돼 버린 작품을 많이 알고 있어. 그리고 그런 것들 중 하나가 이번 얘기지. 솔직히 말해 이번 얘기에서 자네는 필요 없는 존재야. 불필요한 인물이었던 거지."

"불필요한……."

머릿속 깊은 곳에서 큰북이 둥, 울리는 듯한 소리가 들려왔다. 그건 다름 아니라 내 심장의 고동 소리였다.

"추리 소설 연구가라는 직함을 버리고 독자 대표로서 내 한 마디 하지."

시죠가 나지막이 말했다.

"이 작품을 구원할 방법은 하나밖에 없어. 시리즈의 붙박이 탐정은 살해되거나 범인일 가능성이 없다는 독자의 선입견을 뿌리째 흔드는 거야. 그러려면 자네가 범인이어야만 해. 어때, 그렇게 생각하지 않나?"

할 말이 떠오르지 않는다. 머릿속이 하얘졌다.

불필요한 인물이라고? 내가? 명탐정 덴카이치 시리즈의 주인공이?

"이제 자네에게 맡기겠네."

시죠가 말했다. 그리고 그는 격렬한 고통에 시달리기 시작했다. 파이프를 떨어뜨리고 목을 움켜잡으며 쓰러졌다. 눈은 온통 흰자위로 가득했다. 입에서 거품이 뿜어져 나온다.

나는 파이프를 집어 들었다. 파이프에 독이 들어 있다는 설정인 듯하다. 독을 집어넣은 사람은 나, 이런 설정인가.

그때였다. 내 가슴 부근에서 이상한 감촉이 느껴졌다. 아니 정확히 말하자면 윗옷 안쪽 주머니 부근이다. 그곳에 손을 집어넣었다. 차갑고 딱딱한 감촉이 손에 전해졌다. 그걸 잡고서 주머니에서 끄집어냈다. 내 오른손에 쥐여 있는 것은 검게 빛나는 권총이었다.

왜 내가 이런 걸 갖고 있어야 하나. 이걸로 나는 무엇을 하려는 걸까. 그렇게 자신에게 물으면서 나는 손을 움직였다. 총구를 관자놀이에 대고 방아쇠에 손가락을 걸었다.

여기서 나는 방아쇠를 당겨야만 하는 것일까.

그래야만 이야기가 완성되는 것일까.

그리하여 본격 추리 소설은 구원을 받을 것인가.

어떨까.

과연 어떻게 되는 것일까.

작품 해설 — 무라카미 다카시(村上貴史)

1

1985년 본격 청춘 추리 소설 『방과 후』로 제31회 에도가와 란포상을 수상하며 일본 추리 소설계에 등장한 히가시노 게이고. 그는 본격 추리 소설뿐 아니라 서스펜스, 유머, 나아가 SF적 기법을 활용하는 실험적 소설에 이르는 다양한 장르에서 걸작을 발표해 왔다. 그런데 웬일인지 에도가와 란포상 외에는 그다지 상복이 없었다. 추리 작가 협회상에는 다섯 번에 걸쳐 여섯 작품이 추천됐지만 번번이 수상하지 못했다. 요시카와 에이지 문학 신인상도 다섯 차례 고배를 마셨다.

그러던 히가시노 게이고가 1999년 마침내 『비밀』로 추리 작가 협회상을 거머쥐었다. 딸의 몸에 아내의 영혼이 깃드는 묘한 상황을 그린 이 작품은 그의 소설 중 본격 추리 소설 이외 분야의 대표작이라 할 수 있다. 그렇다면 본격 추리 소설의 대표작은? 바로 『명탐정의 규칙』이다. 이 작품이 문고본으로 나온 것을 계기로, 본격 추리 작가로서 히가시노 게이고의 면모를 들여다보려고 한다.

2

　본격 추리 소설의 세계에서는 작가와 독자 사이에 다양한 약속이 존재한다. 명탐정이나 멍청한 경찰의 존재 같은 것이 거기에 해당된다. 다잉 메시지나 밀실 살인, 동요 살인 등도 하나의 약속이다. 그런 약속이 아무리 부자연스럽다 할지라도 거기에 대해 언급하는 것은 벌거벗은 임금님을 벌거벗었다고 하는 것과 마찬가지로 자제해야 할 일이다. 이 책 역시 그런 전제 위에 서 있다. 그러면서도 작가는 본격 추리 소설의 약속들을 역으로 활용해 신선한 '웃음'을 자아낸다. 히가시노 게이고의 이러한 시도는 독자들에게 열렬한 환영을 받았다. 이 책이 처음 출판된 1996년, '이 미스터리가 대단하다'에 3위, '주간문춘 걸작 미스터리 베스트 10'에 8위로 올랐다. 참고로 히가시노 게이고가 '이 미스터리가 대단하다'의 베스트 10에 들어간 것은 이 책이 처음이었다. 순위로 작품의 가치를 평가하는 것은 아니지만 지지를 얻었음을 객관적으로 보여 주는 자료다.

　지지를 받은 원인 중 하나로 이 책의 본질을 '본격 추리의 자학이 재미의 영역에 도달했다'고 절묘하게 묘사했던 추리 작가 기타무라 가오루(北村薫)의 역할을 빼놓을 수 없다.

이런 종류의 소설은 그저 과도한 농담이나 정형에 대한 냉소로 그치기 마련이지만, 이 작품은 '웃음' 뒤편에 본격 추리에 대한 히가시노 게이고의 열의와 이해가 있었던 것이다. 그리고 그 열의가 독자에게 전달됐기 때문일 것이다. 의외의 결말이 각 편마다 준비돼 있었다는 점도 좋은 평가를 받았다.

그런 의미에서 이 책은 본격 추리 소설에 대한 독자의 시각에 질문을 던지는 작품이라 할 수 있다. 이런 작품을 읽고 단순히 웃어 버리고 말 것인가, 아니면 웃음 뒤편의 격렬한 분노까지 느낄 것인가. 독자의 반응이 본격 추리 소설에 대한 독자의 시각을 측량할 수 있는 척도가 될 것이다.

예를 들어 본격 추리 소설의 대표적 테마인 밀실에 대해 '트릭의 제왕'이라는 부제를 붙인 첫 번째 이야기 〈밀실 선언〉에는 이런 대사가 나온다.

"트릭 따위로 독자의 관심을 끌겠다는 생각 자체가 시대착오적이에요. 밀실의 비밀? 흥, 너무 진부해서 웃음도 안 나오네."

또 〈흉기 이야기〉에서는 용의자에 대해 이렇게 표현하는 대목이 있다.

A, B, C는 분명, 작가가 독자들을 교란하기 위해 등장시킨 인

물일 것이다. 소설의 핵심 내용과는 관계없는 인물들로, 그런 사실은 독자들도 한눈에 알 수 있을 테니까 없는 편이 낫다고 생각할 수도 있지만, 투숙객이 너무 적으면 상황이 부자연스러울 것이라고 생각한 작가가 억지로 출연시켰음에 틀림없다. 이런 인물들은 이름을 붙일 가치도 없기 때문에 그냥 알파벳으로 처리해 버린 것이다.

이와 같은 내용들을 그저 개그로 받아들인다는 것은 너무도 안이한 생각이다. 그보다는 트릭이나 밀실만 만들어 놓고 남은 일은 독자를 속이기 위해 등장인물 수만 맞추면 된다는 식의 싸구려 추리 소설에 대한 비판으로 해석하는 것이 옳지 않을까. 본격 추리의 약속에만 안주함으로써 아무런 비판 없이 그 규칙을 따르기만 하면 된다는 식의 싸구려 작품을 규탄하는 표현은 물론 이것만이 아니다. 〈Who done it〉〈최후의 한마디〉〈절단의 이유〉〈죽이려면 지금이 기회〉〈내가 그를 죽였다〉〈목 없는 시체〉 등 각 편에서 쉽사리 찾아볼 수 있다. 이 작품에서 덴카이치와 오가와라가 명탐정과 평범한 경감이라는 역할을 벗어던지고 나누는 대화의 대부분은 싸구려 추리 소설에 대한 비판이라 할 수 있다.

그 한편으로 히가시노 게이고는 독자에 대해서도 엄격한 잣대를 들이댄다. 그중에서도 상징적인 것이 〈Who done it〉

에 등장하는 다음 구절이다.

이번 소설은 범인을 찾아내는 것이 목표다. 그러므로 독자가
아무리 메모를 해 가며 꼼꼼히 읽는다 한들 범인이 누구인지
알 수는 없다. 소설에 나오는 힌트만으로는 결코 진실을 밝힐
수 없는 것이 이번 소설의 구조다.
하지만 문제는 없다. 소설에 등장하는 탐정처럼 논리적으로 범
인을 찾아내려는 독자란 없기 때문이다. 독자들은 대부분 직감
과 경험으로 범인을 간파해 낸다.

이 대목은 작가가 알려 주는 해결 방식을 그저 멍하니 입 벌
리고 받아먹으려는 독자에 대한 시니컬한 비판이다. 즉 히가
시노 게이고는 이 책에서 싸구려 작가와 싸구려 독자를 한꺼
번에 비판하고 있는 셈이다. 그 비판은 '웃음'이라는 보자기
속에 들어 있지만, 비판의 칼날은 결코 무디지 않다.

3

하지만 그는 결코 비판에만 그치지 않았다. 대신, 앞에서 언
급한 작가와 독자의 안이함을 날려 버릴 수단을 고안해 내고,
그것을 실행에 옮겼다. 그것이 이 책과 마찬가지로 1996년 신
서판으로 간행된 『둘 중 누군가 그녀를 죽였다』이다.

작품을 읽어 본 독자들은 알겠지만 히가시노 게이고는 이 책에서 '수수께끼를 푸는 부분을 묘사하지 않는' 수법을 사용했다. 그는 그 강도를 조절하는 데 상당히 고민을 많이 했던 듯하며 "막판에 줄거리를 뒤집는 소설이 오히려 쉽다는 사실을 처음으로 깨달았다."고 〈후기〉에서 언급하고 있다. 심지어 라디오 방송에 출연해서 다른 작가들도 이런 방식의 소설을 써 볼 것을 제안하기도 했다.

물론 이 작품은 리들 스토리(riddle story. 명확한 해답을 제시하지 않은 채 종료되는 작품— 옮긴이)가 아니라 본격 추리 소설이기 때문에 논리적인 진실이 존재한다. 그러면서도 저자가 수수께끼 푸는 장면을 생략했기 때문에 독자가 진실을 알려면 좋건 싫건 작품 속 힌트를 통해 추리를 해야 한다. 즉 명탐정의 수수께끼 풀기 작업에 마냥 기댈 수만은 없는 것이다. 한편 작가는 마지막 페이지까지 필요하고도 충분한 힌트를 제시해야 한다. 일반적인 본격 추리 소설이라면 복선이 불충분하다거나 다른 인물에게 범행 가능성이 남더라도 마지막에 명탐정이 등장해서 "진실은 이런 것이었습니다.""그 실마리는 이것과 저런 것이었습니다."라고 말하면 소설 속 인물들은 고개를 끄덕이고 독자 역시 "아, 그런 거였군."이라고 생각하고 만다. 하지만 '둘 중 하나가 범인'이라는 패턴에서는 수수께끼 풀기 작업이 없기 때문에 그런 싸구려 해결 방식을 사용할 일도 없다.

이 작품에서 히가시노는 용의자를 남녀 각 한 명으로 좁혀 독자들에게 제시한다. 앞에서도 언급했듯이 A, B, C라는 표기 방식으로도 충분할 만한 인물은 아예 배제된다. 또 사건 자체도 평범하며, 밀실이나 토막 살인같이 '겉모습'으로 승부하지 않는다. 히가시노 게이고는 이 작품을 통해 명탐정의 규칙에서 제기한 비판에 대한 해답을 내놓은 것이다. 그런 의미에서 『둘 중 누군가 그녀를 죽였다』와 『명탐정의 규칙』은 하나의 대칭 구도를 이룬 작품들이라고 봐도 좋을 것이다. 이 둘 사이의 관계를 보여 주는 대사는 『명탐정의 규칙』의 〈알리바이 선언〉 편에도 나온다.

"제 생각엔 말이죠, 알리바이 허점 찾기에는 범인을 찾아낸다거나 동기를 추론하는 따위의 즐거움이 아무래도 적잖아요. 아마 그래서일 겁니다. 취향에 맞지 않는다고나 할까."

이 대사에서는 히가시노 게이고의 또 다른 취향을 엿볼 수 있다. 그것은 '동기'를 파고드는 것이다. 범인이 누구냐 하는 흥미 위주의 시점이 아니라, 그 인물이 '왜' 범죄를 저질렀느냐는 것을 소설 전체를 통해 깊이 파헤치는 것이다. 본격 추리 소설 작가인 히가시노 게이고에게 『명탐정의 규칙』과 『둘 중 누군가 그녀를 죽였다』를 출판한 1996년은 커다란 전환기다. 그해 이후 그가 출판한 본격 추리 소설은 모두 탐정 소설의 싸구려적 측면을 철저히 배제한 작품들이기 때문이다. 1998년 간행된 단편집 『탐정 갈릴레오』는 범행을 '어떻게' 저질렀는지를 규명하는 데 집중했다. 오늘날 본격 추리 소설의 세계에서는 기계적 트릭이나 물리적 트릭 패턴은 별로 환영받지 못한다. 그럼에도 히가시노는 물리적 트릭 패턴을 작품의 핵심에 놓았던 것이다. 『탐정 갈릴레오』에서 그는 '어떻게 탐정 소설'의 정점을 보여 준다. 드러난 진상은 모두 일반인의 상식을 벗어나는 지식을 활용한 것이지만 현대의 기술로 실행 가능하다는 것이 이 작품 최대의 특징이다. 이공계적 지식을 아낌없이 활용해 상상을 초월하는 흉기와 트릭을 멋지게 살림으로써 '어떻게'에 대한 독자의 흥미를 만족시켰던 그 수완에 탄복할 수밖에 없다.

이 책 『명탐정의 규칙』의 〈흉기 이야기〉 편에는 이런 대화가 나온다.

"하이테크 기계를 사용하는 복잡한 트릭의 경우 감동이나 충격은 오히려 줄어들지 않을까요?"
"그럴지도 모르지. 리모컨으로 조작하는 나이프 따위가 등장하면 흥미가 반감될 거야."
"발상의 전환이 만들어 내는 트릭이야말로 우리 탐정들의 입장에서는 도전할 만한 가치가 있고 보람도 크지요."

"그럼, 그럼. 문명의 발달과 함께 우리들 본격 추리 소설의 등
장인물들도 활동의 폭이 좁아지고 있어."

이런 투덜거림에 대해 『탐정 갈릴레오』가 명확한 해답을
제시했음은 두말할 나위도 없다.

4

1996년이 히가시노 게이고 작품 세계의 전환점이라고 했지
만, 사실 1996년에만 주목하는 것은 너무 피상적인 분석이다.
이유는 간단하다. 이 책의 프롤로그와 에필로그의 내용이 '조
연의 우울'이라는 제목으로 『소설신초(小說新潮)』에 발표된 것
이 1990년이기 때문이다. 그해를 기점으로 1996년까지를 히
가시노 게이고가 자신의 본격 추리 소설의 존재 방식에 대해
다양한 고찰과 창조를 거듭한 시기로 파악하는 것이 타당할
것이다. 그런 시각으로 보면 『명탐정의 규칙』의 각 편을 전후
해 간행된 『가면산장 살인 사건』 『회랑정 살인 사건』 『어느 폐
쇄된 눈 내린 산장에서』 등의 작품에서 그가 본격 추리 소설
의 정형을 비틀어 버린 이유를 알 수 있다. 그것은 싸구려 의
식이 횡행하는 본격 추리 소설 세계에 대한 그 나름의 문제
제기였다.

예를 들어 '다잉 메시지'가 등장하는 『회랑정 살인 사건』은 1991년에 쓴 작품인데, 그 2년 뒤에 쓴 〈최후의 한마디〉에서는 다잉 메시지에 대해 이런 식으로 표현했다.

"작가 입장에서는 손쉽게 신비한 분위기를 만들어 낼 수 있고, 서스펜스를 높여 주는 효과도 있으니 편리하겠지. 하지만 대개의 경우는 스토리 전개가 부자연스러워져."

"왜 죽기 직전에 남기는 메시지가 암호여야 하지요? 범인의 이름을 정확히 써 놓으면 안 되나요?"

『회랑정 살인 사건』은 다잉 메시지가 중심인 작품은 아니지만 이에 대한 그의 고민이 스며들어 있었고, 후에 덴카이치나 오가와라가 제기하는 비판을 견뎌 낼 만한 존재가 이미 되어 있었다. 말하자면 먼저 그 스스로 모범 답안을 제시한 뒤, 전형적 패턴에 안주하는 자세를 비판한 것이다. 그것은 제목 자체가 본격 추리 소설의 전형인 『어느 폐쇄된 눈 내린 산장에서』(1992년)도 마찬가지다.

"좀 더 연구하고 더 고민해서 쓰면 안 될까?"
산장은 언제나 폭설로 고립되고, 외딴섬의 별장도 폭풍우로 늘 고립된다. 이런 식이라면 독자들도 곧 질려 버릴 것이 뻔하다. 등장인물 역시 진절머리 나기는 마찬가지다.

도대체 무대를 고립시키는 이유는 어디에 있는 것일까. 고립시키지 않으면 어떤 문제가 생기는 걸까.

『명탐정의 규칙』 중 〈폐쇄된 산장의 비밀〉 편에서는 위와 같은 비판이 나오는데, 작가는 『어느 폐쇄된 눈 내린 산장에서』에서 이미 공간을 고립시키는 이유와 범인이 그런 장소를 선택한 이유를 독자들이 쉽게 납득할 수 있도록 충분히 설명해 놓았다.

5

그렇다면 왜 1990년에 이르러 히가시노 게이고는 이러한 문제의식을 갖기 시작한 것일까. 1986년 『백마산장 살인 사건』 출간 당시 그는 "밀실 혹은 암호 등 소위 고전적 소도구를 매우 좋아해서, 시대착오적이란 비판을 듣더라도 계속 이런 유의 글을 쓰고 싶다."고 말한 바 있다. 그랬던 그가 1990년 〈조연의 우울〉을 쓰게 된 특별한 이유라도 있는 것일까. 아마도 그 계기는 『십자 저택의 피에로』라는, 아야쓰지 유키토(綾辻行人)가 1987년 개척한 소위 '집 패턴' 소설, 즉 저택을 주무대로 삼는 작품을 쓴 것이 아닐까 짐작된다. 시대순으로 보면 『십자 저택의 피에로』는 '집 패턴' 추종자에게는 우타노 쇼고(歌野晶午)의 1988년 작 『긴 집의 살인』의 뒤를 잇는 작품으로 여겨진다. 하지만 사실 이 작품은 본질적으로 집의 구조를 이용한 트릭에 의존한 작품이라기보다는 오히려 피에로 인형의 시점을 교묘하게 이용한 충격적 작품이라고 평가하는 것이 옳다. 노리즈키 린타로(法月綸太郎)의 해설에 따르면 원래 아야쓰지의 데뷔와 거의 동시기에 완성된 작품인데, 유감스럽게도 그 후 찾아온 '집 패턴' 붐 속에서 그 아류로 여겨지게 된 것이다.

〈밀실 선언〉에 등장하는 대목을 살펴보자.

"아, 또 밀실 트릭인가."

한마디로 지겹다. (중략) 그런 종류의 사건이 발생할 때마다 명탐정은 '밀실 선언'을 하고, 우리 조연들은 놀라는 시늉을 한다. 실은 전혀 놀랍지 않은데도 말이다.

똑같은 술을 몇 번이고, 몇 번이고, 몇 번이고 보는 기분이다. 굳이 다른 점을 찾자면 마술의 속임수를 공개하는 방식 정도랄까. 하지만 공개 방식이 아무리 달라도 감동은 받지 않는다. 미녀를 공중에 띄우는 마술은 비록 속이는 데 사용된 기술이 다를지라도 거듭되면 관중이 지루해한다.

그런데도 '밀실'은 반성도 없이 나오고 또 나온다. 도대체 왜 그럴까. 독자 여러분에게 물어보고 싶다.

"여러분, 정말로 밀실 살인 사건이 재미있습니까?"

'밀실'을 '집 패턴'으로 바꾸고, 이를 당시 히가시노 게이고의 심경이라고 생각해 보자. 『십자 저택의 피에로』는 신서판으로 간행될 당시에는 '본격 추리 소설 시리즈 경악의 제1탄'이라고 되어 있었음에도 이후 속편이 나오지 않았다. 이는 히가시노 게이고가 '집 패턴'(정확히 말하자면 집 패턴의 아류적 존재)으로 상징되는 본격 추리 소설에 이별을 고했다는 의미로 파악된다. 대신 그해 히가시노 게이고는 『새 인간 계획(鳥人計劃)』에서 '왜 점프 선수의 비거리가 급격히 늘었는가'라는 매혹적인 수수께끼를 제시하는 데 성공했다. 게다가 본격 추리 소설로서 완성도 높은 작품을 세상에 선보이는 데에도 성공했다. 다시 말해 『십자……』 같은 고전적 스타일과는 다른 형태의 본격 추리 소설을 선보였던 것이다. 그러한 의식의 변화는 1990년에 발간된 『숙명』이라는 작품의 〈저자의 말〉에서 분명히 드러난다.

범인은 누구일까, 어떤 트릭을 사용했나, 등등 마술을 구사하는 식의 수수께끼도 좋지만, 좀 더 다른 유형의 의외성을 창조하고 싶었습니다.

이런 생각이 싹트기 시작한 히가시노 게이고에게 『십자 저택의 피에로』시리즈를 계속한다는 것은 '독자의 요구에 부응한다'(〈알리바이 선언〉, 〈마지막 선택〉)는 그럴듯한 구실 아래 고전적인 수수께끼와 집 패턴 속에서 작가의 존재가 서서히 썩어 가고 만다는 것을 의미했으리라. 그래서 히가시노는 시리즈를 중단하고 새로운 방향을 모색한 것이 아닌가 싶다. 그리고 그로 인해 〈밀실 선언〉 편에서 데뷔작 『방과 후』와 마찬가지로 내부에서 걸어 놓은 막대기에 의한 밀실을 다룬 것이 아니었을까.

1990년 이후 히가시노 게이고는 새로운 방향을 모색하기 위한 실험을 거듭했고 그 결과 『탐정 갈릴레오』『내가 그를 죽였다』와 같이 그만이 할 수 있는 신선하고 매력적인 작품을 속속 선보였다. 이렇게 방향 전환에 성공한 것은 그가 본격 추리 소설에서 고전적 요소가 아니라 '추리' 자체를 추구했기 때문이다. 추리에 집착한다는 것은, 그가 '본격 미스터리'가 아니라 '본격 추리' 혹은 '추리 소설'이라는 표현을 선호한 데서도 알 수 있는 사실이다. 이 해설에서 히가시노 게이고의 작품을 소개하면서 미스터리란 표현을 사용하지 않은 것도 그러한 이유에서다. 즉 히가시노 게이고에게 작품의 기둥은 어디까지나 추리지 밀실이나 암호는 아니다. 추리가 동반되지 않는 밀실 소설이나 암호 소설 등은 그가 이상으로 삼는 본격 추리 소설이 아니다.

그렇기 때문에⋯⋯,

독자로서 도저히 거부할 수 없는 기대를 갖게 되는 것이다. 『비밀』의 저자이자 철저히 본격 추리 소설을 추구하는 히가시노 게이고가 '추리'의 요소를 마음껏 쏟아 부은 토대 위에 『십자 저택의 피에로』의 속편을 발표해 줄 것을. 고전과 모던이 밀접하게, 필연성을 갖고 융합된 본격 추리 소설을 발표해 줄 것을.

그때야말로 일본의 본격 추리 소설이 행복하고도 자극적인 새로운 세기를 맞이할 것이다.